OBSESSÃO FATAL

OBRAS DA AUTORA PUBLICADAS PELA EDITORA RECORD

Série Rizolli & Isles
O cirurgião
O dominador
O pecador
Dublê de corpo
Desaparecidas
O Clube Mefisto
Relíquias
Gélido
A garota silenciosa
A última vítima
O predador
Segredo de sangue

Vida assistida
Corrente sanguínea
A forma da noite
Gravidade
O jardim de ossos
Valsa maldita

Com Gary Braver
Obsessão fatal

TESS GERRITSEN
GARY BRAVER

OBSESSÃO FATAL

Tradução de
ÂNGELO LESSA

1ª edição

2023

CIP-BRASIL. CATALOGAÇÃO NA PUBLICAÇÃO
SINDICATO NACIONAL DOS EDITORES DE LIVROS, RJ

G326o Gerritsen, Tess
Obsessão fatal / Tess Gerritsen, Gary Braver ; tradução Ângelo Lessa. - 1. ed. - Rio de Janeiro : Record, 2023.

Tradução de: Choose me
ISBN 978-65-5587-751-9

1. Romance americano. I. Braver, Gary. II. Lessa, Ângelo. III. Título.

23-85825
CDD: 813
CDU: 82-31(73)

Meri Gleice Rodrigues de Souza - Bibliotecária - CRB-7/6439

Título em inglês:
Choose Me

Copyright © 2021 by Tess Gerritsen and Gary Braver

Texto revisado segundo o Acordo Ortográfico da Língua Portuguesa de 1990.

Todos os direitos reservados. Proibida a reprodução, no todo ou em parte, através de quaisquer meios. Os direitos morais dos autores foram assegurados.

Direitos exclusivos de publicação em língua portuguesa somente para o Brasil adquiridos pela
EDITORA RECORD LTDA.
Rua Argentina, 171 – Rio de Janeiro, RJ – 20921-380 – Tel.: (21) 2585-2000, que se reserva a propriedade literária desta tradução.

Impresso no Brasil

ISBN 978-65-5587-751-9

Seja um leitor preferencial Record.
Cadastre-se no site www.record.com.br e receba informações sobre nossos lançamentos e nossas promoções.

Atendimento e venda direta ao leitor:
sac@record.com.br

Para Kathleen e Jacob

DEPOIS

1

Frankie

Existem dezenas de maneiras de se matar, e, ao longo de seus trinta e dois anos no Departamento de Polícia de Boston, a detetive Frances Loomis, chamada por todos de Frankie, provavelmente já se deparou com todas. Houve a mãe de seis filhos, oprimida pelo caos de sua casa, que se trancou num banheiro, cortou os pulsos e perdeu a consciência em paz numa banheira de água morna. Houve o empresário falido que prendeu o cinto de couro de avestruz de quinhentos dólares numa maçaneta, passou-o em volta do pescoço e simplesmente deixou-se cair, usando o próprio peso para conduzi-lo por uma estrada indolor rumo ao esquecimento. Houve a atriz decadente, deprimida com a perspectiva cada vez menor de ser escalada para novos papéis, que tomou um punhado de comprimidos de hidromorfona, vestiu uma camisola de seda cor-de-rosa e deitou-se na cama, serena como a Bela Adormecida. Essas pessoas escolheram saídas discretas e nada espetaculares e tiveram a consideração de deixar o mínimo de bagunça possível para os vivos limparem.

Ao contrário dessa garota.

O corpo já havia sido colocado em um saco para cadáver e removido pelo médico-legista, e, em algum momento, a calçada respingada de sangue será lavada pela chuva que cai, mas Frankie ainda vê os filetes de sangue espalhados na água seguindo em direção à sarjeta. À luz do giroflex das viaturas, esses rastros de sangue brilham, tão pretos quanto petróleo. Agora são cinco e quarenta e cinco, uma hora até que o sol comece a raiar, e Frankie se pergunta por quanto tempo a garota jazia ali no chão até que o atento motorista de aplicativo, voltando para casa depois de deixar um passageiro às três e quinze, avistasse o corpo e percebesse que não se tratava apenas de um monte de roupas jogadas na calçada.

Frankie se põe de pé e, em meio à chuva, observa a sacada do apartamento. Uma queda de cinco andares, alta o suficiente para explicar os traumas — dentes quebrados, rosto afundado. Detalhes horríveis que provavelmente não passaram pela cabeça da garota quando escalou o parapeito da sacada e deu seu mergulho fatal em direção à calçada.

Frankie tem duas filhas gêmeas de dezoito anos, então sabe, por experiência própria, quão catastroficamente impulsivos os jovens podem ser. Se ao menos a jovem tivesse parado para considerar as alternativas ao suicídio. Se ao menos tivesse pensado no que acontece com o corpo quando ele se choca com o concreto e no que esse impacto faz com um rosto bonito e dentes perfeitos...

— Acho que terminamos aqui. Vamos para casa — diz seu parceiro, MacClellan, segurando um guarda-chuva cor-de-rosa que está na cara que pertence à esposa, tremendo sob o domo gotejante estampado. — Minhas botas estão encharcadas.

— Alguém achou o celular dela? — pergunta Frankie.

— Não.

— Vamos voltar e dar uma olhada no apartamento.

— De novo?

— O telefone dela deve estar por aqui em algum lugar.

— Talvez ela não tivesse celular.

— Pera lá, Mac. Toda jovem da idade dela vive com um celular grudado na mão.

— Quem sabe ela não perdeu? Ou um babaca que passou por aqui pegou o celular na calçada depois que ela caiu.

Frankie olha para o halo desbotado de sangue, que marcava o lugar onde a cabeça da jovem tinha batido. Ao contrário do corpo humano, um celular com uma capinha bem resistente pode sobreviver a uma queda de cinco andares. Talvez Mac esteja certo. Talvez alguém tenha passado por aqui e visto o que aconteceu, alguém cujo primeiro impulso não tenha sido prestar socorro nem chamar a polícia, e sim roubar objetos de valor da vítima. Essa suposição não deveria surpreender Frankie. Ao longo de três décadas na polícia, ela viu sua fé na humanidade ser constantemente abalada.

Frankie aponta para o outro lado da rua, na direção de uma câmera de segurança instalada no prédio em frente a eles.

— Se alguém fugiu com o celular dela, aquela câmera provavelmente pegou.

— É. Pode ser. — Mac espirra. Seu estado é deplorável demais para que ele consiga se importar. — Amanhã de manhã vou atrás da gravação.

— Vamos dar um pulo lá em cima de novo. Quem sabe a gente não acha alguma coisa?

— Sabe o que eu queria mesmo? A minha cama — reclama Mac, mas segue Frankie, resignado, dobrando a esquina e chegando à entrada do edifício.

Assim como o próprio prédio, o elevador é antigo, e assustadoramente lento. Ele sobe até o quinto andar, e Frankie e Mac estão tão cansados e esgotados que não emitem uma palavra sequer. O frio acabou piorando a rosácea de Mac, e as lâmpadas implacáveis do elevador fazem com que seu nariz e suas bochechas pareçam ser de um tom vermelho neon. Frankie sabe que Mac é sensível em relação à sua condição, então evita encará-lo. Ela olha para a frente, contando os andares até que a porta do elevador finalmente se abre. Há um policial vigiando a porta do apartamento 510 — tarefa bem entediante a esta hora da madrugada. Ele assente, indiferente, para os detetives. Mais um policial que preferia estar em casa, na cama.

Frankie faz uma nova busca na sala da jovem morta — dessa vez com mais cuidado e com o olhar de mãe. Ao longo dos anos, ela se tornou perita em detectar pistas do mau comportamento de suas filhas: botas molhadas escondidas no closet para não serem vistas entrando em casa numa noite chuvosa. O cheiro de maconha num suéter de caxemira. O misterioso aumento da quilometragem no hodômetro do Subaru. As gêmeas reclamam que a mãe parece mais carcereira do que policial, mas provavelmente foi graças a isso que elas sobreviveram à turbulenta adolescência. Frankie achava que, se conseguisse fazer com que as duas chegassem vivas até a idade adulta, teria cumprido seu papel de mãe, mas a quem estava enganando? O trabalho de um pai ou de uma mãe nunca termina de verdade. Mesmo que ela viva até os cem anos, a preocupação com as filhas de sessenta e tantos anos não vai permitir que ela tenha uma noite tranquila de sono.

Frankie não demora muito para repetir seu procedimento pelo apartamento inteiro. O lugar é apertado, parcamente mobiliado com o que parecem ser restos de brechós. É visível que o sofá já teve muitos donos, e o piso de madeira tem arranhões e marcas de incontáveis móveis arrastados para dentro e para fora do apartamento por inúmeros inquilinos em idade universitária. Há uma taça de vinho vazia e um laptop sobre a mesa; Frankie já o ligou e descobriu que é protegido por senha. Ao lado do laptop, um rascunho impresso de um texto para alguma disciplina da Universidade Commonwealth: "Não há no inferno fúria comparável: violência e a mulher desprezada."

Havia sido escrito pela jovem que morava ali. A jovem que agora está a caminho de uma gaveta refrigerada no necrotério.

Frankie e Mac já haviam revirado a bolsa da jovem e, na carteira dela, encontraram uma carteirinha de estudante da Commonwealth, uma carteira de motorista do estado do Maine e dezoito dólares em dinheiro. Sabem que ela tem vinte e dois anos; que sua cidade natal é Hobart, no Maine; que mede um metro e setenta de altura, pesa cinquenta e cinco quilos e tem cabelo e olhos castanhos.

Frankie vai até a cozinha, onde mais cedo eles haviam encontrado uma embalagem de macarrão com queijo no micro-ondas, morna, mas fechada. Frankie acha estranho a jovem ter esquentado uma refeição e não ter comido. O que aconteceu nesse meio-tempo que a fez desistir de comer, ir até a sacada e dar um salto para a morte? Recebera uma má notícia? Um telefonema angustiante? Na bancada da cozinha há um livro da faculdade cuja capa tem o rosto de uma mulher com o cabelo em chamas e a boca escancarada num rugido carregado de fúria.

Medeia: a mulher por trás do mito.

Frankie sabe que deveria estar familiarizada com o mito de Medeia, mas faz décadas que ela terminou a faculdade e só lembra que tem algo a ver com vingança. Dentro do livro, encontra uma carta presa sob a guarda; enviada pelo Departamento de Letras da Commonwealth, avisando que a jovem havia sido aceita no programa de pós-graduação, com início no próximo ano letivo.

Mais um detalhe que deixa Frankie intrigada.

Ela volta para a porta que dá para a sacada, que agora está fechada. Quando o síndico do prédio os deixou entrar no apartamento, a porta estava escancarada, deixando entrar chuva e granizo no apartamento. A água ainda reluz no piso de madeira. Frankie abre a porta, sai para o vento frio, ficando debaixo da sacada do andar de cima. Duas viaturas da Polícia de Boston estão estacionadas lá embaixo, o flash hipnótico do giroflex refletindo nas janelas dos prédios do outro lado da rua. Em uma hora o dia terá raiado, as viaturas terão ido embora e a chuva terá lavado a calçada. Os pedestres nunca vão saber que estão atravessando o local onde horas atrás a vida de uma jovem teve fim.

Mac se junta a Frankie na sacada.

— Parece que era uma jovem bonita. Que desperdício. — Ele suspira.

— Seria um desperdício mesmo se ela fosse feia, Mac.

— Ah, claro.

— E ela acabou de ser aceita na pós-graduação. A carta está na bancada da cozinha.

— Cacete, sério? O que será que se passa na cabeça dessa garotada? Frankie observa a chuva forte que cai numa cascata prateada.

— Eu me faço essa pergunta o tempo todo.

— Pelo menos as suas meninas têm a cabeça no lugar. Nunca fariam uma coisa dessas.

Frankie não consegue nem imaginar uma coisa dessas. O suicídio é uma forma de rendição, e suas filhas gêmeas são guerreiras, obstinadas e rebeldes. Ela olha para a rua lá embaixo.

— Meu Deus, é uma queda e tanto!

— Prefiro nem olhar, obrigado.

— Ela devia estar desesperada.

— Então você acha que dá para afirmar que foi suicídio?

Frankie olha para a rua tentando identificar o que a incomoda. Por que será que seus instintos estão sussurrando *Você não percebeu uma coisa. Não se dê por satisfeita.*

— O celular dela — diz. — Cadê?

Alguém bate à porta. Os dois olham na direção do barulho e veem a cabeça do policial que estava vigiando o apartamento aparecer no vão.

— Detetive Loomis, tem uma vizinha aqui. Quer falar com ela?

Os detetives vão até o corredor, onde dão de cara com uma jovem asiática. Ela conta que mora no apartamento ao lado. A julgar pelo roupão e pelos chinelos, saiu da cama agora. Ela não para de olhar para o apartamento da garota morta, como se a porta fechada escondesse algum horror inimaginável.

Frankie pega o bloco de notas.

— Seu nome é...?

— Helen Ng. Vou soletrar: *N-G*. Estudo na Commonwealth também, assim como ela.

— Você tinha intimidade com a sua vizinha?

— A gente só se cumprimentava. Eu me mudei para o prédio tem apenas cinco meses. — Ela faz uma pausa, olhando para a porta fechada. — Meu Deus, não dá para acreditar.

— Que ela tiraria a própria vida?

— Que isso aconteceria *do meu lado*. Quando os meus pais souberem disso, vão surtar. Vão me obrigar a voltar para a casa deles.

— E onde eles moram?

— Aqui perto, em Quincy. Eles queriam que eu economizasse e viesse de ônibus para a faculdade, mas assim eu não teria a experiência real de universitária. Não é a mesma coisa que ter seu próprio apartamento e...

— Me fale da sua vizinha — Frankie a interrompe.

Helen pensa um pouco e dá de ombros.

— Eu sei que ela é... ou melhor, era, veterana. Veio de uma cidade pequena no Maine. Bem quieta, na maior parte do tempo.

— Você ouviu alguma coisa estranha ontem à noite?

— Não. Mas eu tomei remédio, porque estou resfriada. Acordei há pouco, com o rádio da polícia no corredor.

Helen olha novamente para o apartamento.

— Ela deixou um bilhete ou alguma coisa do tipo? Contou o motivo?

— *Você* sabe o motivo?

— Ah, algumas semanas atrás, depois que terminou com o namorado, ela *parecia* meio deprimida. Mas achei que havia superado o término.

— Quem era o namorado dela?

— O nome dele é Liam. Eu o vi aqui algumas vezes, antes de terminarem.

— Sabe o sobrenome dele?

— Não lembro, mas sei que é da cidade dela. Ele também estuda na Commonwealth. — Helen faz uma pausa. — Vocês ligaram para a mãe dela? Ela já sabe?

Frankie e Mac trocam olhares. Nenhum dos dois quer fazer essa ligação, e Frankie sabe exatamente o que Mac vai falar para se esquivar da tarefa. *Você é mulher, tem mais jeito com essas coisas* é a desculpa de sempre. Mac não tem filhos, então não tem ideia da dor que é receber uma notícia dessas. Ele não faz ideia de como esse tipo de ligação é difícil para ela.

Mac também anotou as informações. Ele ergue os olhos do bloco de notas.

— Então o nome desse ex-namorado é Liam, ele é do Maine e estuda na Commonwealth.

— Isso. É veterano.

— Não deve ser muito difícil encontrar esse sujeito. — Ele fecha o bloco de notas. — Já temos o suficiente — diz, e Frankie entende o olhar que Mac lhe lança. *O namorado a largou. Ela ficou deprimida. Do que mais a gente precisa?*

Depois de deixar a cena de morte, Frankie quer ir para casa. Precisa tomar um banho, tomar o café da manhã e dar um oi para as gêmeas — se elas já estiverem acordadas. Mas, a caminho de casa, em Allston, ela se vê obrigada a fazer um desvio. São apenas alguns quarteirões, e, na maioria dos dias, ela consegue resistir à compulsão de ver o prédio de novo, mas esta manhã sua Subaru parece sair do trajeto habitual por vontade própria, e mais uma vez ela se vê estacionando do outro lado da rua, de frente para o edifício de tijolos na Packard's Corner, olhando para o quarto andar, na direção do apartamento onde a mulher ainda mora.

Frankie sabe o nome da mulher, onde ela trabalha e quantas multas de estacionamento acumulou. Esses detalhes não deveriam mais ser importantes para ela, mas são. Ela não os compartilhou com mais ninguém — nem com os colegas do Departamento de Homicídios, nem com as próprias filhas. Não! Ela mantém em segredo essas informações, porque só o fato de Frankie saber da existência dessa mulher é humilhante demais.

Então, nesta manhã chuvosa de abril, Frankie está sozinha em seu carro, vigiando um prédio residencial. Ela não tem nenhum motivo legítimo para isso, exceto para se atormentar. Todos presumem que ela se recuperou da tragédia e seguiu em frente com a vida. As filhas se formaram no ensino médio com louvor e, durante esse ano sabático, ambas estão felizes e florescendo. Os colegas da polícia não evitam mais seu olhar nem a encaram com ar de pena. Isto era o pior de tudo: saber que seus colegas policiais, até os patrulheiros, sentiam pena dela. Não, sua vida estava de volta ao normal — pelo menos é o que parece.

Mas aqui está ela, dentro de um carro estacionado mais uma vez na Packard's Corner.

Uma mulher sai do prédio, e Frankie fica alerta. Ela observa a mulher atravessar a rua e passar pelo seu carro, obviamente sem saber que está sendo vigiada, mas Frankie certamente está ciente *dela*. A mulher é loura, está protegida do frio com uma legging preta e um casaco de pluma branco, justo o suficiente para revelar uma cintura fina e quadris estreitos. Frankie tinha esse corpo antes de as gêmeas nascerem. Mas, com a meia-idade, as inúmeras horas sentada à mesa de trabalho e as dezenas de refeições devoradas com toda a pressa fizeram os quadris crescerem e as coxas incharem.

Pelo retrovisor, Frankie observa a mulher se afastar em direção ao metrô. Pensa em sair do carro e segui-la. Cogita se apresentar e sugerir que tenham uma conversa civilizada, de mulher para mulher, talvez no café da rua, mas não consegue sair do carro. Em sua longa carreira como policial, Frankie arrombou portas, rastreou assassinos e por duas vezes olhou para o cano de uma arma apontada para si, mas ela não é capaz de confrontar a Sra. Lorraine Conover, quarenta e seis anos, uma balconista da Macy's sem antecedentes criminais.

A mulher vira a esquina e desaparece de vista.

Frankie se recosta no banco do carro. Ainda não está pronta para ligar o motor — ainda não está pronta para encarar os outros horrores que este dia trará.

Uma jovem morta já é ruim o suficiente.

ANTES

Três meses atrás

2

Taryn

Ninguém sabia que ela estava lá. Ninguém jamais saberia.

Às nove e meia da manhã, todos os inquilinos do segundo andar deveriam estar fora do prédio. A essa altura, os Abernathy, do apartamento 2A, que costumavam ser absurdamente amigáveis com Taryn, já teriam saído para trabalhar — ele, no Departamento de Auditoria Pública da Cidade de Boston, ela, na Secretaria de Desenvolvimento de Bairros. Os dois estudantes de engenharia que moravam no 2B provavelmente estavam em algum lugar do campus, debruçados sobre seus laptops. As louras do 2C já teriam melhorado da ressaca costumeira de fim de semana e saído para assistir às aulas na Commonwealth.

Também não deveria haver ninguém no 2D. A essa altura, Liam já teria ido para a aula do curso de economia do outro lado do campus, uma caminhada de quinze minutos dali. Depois, tinha Alemão III, em seguida iria almoçar no grêmio estudantil — provavelmente comeria o sanduíche de sempre, com muito *jalapeño* —, e por fim iria assistir à aula de Ciências Políticas. Taryn conhecia cada detalhe da agenda dele, assim como conhecia cada centímetro daquele apartamento.

Ela girou a chave na fechadura, abriu a porta sem fazer barulho e entrou no 2D. Era maior e muito mais bonito do que seu apartamento horroroso, que tinha cheiro de mofo e encanamento velho. Respirou fundo e sentiu o cheiro *dele*. O vapor suave que permanecia no ambiente após o banho matinal. As notas cítricas da loção pós-barba. O aroma de fermento da torrada de trigo integral que ele sempre comia no café da manhã. Todos os aromas dos quais ela tanto sentia falta.

Aonde olhasse, tinha uma lembrança feliz. O sofá onde eles costumavam passar as noites de sábado assistindo a filmes de terror de quinta categoria, ela com a cabeça aninhada no ombro dele, Liam com o braço envolvendo o corpo dela. A estante na qual antes havia uma foto deles em destaque. Na foto, tirada quando ambos haviam se formado no ensino médio, eles estavam abraçados no alto da montanha Bald Rock. O cabelo louro dele parecia auréola dourada à luz do sol por causa do vento. Liam e Taryn, para sempre. Cadê essa foto? Onde ele a escondeu?

Ela entrou na cozinha e se lembrou das panquecas de domingo de manhã e das mimosas feitas com espumante barato, porque champanhe de verdade era muito caro. Na bancada da cozinha, havia uma pilha da correspondência do dia anterior, os envelopes já abertos. Ela leu a carta enviada pela mãe dele, com o recorte do jornal da cidade natal deles. O Dr. Howard Reilly, pai de Liam, tinha recebido o novo prêmio da cidade de Cidadão do Ano. Que beleza... Ela passou os olhos pelo restante da correspondência — um boleto de aluguel, um envelope com cupons de desconto na compra de pizzas e um formulário de solicitação de cartão de crédito. No fim da pilha, um folheto da Faculdade de Direito de Stanford. Por que ele estava interessado em Stanford? Ela sabia que ele estava se candidatando a faculdades de direito, mas em momento algum havia mencionado a possibilidade de ir para a Califórnia. Já haviam combinado que, após a formatura, ambos ficariam em Boston. Era o pacto deles. Algo que sempre haviam planejaram.

Aquilo era só um folheto. Não significava nada.

Ela abriu a geladeira e deu de cara com velhos amigos nas prateleiras: molho *sriracha*, maionese Hellmann's e achocolatado. Mas entre esses condimentos familiares havia um invasor: iogurte com baixo teor de gordura. Aquilo não devia estar ali. Em todos os anos de convivência com Liam, ela nunca o viu tomar iogurte. Ele detestava iogurte. Ao ver essa anomalia, ficou nervosa e se perguntou se acidentalmente entrara no apartamento errado e abrira a geladeira errada; se havia entrado num universo paralelo onde existia um Liam impostor, um Liam que tomava iogurte e planejava se mudar para a Califórnia.

Inquieta, entrou no quarto, onde, nas noites de fim de semana, as roupas deles costumavam ficar emaranhadas no chão, como as de um amante, a camisa dele sobre a blusa dela. Ali também havia algo estranho. A cama estava arrumada, os lençóis cuidadosamente presos no colchão — a maneira correta de se fazer uma cama. Quando ele aprendeu a prender o lençol assim? Desde quando ele arruma a cama? Ela sempre fazia isso para ele.

Ela abriu o closet e deu uma olhada nas camisas enfileiradas nos cabides, algumas ainda com a proteção de plástico da lavanderia. Pegou a manga de uma camisa e encostou o algodão engomado no rosto, lembrando-se das inúmeras vezes em que encostara a cabeça no ombro dele. Mas as camisas recém-lavadas tinham cheiro apenas de sabão e amaciante. Cheiros anônimos.

Ela fechou a porta do closet e foi até o banheiro.

No porta-escovas, onde a dela também costumava ficar, agora havia apenas uma escova de dentes, sozinha e abandonada, sentindo falta da companheira. Ela levantou a tampa do cesto de roupa suja, revirou as peças lá dentro e pegou uma camiseta. Então a cheirou, e o odor a deixou inebriada. Ele tinha um monte de camisetas, não sentiria falta daquela. Ela colocou a camiseta na mochila. Aquela seria sua dose secreta de Liam, para lhe dar uma ajuda, até que eles superassem essa farsa de "dar um tempo um do outro". Porque com certeza eles não ficariam muito mais tempo separados. Estavam juntos fazia tanto tempo que tinham se transformado em um único organismo, os corpos fundidos um no outro, as vidas unidas para sempre. Ele só precisava de tempo para perceber o quanto sentia falta dela.

Ela saiu do apartamento e fechou a porta sem fazer barulho. Exceto pela camiseta roubada, saiu da casa dele deixando tudo exatamente como havia encontrado. Ele não saberia que ela havia estado ali; não percebeu as outras vezes em que Taryn fizera isso.

Do lado de fora, um vento gelado soprava entre os edifícios. Ela colocou o capuz do casaco na cabeça e enrolou o cachecol um pouco mais apertado. Tinha ficado tempo demais ali; se não corresse, chegaria atrasada à aula. Mas não conseguiu não parar na calçada para dar uma última olhada no apartamento dele.

Foi então que notou um rosto encarando-a por uma janela. Era uma das louras do 2C. Por que ela não estava no campus, onde deveria estar? Aquela mulher estava em casa enquanto Taryn se encontrava no apartamento de Liam, bisbilhotando. Elas se encararam, e Taryn se perguntou se a mulher a ouviu ir de cômodos a cômodo no apartamento ao lado. Será que contaria a Liam sobre a visita?

Taryn seguiu seu caminho, o coração batendo forte. Talvez a loura não tivesse ouvido nada. E, mesmo se tivesse, não teria motivos para contar nada a Liam. Taryn costumava passar todos os fins de semana ali com ele e já havia estado no prédio inúmeras vezes.

Não, não havia motivo para pânico. Não havia razão para pensar que ele ficaria sabendo que ela estivera ali.

Ela acelerou o passo. Se andasse rápido, chegaria à aula a tempo.

3

Jack

O nome dela era Taryn Moore, e ela entrou de fininho na vida do professor Jack Dorian no primeiro dia do semestre, quando chegou à sala com uma jaqueta prateada e uma meia-calça preta brilhosa que a deixava envernizada da cintura para baixo. A aula já havia começado fazia dez minutos quando ela murmurou um pedido de desculpas, passou se espremendo pelos alunos amontoados naquela salinha e ocupou o último lugar vago na mesa de conferência. Jack não teve como não notar que se tratava de uma mulher sedutora assim que ela se sentou na cadeira, o corpo flexível de uma dançarina, o cabelo castanho-escuro com mechas avermelhadas bagunçado pelo vento. Ela se acomodou ao lado de um gordinho de boné dos Red Sox, colocou o laptop em cima da mesa e encarou Jack com um olhar tão penetrante que por um breve instante ele quase esqueceu o que estava dizendo.

Havia quinze alunos na sala, o máximo que cabia confortavelmente no apertado auditório do Departamento de Letras. O grupo era pequeno o suficiente para que Jack rapidamente memorizasse o nome dos alunos.

— E você é...? — perguntou ele, olhando para a lista de alunos matriculados no curso Amantes Desafortunados, curso que ele mesmo havia criado, cujo foco era o tema do amor condenado na literatura desde a Antiguidade até os dias atuais. Havia escolhido um nome

chamativo de propósito. Havia maneira melhor de atrair universitários cansados para ler *Eneida*, *O romance de Tristão e Isolda*, *Medeia*
ou *Romeu e Julieta* do que embrulhar tudo num pacote sensual de
amor, luxúria e uma grande tragédia? Quais circunstâncias infelizes
levaram à morte dos amantes? Quais forças religiosas, políticas e
sociais condenaram suas histórias de amor?

— Taryn Moore — respondeu ela.

— Bem-vinda, Taryn — disse Jack, ticando o nome dela na lista
de presença. Em seguida, ele voltou aonde tinha parado em suas
anotações e prosseguiu com a aula, mas continuava distraído com
a mulher na cabeceira da mesa. Talvez por isso evitou encará-la.
Mesmo assim, naquele primeiro dia, algum instinto provavelmente
o alertou para que tivesse cuidado.

Quatro semanas depois do início do semestre, seu instinto se
mostrou correto.

Eles estavam discutindo as cartas do século XII de Abelardo e
Heloísa. Abelardo era mais velho, um famoso filósofo e teólogo da
Catedral de Notre-Dame de Paris. Heloísa, uma mulher dotada in-
telectualmente, era sua aluna. Apesar de uma série de tabus sociais e
religiosos que proibiam o romance, Abelardo e Heloísa se tornaram
amantes. Grávida do filho de Abelardo, em meio àquele escândalo,
Heloísa se refugiou num convento, e seu tio impôs um castigo brutal
ao amante dela: contratou capangas para castrar o infeliz Abelardo,
que decidiu se exilar num mosteiro. Embora separados para sempre,
eles mantiveram seu romance vivo através de cartas, que documen-
tavam a angústia de dois amantes desafortunados, condenados a
nunca mais se tocar.

— As cartas revelam detalhes fascinantes da vida monástica na
Idade Média — disse Jack à turma. — Mas é a trágica história de
amor deles que torna essas correspondências tão pungentes e atem-
porais. A tragédia os definiu, e o sofrimento que eles viveram em

nome do amor os tornou heróis. Mas vocês consideram que os sacrifícios deles foram equivalentes? Qual dos dois seria o mais heroico?

Beth, com a expressão séria como sempre, ergueu a mão.

— Acho que o que torna Heloísa incrivelmente impressionante, dadas as regras para as mulheres naquela época, é o fato de que a postura dela sempre foi desafiadora. — Ela olhou para o texto. — Do convento, ela escreve que, assim como as outras são "casadas com Deus, eu sou casada com um homem" e "sou escrava apenas de Abelardo". Heloísa foi uma mulher obstinada que desafiou os tabus da época. Eu diria que *ela* é o verdadeiro herói da história.

Jack assentiu e acrescentou:

— E ela nunca desistiu do amor que tinha por Abelardo.

— Ela diz que seguiria Abelardo até as chamas do inferno. Isso é a verdadeira devoção.

— Não consigo fazer minha namorada me seguir nem para uma partida de hóquei no gelo — interveio Jason em tom de brincadeira.

A turma caiu na gargalhada. Jack ficou feliz em ver todos discutindo animados, bem diferente daquelas aulas enfadonhas nas quais precisava falar o tempo todo, e seus alunos apenas o encaravam com tédio e um olhar vidrado, como carpas num lago.

Jason continuou.

— Também gostei do fato de que Heloísa escreve sobre as fantasias sexuais que tinha durante as missas. Cara, eu me identifico com isso! Na Igreja Ortodoxa Grega, a litania dura duas horas. É tempo suficiente para eu pegar mais de dez garotas. Pelo menos na minha cabeça.

Mais risadas. Foi quando Taryn ergueu a mão para falar que Jack percebeu que ela fazia anotações frenéticas.

— Diga, Taryn — pediu ele.

— Tenho um problema com essa história. E com as outras que você passou também.

— Ah, é?

— Parece que todas as histórias que você passou até agora têm um tema em comum. Os homens invariavelmente traem as mulheres que dizem amar. Heloísa abre mão de tudo por amor. Apesar disso, a maioria dos estudiosos considera Abelardo o verdadeiro herói.

Jack percebeu a paixão no tom de voz de Taryn e acenou para que ela continuasse.

— Abelardo chega a se descrever como uma espécie de herói romântico pelo que ele sofreu, mas eu não o enxergo dessa forma. Claro que é horrível que ele tenha sido castrado. Heloísa mantém a chama do casal viva, mas Abelardo renuncia a todos os seus desejos sexuais por ela. Ele voluntariamente escolhe a piedade em vez do amor, enquanto ela *nunca* desiste da paixão por ele.

— Excelente ponto — elogiou o professor, sendo sincero.

Era nítido que Taryn refletira sobre o que havia lido e se aprofundara mais no assunto do que os outros alunos, muitos dos quais tinham feito apenas o mínimo para completar suas tarefas. As observações de Taryn e seu entusiasmo intelectual faziam o ensino ser prazeroso. Na verdade, alunos como ela eram o motivo pelo qual Jack havia se tornado professor. Ele gostaria de ter mais alunos assim.

— Você tem razão. Ela mantém a paixão acesa, enquanto ele escolhe seguir os passos dos santos e renuncia aos prazeres da carne.

— Isso faz com que ele pareça nobre — continuou Taryn —, mas pense em tudo que Heloísa abriu mão. Da liberdade, da juventude. Do próprio filho. Imagine o desespero que sentiu quando escreveu: "Eu era apenas a sua prostituta." Como se ela tivesse percebido que ele a descartou e a deixou apodrecer num convento.

— Ah, qual é! — interveio Jessica. — Ela fica presa no convento por causa de pressões sociais e religiosas. Abelardo não a obrigou a ir para lá.

Caitlin, colega de quarto de Jessica, que estava sentada ao seu lado, concordou mecanicamente com a cabeça. Jack não entendia o motivo, mas a dupla sempre parecia hostil com Taryn, trocando olhares e revirando os olhos sempre que ela fazia algum comentário perspicaz. Inveja, talvez.

— Não é verdade — rebateu Taryn. Ela abriu o livro em determinada página. — Heloísa escreve: "Foi apenas o seu comando que me enviou a estes claustros." Ela fez isso por *ele*. Ela fez tudo por ele. Isso fica óbvio para qualquer pessoa que tenha realmente tenha lido o texto.

Jessica ficou vermelha de raiva.

— Eu li as cartas!

— Eu não disse que você não leu.

— Mas insinuou.

— Olha, as cartas são muito densas. Talvez você não tenha entendido direito.

Jessica se virou para Caitlin e sussurrou:

— Que escrota...

— Jessica! — exclamou Jack. — Eu ouvi direito?

Jessica o encarou e, com um sorriso inocente, disse:

— Eu não falei nada.

Mas era nítido os outros alunos tinham ouvido, porque todos pareciam constrangidos.

— Nessa sala não há espaço para ataques pessoais. Estamos entendidos? — perguntou Jack.

A reação de Jessica foi olhar para a frente sem falar nada.

— Jessica?

— Aham, tá bom — respondeu ela, por fim.

Já era hora de superar essa pequena desavença. Jack se virou para Taryn e continuou.

— Você disse que Abelardo traiu Heloísa. Pode elaborar isso?

— Heloísa desistiu de tudo por Abelardo. Ela precisa do apoio dele, precisa se sentir segura do amor dele. E o que ele faz? Diz que ela deve abraçar a cruz. Acho que Abelardo se revela um babaca sem coração quando alega que sofreu mais que Heloísa.

— Bem, cortaram as bolas dele... — disse Jason.

As risadas foram um alívio bem-vindo para quebrar a tensão, mas ele notou que Jessica não se juntou ao restante da turma. Ela e Caitlin cochichavam, a cabeça inclinada, perto uma da outra.

Jack precisava ouvir vozes diferentes, então olhou para Cody Atwood, que, como sempre, estava sentado ao lado de Taryn. Ele era um garoto tímido que vivia escondendo o rosto sobre o boné, às vezes puxado tão para baixo que ninguém conseguia ver seus olhos.

— O que você acha, Cody? — perguntou Jack.

— Eu, hãaã... Acho que a Taryn tem razão.

— Como sempre — comentou Jessica, então se virou para Caitlin e sussurrou: — Lesado.

Jack deixou passar, porque ninguém mais pareceu ter ouvido o insulto.

— Concordo com a Taryn quando ela diz que Abelardo é meio babaca — acrescentou Cody. — Ele é professor dela e tem o dobro da idade dela. E tirar vantagem da sua própria aluna faz dele mais babaca ainda.

— E vamos ver essa mesma dinâmica em obras literárias posteriores. Por exemplo: *A mancha humana*, de Philip Roth, e *As correções*, de Jonathan Franzen. E tenho certeza de que muitos de vocês leram *Garota exemplar*. Histórias que mostram professores mais velhos se apaixonando por alunos.

— Como acontece em *Um tesão de professor* — disse Jason.

— Hã?

— É um romance juvenil de quinta categoria.

Jack sorriu.

— Engraçado, desse eu nunca ouvi falar.

— Então esse é o verdadeiro tema da aula, professor? — perguntou Jessica. — Professores se dando bem com alunas gostosas?

Jack a encarou por um momento, sentindo que haviam entrado num território perigoso.

— Não. Só estou lembrando que esse é um tema recorrente na literatura. Essas histórias ilustram como e por que uma situação proibida pela sociedade pode acontecer. Mostram que qualquer um, até os paladinos da moralidade, podem acabar se envolvendo num caso sexual desastroso.

Jessica sorriu, os olhos brilhando.

— *Qualquer um*, professor?

— Estamos falando de ficção, Jessica.

— Sério, mas qual é o problema de um professor se apaixonar por uma aluna de quem ele está a fim? — perguntou Jason. — Nos Dez Mandamentos não está escrito: *Não pegarás alunas gostosas*.

— Mas tem um mandamento contra o adultério — comentou Beth.

— Abelardo não era casado — interveio Taryn. — E, seja como for, por que estamos perdendo tempo com essa discussão? Estamos fugindo do assunto.

— Concordo — disse Jack e olhou para o relógio, aliviado por perceber que a aula estava acabando. — Bem, tenho um breve anúncio a fazer e acho que vocês vão gostar. Daqui a duas semanas, o Museu de Belas-Artes vai inaugurar uma exposição especial com ilustrações inspiradas em Heloísa e Abelardo. Eles concordaram em fazer um tour especial com a nossa turma. Então, em vez de nos encontrarmos aqui, vamos fazer um passeio pelo museu. Marquem na agenda. Também vou mandar um e-mail para vocês para lembrar. Mas semana que vem a gente se encontra aqui, como de costume. E estejam prontos para discutir *Eneida*!

Enquanto os alunos faziam fila para sair da sala, Jack reunia suas anotações e as guardava na pasta. Só percebeu que Taryn estava de pé ao seu lado quando ela falou.

— Mal posso esperar pelo passeio, professor Dorian — disse ela. — Já vi o site do museu e parece uma bela exposição. Obrigada por organizar o passeio.

— Que bom! A propósito, você fez um ótimo trabalho no ensaio sobre *Medeia* semana passada. É o melhor que li esse semestre. Na verdade, tem o nível de sofisticação que eu esperaria de alunos de doutorado.

Taryn abriu um sorriso.

— É mesmo? Está falando sério?

— Sério. É meticuloso e muito bem elaborado.

Por reflexo, Taryn agarrou o braço de Jack como se ele fosse um amigo próximo.

— Obrigada! Você é o melhor.

Jack acenou com a cabeça e contraiu o braço, então Taryn puxou sua mão.

De repente, ele notou que Jessica estava assistindo a tudo da porta e não gostou nada do olhar dela. Também não gostou nada do gesto de cunho obviamente sexual que viu Jessica fazendo para Caitlin quando Taryn saiu. Caitlin deu uma risadinha, e as duas saíram da sala.

O trabalho de Jessica tinha sido abaixo da média, e Jack ficou extremamente satisfeito em escrever "nota 5" nele. Ele fechou sua pasta com um baque alto, mais incomodado do que gostaria de admitir com o gesto obsceno de Jessica. Esperou a sala ficar completamente vazia para vestir o casaco, sair sozinho e encarar o vento frio do mês de janeiro.

4

Jack

Como sempre, Maggie estava atrasada. Apareceu no restaurante pouco depois das seis e meia, parecendo aflita e descabelada pelo vento, mas com um grande sorriso, conforme seguia rapidamente em direção à mesa. Quando chegou, deu um grande abraço no pai e depois jogou um beijo no ar para Jack.

— E aí? Como está o presente de Deus para a medicina? — perguntou Charlie, pai de Maggie.

Ela tirou o casaco, pendurou-o nas costas da cadeira e afundou no assento como um balão meteorológico murchando.

— Exausta. Acho que não sentei uma única vez durante a tarde inteira. Culpa desse vírus nojento que anda circulando por aí. Todo mundo quer que eu receite antibióticos, e tenho que convencê-los a não tomar. — Com um gesto, ela pediu um chardonnay à garçonete, depois pegou a mão de Charlie. — E como está o meu aniversariante favorito?

— Mais festivo, agora que você está aqui.

— Estamos esperando há quarenta minutos — comentou Jack, tentando não soar ressentido.

Ele havia pegado Charlie no caminho para o restaurante e não parava de olhar para o relógio enquanto eles estavam ali, sentados conversando. Já estava na segunda taça de vinho.

— Jack, ela tem a melhor desculpa do mundo — disse Charlie. — Um monte de doentes precisa dela.

33

— Obrigada, pai — agradeceu-lhe Maggie, lançando um olhar que dizia "entendeu?" para o marido.

— E você tem sorte de tê-la, garoto — acrescentou Charlie. — Você vive doente e tem uma médica particular em casa.

— Tenho sorte, sim — concordou Jack, tomando um gole de pinot noir para acalmar sua irritação. — Pelo menos hoje à noite nós realmente vamos jantar juntos.

— E por falar em jantar — disse Charlie, esfregando as mãos —, vamos partir para a comilança? Passei o ano ansioso pelo jantar de hoje. Se Deus existe, Ele não tem problema de colesterol.

Todos os anos, os três comemoravam o aniversário de Charlie com o que ele chamava de "comilança", devorando todas as opções do cardápio que seu médico lhe proibira de comer. A Dino's Steer House era uma churrascaria à moda antiga que existia havia mais de meio século, e, enquanto outros restaurantes da cidade tinham aderido ao perfil da alta gastronomia, o Dino's não passava essa pretensão. Ainda servia filés, hambúrgueres e acompanhamentos de fazer o coração parar, como os espetinhos de porco — uma montanha de batatas fritas com um farto molho de queijo coberto com cubinhos de bacon e sour cream.

— Feliz aniversário, pai! — disse Maggie, tilintando sua taça de vinho na cerveja dele. — E olha o que eu trouxe para você. — Ela abriu a maleta e tirou de lá um pacote envolto em papel de presente vermelho brilhante com um grande laço dourado.

— Ah, meu amor, não precisava me dar nada — disse Charlie, mas seus olhos brilhavam quando ele segurou o presente. Teve dificuldade para desembrulhá-lo sem rasgar o papel, depois de cortar meticulosamente a fita adesiva com uma faca de carne.

— O restaurante fecha às nove e meia — comentou Jack.

Charlie deu uma risada, arrancou o papel de uma só vez e sorriu ao ver a caixa com várias divisórias repletas de nozes artesanais torradas. Charlie adorava nozes. Ele se inclinou para a frente e deu um abraço em Maggie.

— Você é demais, filha. E minha médica diz que nozes fazem muito bem para o meu coração. — Ele deu uma piscadinha para Jack. — Mas vocês não podem pegar nenhuma. São minhas, todas minhas!

O celular de Maggie apitou com uma mensagem de texto. Jack suspirou. Ela era clínica geral no Mount Auburn Hospital, em Cambridge, e eles nunca faziam uma refeição sem que aquele maldito celular tocasse ou vibrasse — isso se ela voltasse para casa a tempo de fazer uma refeição.

A garçonete veio anotar os pedidos. Enquanto isso, Maggie percorria as mensagens de texto e pedia um enorme cheeseburger de lombo.

— E o senhor? — perguntou a garçonete a Jack.

— Se você pedir salmão, vai ser uma vergonha para a sua herança armênia — disse Charlie.

Jack pediu o shish kebab.

Por fim, a garçonete se virou para Charlie e perguntou:

— E o senhor?

— Minha médica me colocou numa dieta maldita de cinco baixos teores — explicou ele, contando nos dedos. — Baixo teor de gordura, baixo teor de sal, baixo teor de açúcar, baixo teor de carne, baixo teor de sabor. Então me traz uma vitela malpassada com palitos de muçarela e gordura de bacon à parte para eu molhar o queijo.

A garçonete deu uma risada.

— Infelizmente, não temos vitela no cardápio.

— Então que tal costela grelhada e espetinhos de porco? Ah, e uma entradinha de muçarela frita. Hoje é meu aniversário.

— Ah, é? Bem, feliz aniversário!

— Quer adivinhar quantos anos estou fazendo?

A mulher franziu o rosto, pensando na resposta, sem querer insultá-lo.

— Eu diria que uns cinquenta, cinquenta e cinco anos.

— Passou longe. Tenho trinta e sete.

A mulher fez cara de surpresa.

— Trinta e sete?

— Celsius. Quando se chega à minha idade, você começa a usar o sistema métrico.

Ele deu uma piscadinha para a garçonete, que saiu rindo.

Em grande parte das vezes, era difícil interpretar a expressão de Charlie, uma máscara fixa e inexpressiva que escondia todas as emoções que borbulhavam dentro dele. Um rosto feito para interrogatórios. Antes de estar aposentado — o que acontecera há alguns anos —, Charlie fora detetive no Departamento de Polícia de Cambridge. Por inúmeras vezes, Jack imaginou criminosos se contorcendo sob o brilho daqueles olhos azuis inexpressivos, num rosto que não dava pistas de nada — uma expressão impassível, inescrutável e sem emoção, capaz de fazer um santo confessar um homicídio.

Mas esta noite Charlie era todo sorrisos e, olhos cintilantes enquanto ele e Maggie faziam suas brincadeiras habituais entre pai e filha. Ao observá-los ali, Jack sentiu saudade das noites em que ele e Maggie costumavam fazer brincadeiras afetuosas. Agora, ela voltava para casa se arrastando da clínica, exausta, esgotada demais para sequer conversar. Parecia que não fazia muito tempo que Maggie e Jack jantavam por volta das seis e meia — jantares que eles preparavam juntos ou que eram feitos pelo primeiro que voltasse para casa. Ou então eles saíam para jantar num de seus restaurantes prediletos. Quando o dia estava muito quente, eles pegavam o carro e iam ao Kelly's, em Revere Beach, para comer sanduíches de lagosta. Agora, porém, tirando noites especiais como aquela, eles pediam comida na hora do jantar, ou comiam separadamente — ela, no hospital, e Jack, na lanchonete da rua onde moravam. O celular de Maggie tocou de novo. Ela olhou para a tela, franziu a testa e apertou o botão que enviava as chamadas direto para a caixa postal.

— Será que você pode desligar isso enquanto a gente come? — pediu Jack, se esforçando para não demonstrar irritação.

Maggie suspirou e guardou o celular na bolsa.

— Feliz aniversário! — parabenizou a garçonete, colocando os pratos na mesa.

— E é um dia feliz mesmo — disse Charlie, sorrindo para a costela que reluzia com a cobertura de damasco e para a porção de batatas fritas com molho de queijo e cubinhos de bacon.

Maggie olhou para o intimidador cheeseburguer em seu prato.

— Não como uma monstruosidade dessas desde o seu último aniversário, pai.

Charlie sorriu e prendeu um guardanapo na camisa.

— Sei que esse prato me faz mal. Então talvez seja melhor você chamar uma ambulância para já ficar na frente do restaurante com o motor ligado. Se eu tiver uma parada cardíaca, quero que essa garçonete bonitinha faça respiração boca a boca em mim.

Charlie pegou a faca de carne, mas de repente parou e se contorceu.

— Tudo bem, pai? — perguntou Maggie.

— Tudo, senti só uma pontada nas costas.

— Como assim?

— Parece que tem alguém me esfaqueando na espinha aqui no alto. Odeio quando isso acontece.

Maggie largou a bebida.

— Há quanto tempo você vem sentindo essa dor?

— Tem algumas semanas. — Ele fez um aceno que significava que ela não precisava se preocupar. — Aparece, mas depois vai embora. É só um incômodo.

— Talvez você tenha distendido um músculo na academia — interveio Jack.

Charlie se exercitava regularmente na Academia Gold's, em Arlington Heights, e sempre manteve uma excelente forma física, pedalando mais de cem quilômetros por semana quando o tempo permitia. Mesmo com setenta anos, tinha os braços musculosos.

— Já foi ao médico ver isso? — perguntou Maggie.

— Ele disse que é só distensão muscular.

— Receitou alguma coisa?

— Só Tylenol. Talvez eu devesse ir a um quiroprata.

— Nem vem com esse papo — disse Maggie. — Você sabe o que penso sobre quiropratas. Nessa idade, provavelmente você tem um ou dois discos degenerados. A última coisa de que você precisa é alguém sacudindo a sua coluna. Você devia fazer uma ressonância magnética.

— E ela vai mostrar o quê?

— Talvez uma hérnia de disco comprimindo um nervo.

— Hum. Achei que essa dor era só da velhice.

— Vou ligar para o seu médico. Ver se ele faz o pedido para você fazer uns exames de imagem.

Charlie levou a mão ao peito.

— Xiii... Alerta de velho! Cadê aquela garçonete? Preciso de uma respiração boca a boca imediatamente!

Maggie suspirou.

— Valeu a tentativa, pai.

Mesmo com o telefone guardado na bolsa, todos o ouviram tocar. E ela não conseguiu evitar: pegou o celular, olhou para o número que estava ligando e se levantou imediatamente.

— Desculpa, mas essa ligação eu tenho que atender — disse, levando o celular ao ouvido e saindo da mesa.

— Esses pacientes dela deviam agradecer aos céus — comentou Charlie. — Acho que o meu médico nem sabe o meu nome. Sou só mais um velho branco de setenta anos.

— Hmmm...

Charlie mergulhou um palito de muçarela no molho e deu uma mordida nele.

— Isso, sim, é um resmungo desanimador. O que você tem, Jack?

— Não falei nada.

— Mas consigo ouvir você pensando. Vocês dois estão bem?

— Como assim?

Charlie olhou para Jack e ele tinha aquela expressão irritantemente impassível.

— Jack, eu passei a minha carreira inteira conversando com gente que tentava esconder coisas de mim.

Charlie era como um sismógrafo, sensível o suficiente para captar até o menor tremor de placas tectônicas e tinha um olhar tão intenso que, para Jack, parecia penetrar em seu cérebro.

— É o trabalho dela, só isso — respondeu Jack, por fim.

— O que tem o trabalho dela?

— Ele passa o tempo todo trabalhando.

— Ela é dedicada aos pacientes. O consultório dela vem crescendo. É claro que isso a mantém ocupada.

— Eu sei e fico orgulhoso dela. Mas ultimamente parece que a gente nunca se vê.

— Faz parte. É normal quando se é casado com alguém que tem a profissão dela. Todos os médicos deveriam ser como ela.

Como Jack seria capaz de contestar um argumento desses? No dia do casamento, seus amigos o parabenizaram por ele ter conquistado uma mulher que não só era bonita, como também uma futura médica que levaria contracheques gordos para casa. Eles só não sabiam que, para isso, ela teria de trabalhar como uma louca. Hoje em dia, eles quase nunca assistem à TV juntos.

— Talvez ela pudesse diminuir um pouco o ritmo.

— Eu gostaria que ela pudesse fazer isso. Mas quando um paciente precisa de você... — A voz de Jack perdeu a força antes de ele terminar a frase: *o marido fica em segundo lugar.*

Jack não viu qualquer traço de simpatia no rosto de Charlie, e como veria? Maggie era sua garotinha perfeita e genial; Jack era o cara que a havia roubado dele, um cara que passava os dias dando um curso chamado Amantes Desafortunados.

Maggie voltou para a mesa e se sentou.

— Me desculpem por isso.

— Tudo certo? — perguntou Charlie.

— Tenho uma paciente que está muito doente. Ela tem só quarenta e três anos e três filhos pequenos. E está morrendo.

— Meu Deus! — exclamou Charlie.

— Câncer de ovário é fogo. — Maggie respirou fundo e esfregou o rosto. — Foi um dia longo. Desculpa estragar o seu aniversário.

— Maggie, nada que você faça vai estragar o meu dia. Quer falar sobre isso?

— Na verdade, prefiro falar de coisas alegres.

— Você é igual a sua mãe, sabia? Nunca falou nada que pudesse colocar ninguém para baixo até seu último dia de vida. A cada dia que passa, você fica mais parecida mais com ela.

Jack ficou assistindo à cena enquanto pai e filha davam as mãos à mesa, uma conexão forjada muito antes de ele conhecer Maggie. Ele não se ressentia da proximidade dos dois, mas sentia certa inveja. E, não pela primeira vez, desejou um dia ter esse vínculo com o próprio filho.

Se eles tivessem um filho.

Mais tarde naquela noite, quando saíram do restaurante, nevava fraco. Jack deixou Charlie em casa e, quando voltou para a própria casa, a neve tinha se transformado em granizo. Ele encontrou Maggie sentada na cozinha, abatida, parecendo muito mais velha do que seus trinta e oito anos.

— Sinto muito pela sua paciente — disse Jack e a abraçou.

Ele só pretendia reconfortá-la, mas sentiu o corpo dela travar com o abraço. Por fim, ela se afastou dele.

— Por favor, Jack — sussurrou ela. — Agora não.

— É só um abraço. Não estou pedindo para fazer amor com você.

— Desculpa. É que eu não sei mais a diferença.

— E seria tão horrível se eu quisesse fazer amor com a minha mulher? Faz tanto tempo que a gente...

— Estou cansada — disse ela, já se afastando.

— Maggie, o problema sou eu? — perguntou Jack. — Eu aguento a verdade, pode me dizer. Foi alguma coisa fiz ou deixei de fazer? — Ele fez uma pausa, com medo de fazer a pergunta seguinte, mas querendo muito saber. — Você tem outro?

— Hã? Ai, meu Deus, Jack, não! Não é nada disso. Tudo o que eu quero fazer agora é tomar um banho e dormir. — Ela se afastou do marido e subiu a escada para o quarto deles.

Jack foi para a sala, apagou as luzes e ficou sentado no escuro por alguns instantes, escutando a chuva de granizo batendo na janela. Lembrou-se do dia do casamento e dos votos que haviam feito. Um ano depois, na formatura da faculdade de medicina, ela fez outro juramento prometendo que cuidaria de seus pacientes. Quem vinha em primeiro lugar?

Ele não tinha mais certeza.

Naquela noite, deitado ao lado da esposa, que já estava dormindo, Jack também desejou poder pegar no sono. Chegou a pensar em pegar o frasco de ansiolítico na gaveta da mesinha de cabeceira, tentado a tomar um ou dois comprimidos só para ajudá-lo a dormir. Mas tinha bebido uma quantidade grande de vinho no jantar e, da última vez em que misturara ansiolítico e bebida, saiu para dar uma volta de pijama e acordou na manhã seguinte sem nenhuma lembrança da aventura.

Ele fechou os olhos, querendo apagar, mas o sono se recusava a vir. Então ficou acordado, sentindo o perfume de sabonete e o xampu de damasco de Maggie, lembrando-se de como eles eram antes. *Sinto sua falta*, pensou.

Sinto falta de nós.

5

Taryn

Quanto mais Dido o admira, maior o fogo que a consome por dentro... seu olhar e seu coração não têm outro dono agora...

E esse foi o começo do fim da trágica rainha Dido, cujo erro fatal foi salvar a vida de um guerreiro náufrago. Taryn se arrependeu de ter aberto esse livro irritante, mas *Eneida*, de Virgílio, era a leitura da semana para a aula do curso de Amantes Desafortunados. O professor Dorian tinha avisado que o romance terminava em tragédia, então ela estava preparada para um final triste. Sabia que ou Eneias ou a rainha Dido ou ambos teriam um fim prematuro.

Mas ela não estava preparada para ficar tão chateada com o desfecho.

Havia passado o fim de semana pensando na rainha Dido e em seu amante, Eneias, o guerreiro troiano que lutara bravamente para defender sua cidade dos ataques gregos. Derrotado pelo inimigo, Eneias se viu obrigado a fugir quando sua cidade, Troia, foi saqueada. Ele e seus homens partiram em embarcações rumo à Itália, mas os deuses não foram gentis com eles. A frota foi atingida por tempestades, e seu navio afundou. Na luta pela sobrevivência, Eneias e seus homens foram levados pelas ondas até a costa em Tiro, terra governada pela bela viúva rainha Dido.

Se ao menos Dido tivesse ordenado imediatamente que Eneias fosse executado ou que jogassem o jovem sem piedade de volta no mar para se afogar. Se tivesse feito isso, ela poderia ter vivido até uma velhice serena, ter sido amada por seus súditos. Poderia ter encontrado a felicidade com um homem muito mais digno de seu amor. Mas não. Dido foi muito bondosa e confiou demais nesses estranhos oriundos de Troia. Ofereceu comida, abrigo e segurança. E o mais imprudente de tudo: ofereceu seu coração a Eneias. Deixando a dignidade de lado, Dido sacrificou a reputação de uma rainha viúva casta pelo amor de um estranho infiel.

Um estranho que a traiu e a abandonou.

Eneias partiu em busca de glória, deixando sua amante de coração partido. Desolada, Dido subiu na pira funerária que ela mesma mandara construir. Lá, desembainhou uma espada de aço troiano. Ansiosa para mergulhar no esquecimento, cravou a lâmina no próprio corpo.

... e de repente o calor do corpo se esvaiu, a vida se dissolvendo nos ventos.

De seu navio, Eneias podia ver o brilho distante da pira funerária de Dido acesa. Certamente sabia o que aquele fogo significava. Sabia que, naquele momento, as chamas estavam consumindo a mulher que o amava, a mulher que havia sacrificado tudo por ele. Ele sofreu? Sentiu remorso e decidiu voltar? Não, ele seguiu em frente, navegando em sua fria busca por fortuna e glória.

Taryn queria rasgar o livro em mil pedaços e jogá-lo no vaso sanitário. Ou fazer uma pequena fogueira na pia da cozinha e ver as páginas queimarem, como a pobre Dido queimou nas chamas da pira. Mas eles iriam discutir essa história na aula do dia seguinte, então enfiou o livro na mochila. Ah, ela teria muita coisa a dizer sobre Eneias na aula. Sobre os supostos heróis que traíam as mulheres que os amavam.

Naquela noite, Taryn sonhou com fogo — uma mulher de pé, nas chamas, o cabelo pegando fogo, a boca escancarada num grito. A mulher estendia a mão, agonizando, e Taryn queria salvá-la, arrastá-la da pira e apagar as chamas, mas estava paralisada. Só podia assistir à mulher queimando, o corpo ficando carbonizado, murchando, até se transformar em cinzas.

Acordou sobressaltada com o som da sirene de uma ambulância a distância, e por um instante permaneceu deitada, exausta, o coração ainda palpitando por causa do pesadelo. Mas aos poucos começou a registrar o som do trânsito e o brilho do sol na janela. Então, olhou para o relógio na mesinha de cabeceira e se levantou da cama correndo.

Estava atrasada para a aula do professor Dorian, mas Cody tinha prometido guardar um lugar para ela. Quando chegou, Taryn viu Cody sentado meio desleixado em sua cadeira habitual na cabeceira da mesa, a aba do boné dos Red Sox cobrindo os olhos. Tentou entrar se fazer barulho, mas o estalo do trinco da porta fez algumas cabeças se virarem em sua direção. O professor Dorian parou de falar, e ela sentiu o olhar dele segui-la enquanto contornava a mesa até chegar aonde Cody estava sentado. O breve silêncio que tomou conta da sala ampliou o som da cadeira de Cody se arrastando e o do casaco dele sendo tirado da cadeira vazia ao lado.

— Onde você estava? — sussurrou Cody quando ela se sentou. — Já estava achando que você não ia mais vir.

— Dormi demais. Perdi alguma coisa?

— Só alguns comentários gerais. Eu anotei. Mais tarde mando para você por e-mail.

— Obrigada, Cody. Você é demais — disse Taryn, e era de coração. O que ela faria sem Cody, que sempre dividia as anotações e o almoço com ela? Devia tentar ser mais legal com ele.

O professor Dorian continuava olhando para ela, mas não de um jeito irritado, e sim como se ela fosse uma estranha criatura da floresta que tivesse entrado em sua sala e ele não soubesse o que pensar dela. Então, como se de repente tivesse se lembrado de onde estava, voltou à realidade e ficou de frente para a lousa, onde havia quatro pares de nomes escritos.

Tristão e Isolda
Jasão e Medeia
Abelardo e Heloísa
Romeu e Julieta

— Até aqui, nesse curso, falamos sobre quatro casais de amantes condenados — disse o professor Dorian, então se virou de frente para os alunos, e por um momento Taryn teve a impressão de que ele estava olhando diretamente para ela. — Na semana passada falamos de Abelardo e Heloísa. Agora vamos passar para outro casal cuja história termina em tragédia. E assim como em Jasão e Medeia, a história de Eneias e Dido envolve traição. — Ele escreveu os nomes dos amantes na lousa. — A essa altura, todos vocês já devem ter lido *Eneida*. — Ele olhou ao redor e viu alguns alunos fazendo que sim com a cabeça e outros encolhendo os ombros de forma evasiva. — Bom... quem quer comentar?

O silêncio de sempre, ninguém nunca queria ser o primeiro a falar.

— Acho muito legal que Eneias seja o cara que fundou Roma — comentou Jessica. — Sempre achei que tivesse sido aqueles dois caras que foram amamentados por lobas quando bebês. Não sabia que tinha sido Eneias.

— Isso de acordo com Virgílio — ponderou o professor Dorian. — Ele escreveu que Eneias era um príncipe troiano que defendeu sua cidade contra os gregos. Após a queda de Troia, ele foge para a Itália e se torna o primeiro herói de Roma. Agora que vocês leram *Eneida*, concordam que ele é um herói? — Dorian olhou ao redor da sala. — Alguém?

— Óbvio que ele é um herói — disse Jason. — Os troianos achavam isso.

— E quanto ao relacionamento dele com Dido? E o fato de ele ter abandonado a rainha de Cartago e a levado a cometer suicídio? Isso influencia a sua opinião sobre ele?

— Por que deveria influenciar? — questionou Luke. — Dido não precisava se matar. Foi uma escolha dela e somente dela.

— E Eneias tinha coisas mais importantes para fazer — acrescentou Jason. — Tinha um reino para construir. Os homens dele precisavam de um líder. E, além de tudo, Tiro nem era sua terra natal. Eneias não devia nenhuma lealdade a Dido.

Taryn ouviu seus colegas justificarem a traição de Eneias e foi ficando cada vez mais irritada. De repente, não conseguiu mais permanecer calada.

— Ele não é um herói! — esbravejou, sem pensar. — É um babaca narcisista, igual a Abelardo. Igual a Jasão. E daí que ele fundou Roma? Ele abandonou Dido, e isso faz dele um traidor.

A sala ficou em silêncio.

Jessica deu uma risada de escárnio. Nunca perdia a chance de desafiar Taryn na aula e, como sempre, foi direto na jugular.

— Vamos voltar à sua velha reclamação, Taryn? É a mesma coisa que você falou sobre Jasão e sobre Abelardo. Você é obcecada por homens traindo mulheres.

— Porque foi exatamente isso que Eneias fez — apontou Taryn. — Traiu Dido.

— Por que você está presa nesse tema? Algum cara fez isso com você?

Cody pôs a mão no braço de Taryn, como se dissesse: *Deixa pra lá. Ela quer provocar você.* Claro que ele estava certo. Taryn havia esbarrado com meninas como Jessica a vida inteira, meninas privilegiadas que tinham tudo de mão beijada. Meninas que nunca tinham entrado num brechó porque compravam todas as roupas novinhas na loja. Meninas que costumavam levar as amigas para a sorveteria onde Taryn trabalhava nas férias, só para poderem ficar ali perto, dando risadinhas enquanto ela as servia.

Ah, sim, Taryn conhecia as Jessicas do mundo, mas elas não a conheciam.

Cody apertou o braço de Taryn. Ela respirou fundo e se recostou na cadeira, em silêncio.

— Bem, é verdade, não é? — prosseguiu Jessica, olhando ao redor da sala. — Taryn *adora* esse assunto. Mulheres traídas.

— Vamos continuar — disse o professor Dorian.

— Talvez para ela tenha um significado pessoal — continuou Jessica. — Porque com certeza parece que ela não consegue parar de falar de homens que...

— Eu disse *vamos continuar*.

Jessica fez beicinho.

— Eu só estava argumentando.

— Deixe a Taryn fora disso. Ela tem direito de dar opinião, e fico feliz que ela tenha se manifestado. Agora vamos voltar a *Eneida*.

Enquanto o professor Dorian conduzia a discussão para outra direção, Taryn se concentrou no homem que tinha acabado de defendê-la. Não sabia quase nada sobre ele. Não sabia nada sobre seu passado nem sobre sua vida pessoal   aliás, não sabia sequer o que significava o *R* em Jack R. Dorian. Pela primeira vez ela notou que ele parecia cansado, talvez meio deprimido, como se as brigas na sala o esgotassem. Ele usava aliança, então Taryn sabia que era casado. Será que havia brigado com a esposa ou com os filhos logo de manhã? Ele parecia uma boa pessoa — não um homem como Eneias, Abelardo ou Jasão, mas alguém que apoiaria a mulher que amava.

Da mesma maneira que ele acabara de apoiá-la. Ela deveria lhe agradecer por isso.

Ao fim da aula, Taryn permaneceu na sala, esperando os outros alunos saírem, observando o professor Dorian juntar seus papéis.

— Professor Dorian? — chamou ela.

Ele levantou a cabeça, surpreso de ver que ela ainda estava ali.

— Como posso ajudar, Taryn?

— Já ajudou. Obrigado pelo que disse na aula. A discussão com a Jessica.

Ele suspirou.

— A situação estava ficando muito hostil.

— Pois é. Não sei o que fiz nessa aula para ela não ir com a minha cara, mas parece que só de eu respirar ela fica irritada comigo. Seja como for, obrigada.

Taryn se virou para sair da sala.

— Ah, já ia esquecendo. — Ele revirou uma pilha de papéis e pegou o ensaio que ela havia escrito na semana anterior, sobre Jasão e Medeia. — Devolvi os trabalhos no início da aula, antes de você chegar.

Ela olhou para o 10 em vermelho no topo da página.

— Eba! Sério?

— A nota é merecida. Deu para perceber que você colocou muita emoção no que escreveu.

— Porque realmente senti essa emoção.

— Muitas pessoas sentem coisas, mas nem todo mundo é capaz de expressar esses sentimentos tão bem quanto você. Estou ansioso para ler seu trabalho sobre *Eneida* depois do que você disse na aula hoje.

Taryn olhou para o professor Dorian e, pela primeira vez, registrou o fato de que ele tinha olhos verdes, da mesma cor dos de Liam. Ele não era tão alto quanto Liam, nem tinha ombros largos, porém o olhar era mais doce. Por um instante, ficaram se encarando, ambos procurando algo para dizer, mas sem encontrar uma única palavra.

De repente ele desviou o olhar e fechou a pasta.

— Nos vemos no museu na semana que vem.

6

Taryn

— Caramba, ele te deu 10? — perguntou Cody enquanto seguiam pelo pátio. — Eu me esforcei pra caramba no trabalho e tirei 7.

— Talvez você não tenha sentido o tema tão profundamente.

— Amantes Desafortunados? — Cody olhou para a frente. — Ah, esse tema eu sinto muito bem — murmurou.

Taryn ainda estava radiante, em êxtase. O elogio do professor Dorian era como um combustível de jato direto em suas veias, e estava louca para compartilhar seu feito. Pegou o celular para ligar para a mãe, embora Brenda provavelmente tivesse ido se deitar naquele exato momento, após o turno da noite na casa de repouso. Só então percebeu que sua mãe havia lhe enviado um e-mail. Ao ler o assunto, Taryn parou no meio do pátio.

Não está na hora de você voltar para casa?

Ela abriu o e-mail. Tinha vários parágrafos. Enquanto Cody a observava e outros alunos passavam por ela como cardumes de peixes em volta de um pilar de pedra, Taryn lia e relia o que a mãe havia escrito. Não, sua mãe não podia estar falando sério.

— Taryn... — chamou Cody.

Ela digitou o número do celular de Brenda, mas a ligação foi direto para a caixa postal. É claro que iria. Quando sua mãe ia para a cama depois de seu turno no trabalho, sempre colocava o celular no silencioso.

— O que foi? — perguntou Cody quando Taryn desligou.

Taryn o encarou.

— Minha mãe disse que, se eu quiser tentar fazer pós-graduação, tem que ser no Maine.

— Por quê?

— Dinheiro. É sempre dinheiro.

— Voltar para o Maine é o fim do mundo?

— Você sabe que é! Liam e eu já tínhamos resolvido tudo. Vamos ficar em Boston. Foi o que nós planejamos.

— Talvez os planos dele tenham mudado.

— *Não começa* — disse ela.

Surpreso com o olhar irritado de Taryn, Cody ficou em silêncio. Olhou para a torre do relógio e falou, timidamente:

— A gente... hmmm, vai acabar se atrasando para a aula.

— Pode ir. A gente se vê mais tarde.

— E aquelas questões dissertativas? Achei que fôssemos trabalhar juntos nelas.

— Ah, é. Aparece lá em casa hoje à noite.

— Eu levo uma pizza — disse ele, animado.

— Tá — murmurou Taryn, mas sem olhar para Cody. Ela ainda encarava o celular, nem percebeu quando ele se afastou.

A mãe de Taryn parecia exausta ao telefone. Eram quatro da tarde, e, para uma auxiliar de enfermagem que trabalhava no turno da noite na Casa de Repouso Seaside, esse horário era o equivalente ao raiar do dia, mas Taryn não podia esperar mais para falar com ela.

— Parece que você não entende o quanto isso é importante — disse Taryn. — Não posso voltar para o Maine.

— E o que você vai fazer depois que se formar?

— Ainda não sei. Estou pensando em continuar estudando. Minhas notas são boas, e tenho certeza de que consigo entrar numa pós-graduação aqui.

— Tem ótimas instituições aqui no Maine.

— Mas não posso sair de Boston.

Não posso deixar Liam, era o que pensava.

— Nem tudo que a gente quer na vida é possível, Taryn. Tentei ficar em dia com as mensalidades da faculdade, mas não dá para fazer milagre. Tem sido muito difícil pagar esse segundo aluguel. Não tenho mais onde pedir empréstimo e já estou trabalhando em dois turnos. Você tem que entender.

— Estamos falando do meu *futuro*.

— Sim, *eu* estou falando do seu futuro. De todos esses empréstimos que você vai ter que pagar um dia e para quê? Só para se gabar de ter estudado numa faculdade chique em Boston? E a minha aposentadoria? Não economizei um centavo para mim. — Brenda suspirou. — Não posso mais fazer isso por você, meu amor. Estou cansada. Desde que seu pai foi embora, parece que só o que faço é trabalhar.

— Não vai ser assim para sempre. Prometi que cuidaria de você.

— Então por que não volta para casa? Vem para casa agora morar comigo. Você pode estudar o que quiser e onde quiser aqui. Talvez consiga um emprego de meio expediente para ajudar a pagar os estudos.

— Não posso voltar para o Maine. Eu preciso ficar...

— Com o Liam. É isso, não é? Tudo o que importa é estar com *ele*. Na mesma cidade, na mesma faculdade.

— Um diploma de uma boa faculdade faz a diferença.

— Bem, a família *dele* pode pagar, mas eu não tenho esse dinheiro.

— Mas vai ter um dia.

Outro suspiro, dessa vez mais profundo.

— Por que está fazendo isso com você mesma, Taryn?

— Fazendo o quê?

— Apostando todo o seu futuro num rapaz? Você é inteligente demais para fazer esse tipo de coisa. Não aprendeu nada quando o seu pai foi embora? Não podemos confiar neles, só em nós mesmas. Quanto mais cedo você acordar e...

— Não quero falar disso.

— O que está acontecendo, meu bem? Tem *alguma coisa* acontecendo. Dá para perceber pela sua voz.

— Eu só não quero voltar para o Maine.

— Aconteceu alguma coisa entre você e o Liam?

— Por que você acha isso? Você não tem nenhum motivo para pensar numa coisa dessas.

— Ele não é o único rapaz no mundo, Taryn. Não é saudável gastar todo o seu tempo atrás dele, sendo que existem tantos outros...

— Preciso ir — Taryn a interrompeu. — Tem alguém batendo na porta.

Ela desligou o telefone, abalada com a ligação. Queria desesperadamente falar com Liam, mas já havia deixado três mensagens de voz, e ele ainda não havia retornado. Estava começando a nevar, mas ela não suportava ficar trancada naquele apartamento minúsculo nem mais um minuto. Precisava dar uma volta, arejar a cabeça.

Taryn saiu andando sem pensar num destino. Seus pés a levaram automaticamente, seguindo o mesmo caminho que percorrera tantas vezes antes.

Já estava escuro quando chegou ao prédio de Liam. De pé na calçada, olhou para as janelas. As luzes dos vizinhos estavam acesas, mas as janelas do apartamento de Liam estavam escuras. Ela sabia que a última aula dele havia terminado há algumas horas. Onde será que ele estava? Não ousaria entrar no apartamento dele agora, porque ele poderia voltar a qualquer momento e pegá-la no flagra, mas estava tão ansiosa para vê-lo que não podia sair dali. Não ainda.

Do outro lado da rua havia uma casa de sucos. Ela entrou, pediu um açaí e se sentou perto da janela. Ficou vigiando o prédio através do véu de neve que caía lentamente. Era hora do jantar, e ela pensou em todas as noites que eles tinham passado juntos no apartamento dele, se empanturrando de comida. Eles viviam pedindo comida. *Pad thai* do Siam House. Hambúrgueres e batatas fritas da Five Guys. Eles comiam na mesinha de centro enquanto assistiam à TV, depois trocavam de roupa e iam para a cama dele.

Sinto sua falta. Você sente a minha falta?

A tentação de ligar foi tão grande que ela não resistiu. Mais uma vez, foi direto para a caixa postal. Ele estava ocupado estudando, claro, porque estava determinado a entrar numa faculdade de direito. Devia estar se preparando para as provas. Por isso desligou o celular.

Taryn pediu mais um açaí e o tomou lentamente, para não pedirem a ela que saísse da lanchonete. Provavelmente Liam estava estudando na biblioteca; talvez devesse ir até lá. A ideia era escolher uma mesa no térreo, perto dos banheiros, espalhar seus livros e escrever o ensaio para a aula do professor Dorian. Liam certamente iria notá-la ali quando passasse para ir ao banheiro. Ficaria impressionado com a dedicação dela ao trabalho acadêmico. Perceberia que ela era muito mais do que apenas a menina pobre de sua cidade natal que ele conhecia desde o ensino médio. Não! Taryn era alguém destinada a coisas maiores, e era seu par perfeito em todos os sentidos.

O celular dela tocou. *Liam*. As mãos tremiam quando ela respondeu:

— Alô?

— Pensei que a gente ia estudar na sua casa hoje à noite. Você não está atendendo à campainha.

Decepcionada, Taryn afundou na cadeira. Era Cody.

— Ah, caramba. Esqueci.

— Bom, estou na frente do seu prédio e trouxe a pizza. Cadê *você*?

— Hoje não dá. Pode ser outro dia?

— Mas a gente ia repassar aquelas questões dissertativas para a aula do professor Dorian. Eu trouxe todos os meus livros, as anotações e tudo mais.

— Olha, estou com um monte de coisas na cabeça. Te ligo amanhã, tá bem?

O silêncio que se seguiu estava carregado de decepção. Taryn imaginou Cody na frente de seu prédio, em seu enorme casaco forrado e com seu boné de beisebol polvilhado com neve recém-caída. Por quanto tempo ele estava ali, parado, naquele frio intenso, esperando por ela?

— Me desculpa, Cody. De verdade.

— Tá. — Ele suspirou. — Tudo bem.

— A gente se fala amanhã?

— Claro, Taryn — respondeu Cody e desligou.

Ela olhou para a janela de Liam do outro lado da rua; ainda estava escura. *Só mais um pouco*, pensou. *Vou ficar sentada aqui só mais um pouco.*

DEPOIS

DEPOTS

7

Frankie

O nome do namorado é Liam Reilly, e ele parece exatamente o tipo de rapaz que toda mãe espera que sua filha leve para casa. Louro e forte, está barbeado e se veste bem, com calças de algodão e camisa oxford. Quando Frankie e Mac entram no apartamento, ele pergunta educadamente se eles aceitam um café. Poucos jovens hoje em dia parecem respeitar a polícia, e os que são educados a ponto de oferecer café são mais raros ainda. Quando os três se sentam na sala de estar de Liam, Frankie nota uma pilha de folhetos de faculdades de direito na mesinha de centro — outro detalhe que a impressiona. Liam é o oposto dos músicos desleixados que suas filhas gêmeas andaram levando para casa recentemente, jovens sem nenhuma grande ambição além de agendar os próximos shows. Rapazes que têm medo de olhar nos olhos de Frankie, porque sabem que ela é policial. Por que suas filhas não levavam um Liam para casa? Filho de médico, educado e articulado e que já foi aceito em duas faculdades de direito. Sem antecedentes criminais, nem mesmo multa de estacionamento pendente e parece realmente chocado com a notícia da morte de sua ex-namorada.

— Você não percebeu nenhum indício de que Taryn cometeria suicídio? — pergunta Frankie.

Liam balança a cabeça.

57

— Sei que ela ficou chateada quando terminei nosso namoro. E às vezes ela parecia meio psicopata, levando em conta algumas atitudes. Mas se *matar*? Isso não tem nada a ver com ela.

— Como assim "meio psicopata"? — pergunta Mac.

— Ela andava me stalkeando — responde Liam, fazendo Mac erguer a sobrancelha. — É sério. No começo, ela me ligava e me mandava mensagens o tempo todo. Depois, começou a entrar no meu apartamento enquanto eu estava fora.

— Você chegou a pegá-la aqui?

— Não, mas uma das meninas do apartamento ao lado a viu saindo do prédio um dia de manhã. A Taryn nunca devolveu a minha chave, então podia entrar quando quisesse. E notei que algumas coisas estavam sumindo.

— Que coisas?

— Coisas bobas, como camisetas. Cheguei a achar que tinha guardado no lugar errado, mas então percebi que só podia ser ela que tinha levado. Isso me deixou bem assustado. Depois piorou.

— Você comentou que ela ficava ligando e mandando mensagens — diz Frankie.

— Acabei tendo que bloquear o número dela. Aí ela começou a usar o celular de um colega de faculdade para me ligar.

— Então ela *tinha* um celular, certo?

Liam faz cara de quem não está entendendo, como se a pergunta fosse absurda.

— Tinha — responde. — Claro.

— Porque não encontramos o celular dela.

— Mas com certeza ela tinha um. Vivia reclamando que a mãe só tinha dinheiro para comprar um Android.

— Se a gente encontrar esse celular, você saberia desbloquear? — pergunta Mac.

— Sim. A menos que ela tenha trocado a senha.

— E qual é a senha?

— É... hmmm... — Liam desvia o olhar. — Nosso aniversário. O dia em que nos beijamos pela primeira vez. Ela sempre ficava meio emotiva com essa data e continuou me importunando para comemorarmos, mesmo depois... — Sua voz falha.

— Você falou que ela ficava mandando mensagens — diz Frankie. — Podemos ver?

Liam faz uma pausa, sem dúvida se perguntando se tem algo no celular que ele não deveria revelar a uma policial. Relutante, pega o iPhone, desbloqueia a tela e o entrega a Frankie.

Ela percorre a lista de conversas até encontrar a sequência de mensagens de Taryn Moore. Haviam sido enviadas dois meses antes.

Cadê vc?

Pq vc n apareceu? Esperei mais de duas horas.

Pq está me evitando?

Me liga POR FAVOR. É importante!!!!!!

Dá para perceber o desespero cada vez maior da jovem pelas mensagens enviadas, mas Liam não havia respondido a nenhuma delas. O silêncio é uma saída covarde, e foi isso que Liam escolheu ser, um covarde. Taryn foi deixada no vácuo.

— Imagino que vocês falaram com a mãe dela — diz Liam. — Espero que a Brenda esteja bem.

— A conversa foi difícil.

Na verdade, a conversa foi de partir o coração, embora Frankie não tenha sido quem de fato deu a notícia. Essa tarefa ingrata ficou a cargo de um policial em Hobart, Maine, que bateu à porta da Sra. Moore e deu a notícia pessoalmente. Quando Frankie ligou, horas depois, a mãe de Taryn parecia exausta de tanto chorar, sua voz quase um sussurro.

— A Brenda sempre foi legal comigo — diz Liam. — Meio que senti pena dela.

— Por quê?

— O marido dela fugiu com outra mulher quando a Taryn tinha dez anos. Acho que ela nunca superou o abandono do pai.

— Talvez por isso ela tenha surtado quando você terminou com ela.

Liam faz uma careta ao pensar nisso.

— A gente não era noivo nem nada. Éramos só namorados de escola. Tirando o fato de termos crescido na mesma cidade, não tínhamos muita coisa em comum. Tenho planos de fazer faculdade de direito, mas a Taryn não tinha nenhum plano real. Exceto, talvez, se casar.

Frankie olha novamente para o iPhone de Liam.

— Essas são as últimas mensagens de texto que ela mandou?

— Isso.

— São de fevereiro. Desde então não houve mais nada?

— Não. Tudo parou quando a gente quebrou o pau num restaurante. Eu estava jantando com a minha namorada nova, a Libby. Não sei como, mas a Taryn descobriu que estávamos lá, então invadiu o restaurante e começou a gritar comigo na frente de todo mundo. Eu tive que arrastá-la para fora de lá e dizer de uma vez por todas que não tínhamos mais nada. Acho que foi aí que ela percebeu mesmo que não rolava mais *nada* entre nós. Depois disso, ela parou de mandar mensagens. Imaginei que havia tocado a vida, talvez começado a namorar outra pessoa.

— A mãe dela não falou nada sobre um novo namorado.

Liam dá de ombros.

— A Brenda talvez nem soubesse. A Taryn não contava tudo para ela.

Frankie pensa nos segredos que as próprias filhas escondiam dela: a cartela de anticoncepcional que ela havia encontrado na gaveta de roupas íntimas de Gabby, o rapaz que andava entrando escondido no quarto de Sibyl — até a noite em que Frankie apontou sua arma de serviço para ele. Sim, meninas são muito boas em guardar segredos da mãe.

— Mas *havia* outro namorado? — pergunta Mac.

— Eu não soube de nenhum — responde Liam.

— Você chegou a ver a Taryn com mais alguém?

— Só com um colega de turma dela. O cara vivia grudado nela. Não sei o nome dele.

— Você acha que ela estava envolvida com ele?

— Tipo, se os dois estavam se pegando? — Ele dá uma risada. — Sem chance.

— Por que não?

— Basta olhar para ele. O cara é enorme de gordo. Provavelmente, a Taryn o deixava andar com ela por pena. Não consigo pensar em nenhum outro motivo.

— Por amizade, talvez? Quem sabe ele tinha uma personalidade incrível?

— Ah, claro.

Liam bufa. Ele não consegue se imaginar sendo substituído por um garoto gordo. Ele tem a autoconfiança cega de alguém que sabe que é bonito, de uma pessoa que nunca duvidou de seu valor. Frankie definitivamente não foi com a cara dele.

— Por que acha que ela se matou, Liam?

Ele balança a cabeça.

— Como falei, a gente perdeu o contato. Não tenho como saber.

— Ela era sua namorada. Vocês estavam juntos desde o ensino médio. Deve saber de algum motivo que a tenha levado a fazer isso.

Liam para e pensa, mas apenas por um breve instante, como se a pergunta não fosse importante para que ele gastasse o cérebro com ela.

— Não consigo mesmo. — Ele olha para o Apple Watch. — Tenho um compromisso daqui a vinte minutos. Já terminamos?

— Que babaca! — diz Frankie enquanto almoça com Mac na cantina do Departamento de Polícia de Boston.

— Típico de um menino de ouro — comenta Mac. — Quando eu era mais novo, conheci umas crianças iguais a ele. Babacas arrogantes.

Pensavam que eram especiais, quando na verdade só tiveram sorte na loteria genética. Queria eu ter nascido com alguns desses genes.

— E o que tem de errado com os seus genes?

— Além da diabetes, da calvície e da rosácea?

— Acho que a rosácea não é genética, Mac.

— Não? Bem, de alguma forma, puxei da minha mãe.

Mac leva o sanduíche de queijo e presunto à boca e dá uma mordida gigante nele. Levando em conta seu peso e sua pressão arterial, ele não deveria estar comendo queijo com presunto, mas o sanduíche parece de fato bem tentador, comparado à salada Caesar de Frankie. Ela nem gosta de salada, porém hoje pela manhã viu seu reflexo de relance no banheiro feminino, que confirmou o que o cós cada vez mais apertado de sua calça vem lhe dizendo. Vai comer salada até as calças afrouxarem. Até que ela pare de fazer careta toda vez que se olhar no espelho.

— E aí? Tem planos para hoje à noite? — pergunta Mac.

— Acho que vai ser TV e cama. — Resignada, ela espeta uma folha de alface com o garfo e mastiga sem o menor entusiasmo. — Por quê?

— Se não tiver planos para hoje à noite, a Patty tem um primo...

— Ah, claro...

— Ele tem sessenta e dois anos, um bom emprego e casa própria. E não tem antecedentes criminais.

— Ah, um verdadeiro vencedor.

— A Patty acha que você ia gostar dele.

— Não estou disponível, Mac.

— Mas você nunca pensou em se casar de novo?

— Não.

— Sério? Ter alguém para quem voltar para casa todas as noites? Alguém com quem envelhecer?

— Tá bom. Pensei. — Frankie pousa o garfo. — Eu penso nisso, é só que, no momento, não tem nenhum Romeu batendo à minha porta.

— Esse primo dela é muito legal, e a Patty está ansiosa para apresentar vocês dois. Sem pressão, pode ser só um encontro duplo para tomar uma cerveja e comer hambúrguer. Se você não se sentir à vontade, é só me dar um sinal que eu te ajudo a dar o fora.

Frankie pega o garfo e mexe na alface em seu prato com indiferença.

— O primo dela sabe que eu sou da polícia?

— Sabe. A Patty contou.

— E mesmo assim ele está interessado em me conhecer? Porque geralmente eles caem fora quando descobrem a minha profissão.

— A Patty diz que ele gosta de mulheres fortes.

— E que também andam armadas?

— É só não ficar andando com a arma à mostra por aí. Você só precisa ser você mesma, encantadora como sempre. Vai ser ótimo.

— Sei lá, Mac. Depois daquele último encontro às cegas...

— Sabe por que deu errado? Porque você deixou as suas filhas marcarem o encontro por você. Como é que alguém marca um encontro entre um barman e a própria mãe?

— Bem, ele era *muito* gostoso. E fazia um martíni incrível.

— Você deve *começar* sempre checando os antecedentes criminais. — Mac se inclina como se fosse receber uma salva de palmas. — E, sim, pode me agradecer, porque pelo menos você sabe logo de cara que o primo da Patty está limpo.

Limpo. Quando *limpo* se tornou o melhor que ela poderia esperar de um homem? Quando parou de buscar a emoção dos hormônios à flor da pele e o coração batendo a mil e passou a se contentar com o meramente aceitável?

— Qual é o nome desse primo?

— Tom.

— Tom o quê?

— Blankenship. Viúvo, duas filhas já adultas. E, como eu disse, passei um pente-fino nele. Não tem sequer uma multa de estacionamento.

— Parece o homem dos sonhos.

* * *

Mac disse que o encontro de hoje à noite seria só cerveja e hambúrguer num pub na Brighton Avenue, então por que ela ainda está parada na frente do closet, com dificuldade para escolher o que vestir? Ela não sai com ninguém há meses, desde o barman gostoso mas ladrão. Duvida que esta noite seja melhor, mas sempre existe uma chance — aquele vislumbre cruel de esperança — de que este homem seja *o cara*, e ela não quer estragar tudo. Então, ali está ela, diante do closet, revirando as roupas atrás das peças certas.

O vestido azul, não, porque ela engordou dois números desde a última vez que o usou. Frankie o puxa do cabide e o joga numa pilha cada vez maior de roupas para doação. O vestido verde tem manchas nas axilas, então também vai para a pilha de doações. Derrotada pelo seu guarda-roupa digno de pena, por fim ela pega seu terninho preto testado e aprovado. Afinal, ela é o tipo de mulher que gosta de usar terninhos.

Finalmente vestida e pronta para sair, vai à sala pegar o casaco guardado no closet.

A filha Gabby levanta os olhos da revista e faz uma careta.

— Ah, mãe... Você vai sair assim mesmo?

— Qual o problema?

— Você vai para um bar, não para uma audiência no tribunal. Por que não coloca um vestido, uma roupa sexy?

— Está fazendo um grau lá fora.

— Ser sexy requer sacrifícios.

— Quem disse?

— Esse artigo aqui.

Gabby vira a revista para mostrar à mãe a foto de uma modelo com uma pele fresca e hidratada usando um minivestido de couro vermelho.

Frankie franze a testa ao ver os saltos de quinze centímetros.

— Ah, sem chance.

— Ah, mãe, faz esse esforço, vai. Sibyl e eu achamos que você ficaria gostosa de salto alto. Eu te empresto um sapato meu.

— Antes de qualquer coisa, filhas não devem usar as palavras *gostosa* e *mãe* na mesma frase, a menos que estejam querendo se referir à comida. E, segundo, realmente não estou nem aí se pareço gostosa ou não.

— Ah, está aí, sim.

— Tudo bem, talvez eu me importe um pouco com isso. — Frankie enfia os braços nas mangas do casaco. — Mas não quando se trata de um cara que eu nunca vi na vida.

— Espera aí. Foi o *Mac* quem marcou esse encontro às cegas?

— Pois é.

Gabby solta um gemido e volta para a revista.

— Então pode ir assim mesmo.

— Me deseje sorte. Talvez eu chegue tarde em casa.

Gabby vira uma página.

— Duvido.

— ... então, quando as nossas filhas estavam no ensino médio, ela entrou para a escola de culinária e se formou aos quarenta anos. Abriu o próprio negócio de serviço de catering e começou uma carreira nova. Cara, as crianças e eu comíamos bem! Ela conseguiu vários clientes em Beacon Hill, fazendo festas de Natal, Ano-Novo, *bar mitzvahs*...

Frankie olha para o relógio, toma outro gole de cerveja e se pergunta como poderia sair educadamente do pub e voltar para casa. Quanto mais esse homem ainda pode falar sobre sua santa esposa, Theresa, que morreu há dezessete meses? Não há um ano e meio, e sim há exatos dezessete meses. Ele calcula o tempo de viuvez da mesma forma que as mães calculam a idade de um bebê. Passa a impressão de que a perda ainda é muito recente para ele.

Assim que o viu no pub, sentado ao lado de Mac e Patty, Frankie criou grandes expectativas para a noite. Tom estava elegante e com a barba feita, e ainda tinha boa parte do cabelo. Quando se cumprimentaram, ele apertou a mão de Frankie com firmeza e a encarou nos olhos, sorrindo. Eles pediram bebidas e asinhas de frango para os quatro. Ela falou que tinha filhas gêmeas. Ele contou que também tinha filhas. Mas então começou a falar de sua falecida esposa.

Isso tinha sido duas canecas de cerveja atrás.

Toda animada, Patty avisa:

— Vou ao toalete.

Ao se levantar, dá uma cutucada no braço do marido.

— Hã? Ah, é, vou lá pegar outra rodada de cerveja para a gente — diz Mac e na mesma hora também se levanta.

Frankie sabe exatamente por que eles a estão deixando sozinha com Tom-sem-antecedentes-criminais. Patty enxerga cada conhecido solteiro como um desafio pessoal, e Frankie tem sido seu projeto mais frustrante.

Frankie e Tom ficam ali sentados, sozinhos à mesa, e, por um instante, faz-se um silêncio doloroso, ambos olhando para a porção de asinhas de frango devoradas.

— Sinto muito — diz ele e suspira. — Acho que não vou acender a sua chama.

Isso é verdade, mas Frankie quer ser gentil com ele.

— Acho que ainda é muito cedo para você, Tom. A cura leva tempo. Até isso acontecer, você não deve se forçar a nada.

— Você está certíssima. Esse é meu primeiro encontro desde que... — A voz dele falha. — Mas é que a Patty há meses vem insistindo para eu voltar a sair.

— Sim, ela é uma força da natureza.

— Não é? — concorda ele, rindo.

— Mas você não está pronto.

— E você está?

— Não é tão recente para mim.

Ele a encara.

— Me desculpa. Aqui estou eu, falando da Theresa a noite toda. Eu devia ter perguntado sobre o seu marido. O que aconteceu com ele?

— A Patty não contou?

— Ela só me falou que foi há alguns anos.

Frankie se sente grata pela discrição de Patty. Já é doloroso demais o fato de tantos colegas de trabalho de Frankie saberem a verdade.

— Ataque cardíaco. Totalmente inesperado. — *De diversas formas.* — Faz três anos, então já tive tempo para me acostumar.

— Mas a gente realmente se acostuma em algum momento?

Frankie reflete sobre a pergunta. Pensa nos meses após a morte de seu marido, Joe, quando passava as noites acordada, atormentada pelas perguntas sem resposta. Pela dor misturada com raiva. Não, ela nunca vai se acostumar de verdade, porque agora questiona tudo em que costumava acreditar, tudo que tinha como certo.

— A verdade é que ainda não superei a morte dele — admite Frankie.

— De certa forma, é um pouco reconfortante saber que não sou o único que está passando por momentos difíceis.

Ela sorri.

— Acho que você deve ter sido um marido muito bom.

— Eu poderia ter sido melhor.

— Lembre-se disso, se um dia você se casar de novo. Mas, por ora, acho que você deveria se cuidar. — Ela pega a bolsa. — Foi um prazer te conhecer, Tom — diz Frankie, e é de coração, mesmo não havendo nenhuma chance de química entre eles, nem hoje nem nunca. — Está tarde, melhor eu ir para casa.

— Sei que esse não foi o melhor encontro do mundo, mas posso te ligar qualquer hora? Quando eu *realmente* me sentir pronto?

— Pode ser. Eu aviso.

Mas, ao voltar para casa, Frankie já sabe que eles não vão se ver de novo. Às vezes, não há segundas chances para a felicidade. Às vezes, apenas estar satisfeita com a sua vida basta. O frio é tanto que parece que ela está inalando agulhas, mas essa sensação faz com que Frankie se lembre de que está viva.

Ao contrário do marido. Ao contrário de Taryn Moore. Ao contrário de todas as outras almas perdidas cujos corpos passaram sob seu olhar.

Ela respira fundo outra vez, grata pela sensação de agulhadas nas narinas, e segue pelo resto do trajeto de volta para casa.

ANTES

8

Taryn

Ela realmente deveria ser uma amiga melhor para Cody. Ele era a única pessoa que sempre atendia ao telefone quando ela precisava de um favor, a única pessoa que tolerava seu mau humor. Os dois eram os patinhos feios da turma e, desde que se conheceram no ano anterior, quando ele se sentou ao lado dela na aula de Literatura Ocidental, começaram a andar juntos — embora só porque patinhos feios sempre se reconhecem. Então, sim, ela realmente *deveria* ser mais legal com Cody, mas às vezes se irritava com o fato de ele estar sempre por perto, tentando ser útil. Tentando entrar cada vez mais em sua vida. Taryn não era cega; sabia por que ele guardava uma cadeira para ela na aula, por que compartilhava as anotações de aula e lhe dava chocolate quando ela estava com fome. Ela nunca gostaria dele do jeito que ele *queria* que gostasse — e como isso seria possível sendo que havia tanta coisa nele que ela não achava atraente? Não era só seu jeito de andar balançando igual a um pato, nem seus suéteres sempre sujos de farelos de comida. Não, era a carência de Cody que a incomodava, embora ela entendesse o motivo. Assim como ela, Cody era o garoto que nunca se encaixava em lugar nenhum, o garoto desesperado para provar seu valor.

Taryn olhou para ele do outro lado da mesa da biblioteca, onde os dois estavam sentados estudando. Cody havia passado a última hora curvado em sua cadeira, fazendo o trabalho que deveria ser entregue dali a dois dias, mas mal havia digitado duas frases em seu laptop. Como de costume, usava o boné de beisebol vermelho com a aba manchada de gordura puxada tão para baixo que Taryn não conseguia ver seus olhos.

— Por que você nunca tira essa coisa? — perguntou ela.

— Hã?

— O boné. Nunca te vi sem ele.

— É dos Red Sox.

— Bem, você devia pelo menos lavar essa coisa.

Cody tirou o boné, deixando uma marca em seu cabelo louro de bebê, olhou para a aba e sorriu.

— Meu pai comprou quando fomos a um jogo dos Red Sox. Eles perderam naquele dia para os Yankees, mas mesmo assim foi muito legal torcer da arquibancada, comer cachorro-quente e tomar sorvete, ter meu pai lá comigo. — Cody fez um carinho na mancha na aba, como se fosse o Aladdin esfregando a lâmpada mágica, esperando que o gênio aparecesse. — Foi o último dia que a gente passou junto. Antes de... você sabe.

— Onde ele mora agora?

— Em algum lugar no Arizona. Recebi um cartão dele no Natal. Disse que eu podia visitá-lo qualquer dia desses. Falou que vai me levar para acampar.

Que nada, pensou Taryn. Porque pais que abandonam suas famílias nunca cumprem promessa nenhuma. Eles não querem receber visitas. Não queriam ser lembrados das crianças que haviam abandonado. Querem esquecer que eles existiam.

Cody suspirou e colocou o boné de volta.

— Você costuma ver o seu pai? — perguntou ele.

— Nunca. Faz anos que não o vejo. Ele não se importa, eu também não.

— Claro que você se importa. Ele é seu pai.

— Não me importo, não. — Ela enfiou os livros e as anotações na mochila e se levantou para ir embora. — E você também não deveria se importar.

— Taryn, espera.

Quando Cody a alcançou, Taryn já tinha saído do prédio e andava tão rápido pelo pátio que ele ofegava só de tentar manter o ritmo dela.

— Foi mal ter falado do seu pai — diz ele.

— Não quero falar sobre ele. Nunca.

— Talvez você precise falar sobre ele. Olha, eu sei que ele te abandonou, e o meu pai fez a mesma coisa. E a gente tem que aprender a lidar com isso. Dói, mas também nos fortalece.

— Besteira. Sabe o que isso faz com a gente? Isso estraga a gente. Nós somos rejeitados.

Taryn parou no meio do pátio, virou-se e encarou Cody, que se encolheu, como se ela fosse bater nele. Como se ele estivesse com medo dela — e provavelmente estava, em algum nível. Com medo de perdê-la ou de irritar sua única amiga no campus.

— Quando alguém diz que te ama, deveria ser para sempre — acrescentou ela. — Você deveria poder contar com esse amor, deveria poder apostar a vida nisso. Mas meu pai não quis ficar por perto. Ele abandonou as pessoas que dizia amar. Espero que ele queime no inferno.

Cody encarou Taryn, surpreso com a raiva dela.

— Eu nunca faria isso com você, Taryn — disse ele em voz baixa.

De repente, ela soltou o ar, e a impressão foi de que a raiva saiu junto.

— Eu sei.

Cody tocou o braço dela, hesitante, como se fosse se queimar. Ao perceber que ela não se afastou, ele colocou o braço em volta do ombro dela. A sensação foi reconfortante, mas Taryn não queria que Cody pensasse que poderia haver algo entre eles — não da maneira que ele esperava.

Ela se afastou.

— Chega de estudar por hoje. Vou para casa.

— Eu te acompanho até lá.

— Não, não precisa. A gente se vê amanhã.

— Taryn? — chamou ele, num tom tão melancólico que ela não foi capaz de simplesmente ir embora. Então, ela se virou e o viu sozinho, iluminado pela luz de um poste próximo. Seu corpo enorme projetava uma sombra gigantesca. — Liam não vale a pena — disse ele. — Você consegue alguém melhor. Muito melhor.

— Por que está falando dele?

— Porque a questão é essa, não é? A questão não é o fato do seu pai ter te abandonado. É Liam te ignorar, se afastar de você. Você não precisa dele.

— Você não sabe nada de nós dois.

— Sei mais do que você pensa. Entendo que ele não merece você. O que não entendo é por que você não o deixa ir embora de vez, sabendo que existem outros caras bem melhores para você, que *querem* estar com você. — A aba do boné de Cody não permitia que Taryn visse os olhos dele, mas ela sentiu o desejo em sua voz. — Sei que está com ele há muito tempo, mas isso não significa que vai durar para sempre.

— É o que nós planejamos. Por isso que estou nesse campus. Porque prometemos ficar juntos, não importa o que aconteça.

— Então por que ele não está aqui? Por que ele não atende quando você liga?

— Porque ele está estudando. Ou está na aula.

— Ele não está na aula agora.

Ela pegou o celular e ligou para Liam. Caiu direto na caixa postal. Ela olhou para a tela do aparelho e então teve uma ideia, algo que se recusara a considerar inicialmente.

— Me dá o seu celular — pediu Taryn.

— Algum problema com o seu?

— Só me dá o celular.

Ele entregou o celular para Taryn e observou enquanto ela ligava para Liam. Tocou três vezes, então ela ouviu:

— Alô.

— Estou te ligando o dia todo. Você nunca retorna.

Longo silêncio. Longo demais.

— Não posso falar agora, Taryn. Estou no meio de uma coisa aqui.

— No meio do quê? Preciso ver você.

— Que número é esse?

—É de um amigo meu. Eu não estava conseguindo entrar em contato com você. Imaginei que talvez você tivesse me bloqueado sem querer.

— Olha, eu tenho que desligar.

— Me liga? Me liga mais tarde, a hora que for.

— Sim, claro.

A conexão foi cortada. Taryn olhou para o celular, atordoada com a forma abrupta como Liam encerrou a conversa.

— E aí? — perguntou Cody. — O que ele falou?

Taryn não gostou do olhar de "não te falei?" de Cody, que assistia à cena. Devolveu o celular para ele de forma agressiva e respondeu:

— Não é da sua conta.

9

Jack

— Ainda acho que essa dor nas costas é só uma distensão muscular — comentou Charlie enquanto Jack o levava para a consulta no hospital. — Não sei se precisa dessas radiografias. E com certeza você não precisava me levar de carro, garoto.

— Sem problemas. Hoje é meu dia de folga.

— Em plena sexta-feira? Que bela agenda a sua!

— Vantagens de ser professor universitário. — De repente, Charlie fez uma careta. Olhando de relance, Jack presumiu ser de dor. — Está doendo?

— Um pouco — respondeu Charlie, fazendo um aceno com a mão. — Nada que um Tylenol não resolva. E, além do mais, essas dores são da idade. Espere só até você ter setenta anos; vai ver como é difícil simplesmente se levantar da cama de manhã. Maggie diz que talvez eu só precise de fisioterapia ou uma ou duas massagens. Só espero que ela não insista para que eu comece a fazer ioga ou qualquer outra idiotice dessas.

— Mas ioga vai te fazer bem.

Charlie bufou.

— Você consegue me ver usando aquelas roupas justas, fazendo a posição do beagle descendente ou sei lá o quê? — Charlie encarou Jack. — No verão, se eu estiver me sentindo melhor, talvez a gente possa fazer um passeio de bicicleta pelo oeste. — Ele enfiou a mão no bolso do paletó e tirou de lá um folheto de viagem que estava dobrado. — Olha isso. A Backroads tem um passeio pelo Parque Nacional Bryce Canyon. Gostaria que a gente pudesse fazer essa viagem junto, enquanto ainda consigo. Afinal, agora sou um septuagenário de carteirinha. — Ele falou as sílabas lentamente, como se pronunciasse a palavra pela primeira vez.

— É, mas um sep-tu-a-ge-ná-rio jovem.

— Quando eu era da Polícia de Cambridge, nunca tirava dias de férias o suficiente. Passei grande parte do meu precioso tempo com a escória do mundo. Babacas de quem ninguém nunca sentiria falta se levassem uma bala na cabeça. Mas eu devia era ter viajado mais com a Annie, feito aquele cruzeiro até o Alasca que ela sempre quis fazer. Olha, eu me arrependo tanto... Agora preciso recuperar o tempo perdido. — Charlie olhou para Jack. — Vê se a Maggie consegue essa folga em junho. Uns dez dias.

— Vou perguntar para ela.

— E a viagem é por minha conta. Todas as despesas pagas.

— Sério? Por quê?

— Porque prefiro aproveitar o dinheiro que tenho enquanto ainda estou vivo em vez de deixar vocês gastarem a herança com calhas *in memoriam*.

— É muito generoso da sua parte. Mas ainda precisamos de calhas novas.

— Tenta fazer a Maggie tirar essa folga. — Ele olhou para Jack mais uma vez. — Dar uma escapada seria uma boa para vocês.

— A gente precisa mesmo de umas férias. Uma chance de relaxar.

— E fazer outras coisas.

— Outras coisas?

Charlie piscou.

— Ainda espero ver um neto um dia desses.

— Eu também, Charlie.

— E quando isso vai acontecer? Espero que seja enquanto ainda tenho idade para jogar bola com ele.

O assunto "filho" era tão doloroso que, por um momento, Jack não respondeu. Simplesmente continuou dirigindo, sem nem querer pensar na pergunta.

— Ela ainda está abalada com aquele aborto, né? — continuou Charlie.

— Foi muito duro para ela. Para nós dois.

— Já tem um ano, Jack.

— O tempo passou, mas a dor não diminuiu.

— Eu sei, eu sei. Mas vocês dois ainda são jovens. Ainda têm muito tempo para ter filhos. Minha Annie tinha quase quarenta e dois quando finalmente teve a Maggie. O maior presente que Deus poderia ter me dado. Você vai saber do que estou falando quando segurar o seu.

— Estou trabalhando nisso. — Foi tudo o que Jack conseguiu dizer.

— Então pense no Bryce Canyon, tá? Vocês dois num quarto de hotel romântico. Seria um ótimo lugar para começar.

E Jack pensou mesmo no assunto. Naquela tarde, enquanto corrigia trabalhos na Dunkin' da Garrison Hall, o folheto do Bryce Canyon o chamava. Ele afastou a pilha de trabalhos dos alunos e olhou para as paisagens tentadoras e para os rostos bronzeados no folheto. Uma semana juntos num lugar lindo era exatamente o que eles dois precisavam. Talvez Charlie estivesse certo; talvez aquela pudesse ser a hora de tentar ter um bebê.

— Professor Dorian?

Em meio ao burburinho no café, quase não ouviu o cumprimento. Só levantou o olhar quando ela chamou pela segunda vez. Ali estava Taryn, de pé, ao lado da mesa, a mochila no ombro. Ela afastou uma mecha de cabelo do rosto, num gesto que parecia mais nervoso do que descontraído.

— Sei que é o seu dia de folga, mas me disseram no seu gabinete que eu te encontraria aqui — disse ela. — Tem um minutinho para conversar?

Jack enfiou o folheto na pasta e apontou para a cadeira à frente.

— Claro, sente-se.

Taryn pendurou a parca na cadeira e se sentou. Embora ela estivesse sempre na aula dele e vez ou outra os dois conversassem um pouco, esta era a primeira ocasião em que ele analisava a jovem de perto. Os olhos castanhos brilhavam naquele rosto simpático e inteligente. Ela não usava maquiagem, o que a fazia parecer inocente e vulnerável. Uma cicatriz fina acima dos lábios carnudos o fez se perguntar como ela havia se machucado — tomou um tombo de bicicleta na infância? Caiu de uma árvore?

Ela colocou o laptop em cima a mesa.

— Acabei de pensar num tema para o meu trabalho final e quero apresentá-lo a você — disse ela, indo direto ao assunto. — Estou pensando em escrever sobre Dido e Eneias, porque sempre acabo voltando à história deles. À história dela, melhor dizendo.

— Sim, durante a aula ficou claro que você sentiu uma conexão com a rainha Dido. Mas em que aspecto da história pretende se concentrar?

— É muito óbvio que eles são personagens apaixonados, mas as paixões deles estão em desacordo. Ele se preocupa com seu dever público e a trai para cumprir o próprio destino. Ela fica completamente arrebatada e faz o sacrifício maior por esse amor.

— Dever público *versus* desejo privado. Dever *versus* amor.

— Exato. Na verdade, esse pode ser um bom título: *Dever versus Amor.* — Ela digitou alguma coisa. — Li o que outros estudiosos escreveram sobre a Eneida e odeio que muitos deles enxerguem Dido como uma mulher estereotipada: irracional, emotiva e até digna de pena. Eles acham que a feminilidade ameaça os ideais masculinos de poder, virtude e ordem de Eneias.

— E você não enxerga dessa forma.

— De jeito nenhum. E suspeito que Virgílio concordaria comigo. Ele a retrata como uma mulher complexa, uma rainha orgulhosa e poderosa, até o momento em que Eneias a trai. Quando isso acontece, ela decide seu destino com as próprias mãos. Comanda até a construção de sua pira funerária.

— Você acha que Virgílio simpatizava com Dido?

— Acho. Ela foi seduzida e abandonada. Isso também fica evidente na diferença das falas de Dido e Eneias. As dela são carregadas de emoção. As dele focam em autoridade e destino. Falta a ele a paixão que torna Dido tão humana, tão real. Virgílio nos mostra que *ela* é a verdadeira heroína.

— Essa é uma premissa interessante. Se você puder vincular isso ao seu trabalho sobre Medeia, poderá até transformá-lo numa tese um dia. Isso se você decidir fazer uma pós.

Os olhos de Taryn brilharam quando ela pensou na possibilidade.

— Nossa, não tinha pensado nisso como uma tese, mas, sim! Um ensaio falando que as mulheres pagam o preço quando suas paixões ameaçam os homens. Vemos esse tema com Abelardo e Heloísa. Vemos isso em Hemingway. Quando a necessidade de amor de uma mulher se torna grande demais para seu homem. — De repente Taryn fechou a cara. — Também vemos isso na vida real.

— Parece que você está falando por experiência própria — comentou ele, deixando escapulir.

Taryn assentiu, e, de repente, seus olhos ficaram marejados de lágrimas. Ela desviou o olhar para se recompor.

Ele não sabia que a experiência da vida real havia alimentado o foco de Taryn nesse tema, mas então se lembrou do comentário de Jessica, de que Taryn parecia obcecada por homens que traíam mulheres.

— Às vezes, escrever pode ser uma experiência de cura. Capacita a pessoa para lidar com a mágoa e a dúvida, sabe?

Taryn assentiu com a cabeça e secou as lágrimas, parecendo ainda mais vulnerável e fazendo o professor Dorian ter vontade de confortá-la. Mas ele se conteve.

— Parece um ótimo tema. Estou impressionado com a profundidade das suas reflexões sobre esses assuntos — elogiou Jack. — Seus pais são acadêmicos?

Taryn deu de ombros, envergonhada.

— Longe disso. Meus pais se divorciaram quando eu tinha dez anos. Minha mãe é auxiliar de enfermagem. Somos de uma cidadezinha chamada Hobart, no Maine.

— Hobart? Já estive lá. Anos atrás, quando minha esposa e eu fomos fazer rafting.

Na época em que ele e Maggie ainda tiravam férias.

— Então sabe que é no meio do nada. É uma cidadezinha industrial.

— Mas parece ter produzido uma estudiosa promissora.

Ela sorriu.

— Quem me dera. Tem muitas coisas que eu adoraria ser.

— Que outras disciplinas você está fazendo?

— Literatura do século XVIII, com o professor McGuire.

Jack tentou não demonstrar nada. O gabinete de Ray McGuire ficava ao lado do seu. No início do semestre, Ray tinha reclamado com Jack que a safra de alunas era das mais feias que já tinha visto, porém acrescentou:

— Mas fique de olho numa garota chamada Taryn Moore. Essa tem muito potencial.

Agora ele entendia o que Ray queria dizer.

Taryn se levantou e vestiu a parca.

— Vou mergulhar de cabeça nesse trabalho. Obrigada.

— E se estiver pensando em fazer pós-graduação, me avise. Vou ficar feliz em escrever uma carta de recomendação para você.

Eles saíram do café juntos. A brisa despenteou os cabelos de Taryn, e os tons de vermelho e dourado dos fios sob a luz do sol faziam com que ela parecesse uma sereia pré-rafaelita.

— Te vejo na aula — disse ela e deu um tchauzinho.

Jack ficou parado na calçada durante alguns minutos, vendo Taryn se afastar, e se sentiu um clichê deprimente. Ali estava ele, mais um professor universitário casado cobiçando uma aluna. Que carente. Que patético.

Não, ele não era apenas mais um professor. Era o professor titular mais jovem do Departamento de Letras, alguém que amava seu trabalho e que, no ano anterior, havia sido agraciado com o Prêmio Excelência no Ensino. Além disso, tinha o privilégio de lecionar em Boston, a cidade mais universitária do país e mais cobiçada pelo ensino universitário. Para cada vaga que se abria nos Departamentos de Letras em todo o leste do estado de Massachusetts, choviam inscrições de candidatos com Ph.D. Além disso, Jack tinha estabilidade no trabalho, algo cobiçado, porque nenhuma outra profissão concedia aos funcionários contratos vitalícios — e a única maneira de perdê-la era ser pego fazendo algo ilegal ou extremamente estúpido.

Algo como se relacionar com uma aluna.

Ele pegou o celular e mandou uma mensagem para Maggie. Tinha conseguido dois ingressos para a apresentação da Orquestra Sinfônica de Boston à noite e perguntou onde ela queria jantar antes.

Cinco minutos depois, ela respondeu:

Sem tempo para jantar.

Te vejo na OSB. Me encontre na entrada às 7

Mesmo que eles não jantassem juntos, pelo menos ele passaria uma noite com a mulher. Uma noite numa orquestra era exatamente o que eles precisavam.

* * *

Naquela noite fria de fevereiro, havia poucas pessoas na entrada do Symphony Hall na Massachusetts Avenue. O programa era o *Concerto para violoncelo* de Schumann, um dos favoritos de Maggie, e ela estava ansiosa por isso havia semanas. Quase tanto quanto Jack estava ansioso para sair com a esposa.

Ele ficou na calçada, esperando, mas já eram sete e quinze e Maggie ainda não tinha aparecido.

Às sete e vinte, ele viu Ray e Judy McGuire saindo às pressas do estacionamento.

— Você está mendigando? — perguntou Ray.

— Deveria, considerando-se o meu salário.

Ray deu uma risada e apertou a mão de Jack.

— E aí? Cadê a sua linda esposa?

Jack olhou para o relógio.

— Deve chegar a qualquer minuto.

— Maravilha. Nos vemos no intervalo. Eles subiram os degraus e entraram no prédio.

Mais dez minutos se passaram. Jack estava começando a sentir o rosto dormente, mas permaneceu ali, no meio-fio, se movimentando para se manter aquecido, mexendo nos ingressos no bolso do casaco. Ele já estava preocupado, tamanho era o atraso. Será que Maggie havia sofrido um acidente? Ele ligou para o celular dela, mas caiu na caixa postal.

Então deixou uma mensagem:

Tudo bem? Cadê você?

Às sete e quarenta e cinco, o celular de Jack finalmente tocou. *Maggie. Graças a Deus.*

Jack, me desculpa! Tive uma emergência aqui e realmente não posso sair agora.

Ninguém pode cobrir você?

Não para esse paciente.

Ao fundo Jack ouviu o som ameaçador de um alarme médico.

Tenho que ir. Te vejo em casa.

Ela desligou.

Jack ficou ali, parado, sem acreditar, tremendo de frio e sentindo-se tomado pela decepção. Pensou em dar a noite por encerrada e simplesmente voltar para casa, mas, se fizesse isso, desperdiçaria um ingresso caro para um concerto. Então entrou no prédio quando as luzes piscaram anunciando que a apresentação estava prestes a começar. Enquanto seguia o lanterninha pelo corredor, Jack teve plena consciência de que era o único espectador que ainda não estava sentado. O lanterninha apontou para uma fileira toda ocupada, exceto pelo espaço visível de dois assentos. Jack se sentou e colocou o casaco no assento vazio ao lado. A mulher à sua direita olhou para ele, certamente se perguntando por que a acompanhante de seu vizinho de assento era um sobretudo.

Quando as luzes diminuíram, Jack notou que o casal à sua esquerda estava de mãos dadas. À sua frente, casais sussurravam coisas entre si, uma mulher se inclinou para perto do companheiro, beijando seu rosto.

Como ele queria que Maggie estivesse ali. Queria que ela estivesse segurando sua mão, sussurrando em seu ouvido, beijando seu rosto. Em vez disso, ela estava do outro lado da cidade, debruçada sobre um paciente que precisava dela. *Mas eu também preciso de você. E sinto sua falta.*

O salão explodiu em aplausos quando o maestro entrou no palco. Jack não conseguia se concentrar na música. Mal prestou atenção na apresentação e só percebeu que o concerto havia acabado quando o público voltou a aplaudir.

Ele pegou o sobretudo e abriu caminho pelo corredor para a saída.

Eram quase onze da noite quando ele entrou na garagem e estacionou ao lado do Lexus de Maggie. A casa estava escura, exceto por uma luz fraca na cozinha. Na hora ele pensou que ela certamente já estava deitada, mas então se surpreendeu ao encontrá-la sentada ao balcão da cozinha com uma taça de vinho. Parecia exausta, o rosto pálido, os olhos fundos.

— Você está bem? — perguntou ele. — O que aconteceu?

Maggie tomou um gole do vinho.

— Tinha um residente muito doente, e eu tive que assumir o lugar dele. O paciente está bem, mas eu realmente não consegui sair de lá. E como foi o concerto?

— Teria sido melhor com você lá.

— Desculpa. — Ela tomou outro gole de vinho. — Quer um chamego? — perguntou.

Aquele era seu código para fazer amor.

— Agora?

— É, agora.

Jack segurou a mão de Maggie, e eles foram para o quarto juntos.

Depois, quando se deitou ao lado da esposa adormecida, Jack se perguntou se seria assim dali em diante — se eles fariam sexo em vez de lidar com os problemas reais que tinham.

Jack manteve os olhos abertos na escuridão, ouvindo-a respirar suavemente ao seu lado. Então, uma imagem surgiu em sua mente: uma mulher de olhos castanhos e cabelo bagunçado pelo vento, mechas brilhando ao sol.

10

Taryn

Liam deve ter feito a denúncia. Essa era a única razão em que Taryn conseguia pensar para ter sido convidada a comparecer à sala 125 na Dickinson Hall, onde a placa na porta dizia: DEPARTAMENTO PARA EQUIDADE E COMPLIANCE UNIVERSITÁRIO, DRA. ELIZABETH SACCO, COORDENADORA DE POLÍTICAS DE IGUALDADE DE GÊNERO.

O e-mail enviado pela Dra. Sacco no dia anterior não explicava por que Taryn precisava comparecer, mas só podia ser a respeito Liam. Algum vizinho, provavelmente uma das louras, havia avisado a Liam que ela andava entrando em seu apartamento enquanto ele estava fora. Ou então ele tinha se cansado de todos os telefonemas e das mensagens de texto que ela estava mandando e decidiu registrar uma queixa. Não precisava chegar a esse ponto. Era só ele se sentar com ela e conversar. Ela o lembraria de todos os anos juntos, das lembranças boas, dos inúmeros laços que os uniam. Eles se abraçariam, e tudo voltaria a ser como antes. Aquilo tudo não passava de um mal-entendido. Era o que ela diria à Dra. Sacco.

Taryn bateu à porta e ouviu:

— Entre.

A mulher sentada à mesa a cumprimentou com uma expressão impassível, e Taryn ficou incomodada por não conseguir ler nada naquele rosto. A Dra. Sacco era uma mulher na casa dos quarenta anos, tinha cabelo louro curto e usava um blazer azul-marinho que cairia bem se ela trabalhasse num banco ou se estivesse numa sala de reuniões de alguma corporação.

— Taryn Moore, certo? — perguntou a Dra. Sacco, num tom apressado e profissional.

— Sim, senhora.

— Sente-se.

A Dra. Sacco apontou para a cadeira em frente à sua mesa, e Taryn se sentou. Sobre a mesa, havia meia dúzia de pastas de arquivo, e Taryn passou os olhos rapidamente pelas etiquetas, procurando o nome de Liam, mas a Dra. Sacco foi tão rápida em pegar as pastas e colocá-las no escaninho que Taryn não conseguiu ver do que se tratava.

— Obrigada por ter vindo, Taryn.

— Não sei por que estou aqui. No e-mail não dizia.

— Porque precisamos manter este assunto confidencial. Sou coordenadora do Departamento para Equidade e Compliance. Tem ideia do que meu escritório faz?

— Mais ou menos. Pesquisei na internet antes de vir.

— Existem leis que proíbem discriminação de gênero, e meu departamento impõe esses padrões. Sempre que há uma denúncia de discriminação sexual ou assédio envolvendo alunos ou funcionários, é meu dever investigar. Se eu achar que a queixa procede, tomamos medidas disciplinares, que podem significar várias coisas, desde aconselhamento até desligamento. Se o assunto for muito sério, recorremos a medidas legais.

Desligamento. Ela estava prestes a ser expulsa da faculdade? Taryn pensou em todos os empréstimos estudantis que havia feito, em todos os turnos dobrados em que tinha trabalhado nas férias para pagar as mensalidades. E pensou em sua mãe se arrastando de volta para casa ao raiar do dia, após outra noite exaustiva trocando comadres na casa de repouso, só para que a filha pudesse estudar na Commonwealth. E tinha que ser a Commonwealth, porque ela precisava estar com *ele. Você realmente faria isso comigo, Liam?*

— Levamos todas as queixas a sério — disse a Dra. Sacco. — Preciso ouvir o que ambos os lados têm a dizer e documentar tudo. Então, depois que você e eu conversarmos, vou pedir que assine uma declaração.

As mãos de Taryn tremiam. Ela as mantinha escondidas debaixo da mesa para que a Dra. Sacco não visse e percebesse que ela estava morrendo de medo de ser expulsa. Havia entrado secretamente no apartamento de Liam apenas uma meia dúzia de vezes — bom, talvez uma dúzia de vezes —, mas nunca levou nada de valor, só coisas das quais ele nunca sentiria falta, coisas que só tinham importância para ela. Ou será que a Dra. Sacco iria falar de todos os telefonemas e das mensagens de texto? Taryn pensou nas vezes em que *talvez* tivesse ido longe demais, em todas as coisas que provavelmente não deveria ter feito, como ler a correspondência de Liam, roubar a fronha do travesseiro dele ou segui-lo pelo campus. Só infrações menores.

— ... até o momento, falei com dois outros alunos, mas vou checar com o restante da turma para saber se eles tiveram os mesmos problemas com ele.

Taryn piscou, de repente registrando as palavras da Dra. Sacco. Do que ela estava falando? Taryn não estava entendendo.

— Turma? Que turma?

— Do curso Amantes Desafortunados.

Taryn balançou a cabeça.

— Sinto muito, não sei do que a senhora está falando.

— Do professor Jack Dorian. Como tem sido sua experiência com ele?

De repente, Taryn deixou escapar um suspiro, e por um momento tudo o que ela conseguiu fazer foi ficar sentada e calada, aliviada demais para dizer uma palavra sequer. Então aquilo não tinha nada a ver com Liam. Estava ali para falar de algo completamente diferente.

A Dra. Sacco registrou o silêncio de Taryn, franziu a testa e perguntou:

— Você tem algo a dizer sobre ele?

— Por que a senhora está perguntando sobre o professor Dorian?

— Porque uma aluna fez uma queixa contra ele.

— Quem?

— Não posso revelar o nome, mas ela está na sua turma, que começa às nove e quinze. Você provavelmente testemunhou a interação de que ela fala.

— O que ela disse que aconteceu?

— Ela relatou que o professor Dorian fez comentários sexistas e degradantes. Disse que o ataque foi direcionado a ela, mas que outras alunas da turma se sentiram igualmente chateadas com o que ele falou.

— Em momento algum eu testemunhei algo parecido com isso.

— Talvez você tenha faltado à aula no dia...

— Não faltei a nenhuma aula dele. Ele é meu professor favorito.

— Então ele não disse nada que tenha lhe ofendido?

— Não. — Taryn fez uma pausa. — O que aconteceria com ele *se* tivesse feito uma coisa dessas?

— Depende do quão ofensivos foram os comentários. Às vezes, basta uma advertência. Mas, sendo algo sério, eu poderia recomendar uma ação disciplinar.

— Ele poderia perder o emprego?

A Dra. Sacco hesitou. Pegou uma caneta e a balançou entre os dedos.

— Em caso de infrações realmente graves, poderia. Já aconteceu. Hoje em dia, a universidade faz o possível para ser sensível às necessidades dos nossos alunos. No passado, fazia vista grossa para maus comportamentos, agora não mais. Levamos todas as queixas a sério.

— E quem fez essa queixa?

— Como já disse, não posso revelar nomes.

— Foi a Jessica?

A Dra. Sacco comprimiu os lábios. Aquela era confirmação de que Taryn precisava.

— Então *foi* ela. — Taryn bufou. — Bem, não me surpreende.

— Por que diz isso?

— Ela tem sido uma babaca na aula, e ele chamou a atenção dela na frente de todos. E também deu nota baixa para o último trabalho dela. E *ninguém* faz isso com meninas como Jessica. Existem consequências.

— Ela me disse que o professor Dorian fez comentários sexualmente depreciativos que a fizeram se sentir pessoalmente atacada. Você testemunhou esse comportamento?

— Não. Nunca.

— De acordo com Jessica, "ele disse que ele poderia entender um professor tendo um caso com uma aluna". — A Dra. Sacco encarou Taryn. — Ele disse isso?

Taryn hesitou.

— Olha, talvez ele tenha dito algo parecido com isso, mas foi no contexto do assunto que estávamos discutindo. Ele estava se referindo aos personagens da leitura que havia passado para nós. — Ela balançou a cabeça, enojada. — Quer saber? Essa queixa é uma palhaçada. Jessica está de implicância com ele por *minha* causa.

A Dra. Sacco franziu o cenho, perplexa.

— Sua causa?

— Eu e a Jessica discutimos durante a aula. A coisa ficou bem feia, e o professor Dorian teve que intervir para me defender. Ela ficou irritada e se voltou contra ele.

— Entendi.

Será que ela entendia *mesmo*? Taryn pensou no grupo restrito de alunas que estavam sempre com Jessica, meninas que a seguiam como damas de companhia forçadas. Alguma delas se atreveria a contradizer Jessica, ou todas iam corroborar a versão dela? Talvez Taryn fosse a única aluna a defender Dorian e, de repente pareceu fundamental que ela fizesse isso. Ele a defendera, e agora ela o defenderia.

— O professor Dorian nunca assediaria uma aluna. Não sei o que Jessica pensa que está fazendo, mas certamente ela não contou a verdade. E eu assino a declaração.

— Em defesa dele?

— Com certeza. Nunca vi um professor tão apaixonado por lecionar. Quando ele fala de Romeu e Julieta, ou de Eneias e Dido, você *sente* a dor deles. Jack é um dos melhores professores que vocês têm nessa universidade. Se o demitirem por causa de uma vadia mimada, então vocês são tudo o que há de errado com o movimento Me Too.

A Dra. Sacco estava evidentemente surpresa com a ferocidade de Taryn e, por um momento, ficou sem resposta. Ela encarou Taryn e bateu com a caneta na mesa como um metrônomo descontrolado.

— Bem — disse ela, por fim —, você certamente me apresentou um outro ponto de vista, que vou levar em consideração.

— Precisa que eu assine uma declaração?

— O que você acabou de me dizer basta. Mas, se eu receber mais queixas sobre o professor Dorian, precisarei falar com você de novo.

Taryn já estava saindo do escritório quando parou e deu meia-volta.

— Você vai contar para ele o que eu disse sobre essa situação?

— Não. Essa conversa foi confidencial.

Então, o professor Dorian nunca saberia que foi ela quem o defendeu. Esse seria seu segredinho.

Por enquanto.

11

Jack

No fim de semana, Charlie enviou a Maggie e a Jack outro folheto para a viagem com passeios de bicicleta pelo Bryce Canyon que vinha incentivando-os a fazer. O folheto trazia fotos sedutoras de visitantes montando a cavalo, passeando pelos desfiladeiros e erguendo taças de vinho em jantares em grupo. Havia pessoas de todas as idades, desde *millennials* a pessoas que pareciam ter a idade de Charlie. No folheto, ele escreveu: *Podemos estar nessas fotos também!* Aos setenta anos, Charlie estava em ótima forma, andando de bicicleta e malhando regularmente na academia.

— Por que raios não fazer a viagem? — disse ele ao telefone. — Quando vocês quiserem eu vou. Vamos aproveitar a *vida* enquanto ainda temos vida para viver.

Naquela terça-feira, a *vida* de Charlie começou a ficar nublada. Com a dor nas costas, não conseguia fazer nenhum trabalho pesado, então Jack parou em sua casa para encher o porta-lenha de seu fogão.

— O médico me ligou hoje de manhã — comentou Charlie, tentando soar tranquilo enquanto Jack jogava outro tronco na pilha.
— Quer que eu faça mais exames.

Jack limpou a serragem das mãos.

— Que tipo de exames?

— O primeiro seria uma ressonância magnética.

— Por quê?

— Ele disse que as radiografias mostraram algumas anomalias na minha coluna. Mas não quis me falar o que isso significa.

Jack sentiu uma fisgada no peito.

— A Maggie sabe disso?

— Não sei se quero incomodá-la com isso. Ela já tem problemas demais.

— Pode ser só uma cicatriz da sua queda de bicicleta há alguns anos. Na época você sofreu uma fratura na coluna.

— Pode ser isso. Agendei a ressonância para quinta-feira.

Raramente Jack refletia sobre a inevitável mortalidade de Charlie. Conhecia o sogro havia quinze anos e, durante esse tempo, Charlie fora para ele a imagem da saúde. A ideia de que ele poderia morrer parecia algo abstrato, um evento que se daria no futuro, num período indeterminado. Enquanto dirigia de volta ao campus, Jack tentou não pensar tanto na possibilidade de haver algo muito grave com Charlie. Também não queria pensar que isso deixaria Maggie arrasada.

O celular emitiu um toque quando ele recebeu um e-mail.

Enquanto esperava o sinal abrir, ele olhou para tela e viu que a remetente era uma pessoa chamada Elizabeth Sacco. Não reconheceu o nome, mas viu que o endereço de e-mail era da universidade. Abriu a mensagem e, conforme lia, foi ficando cada vez mais alarmado.

Prezado Prof. Dorian,

Em minha função na universidade, sou responsável por investigar todas as denúncias de discriminação de gênero, incluindo assédio e agressão sexual. Recentemente, meu departamento tomou conhecimento de um relato segundo o qual o senhor teria violado a política de equidade e compliance da universidade.

Resumindo o incidente: uma pessoa matriculada na sua disciplina alega que o senhor fez comentários inapropriados na Turma Literatura 3440: "Amantes Desafortunados" durante uma discussão sobre textos literários nos quais professores do sexo masculino têm casos com suas alunas.

Esta universidade leva esse tipo de alegação muito a sério e deseja agendar uma reunião para discuti-la com o senhor.

O senhor tem direito a trazer um conselheiro ou advogado. Além disso, peço que não discuta esse assunto com ninguém, de modo a preservar a integridade da investigação.

Aguardo seu contato.

No instante em que chegou ao seu gabinete, Jack entrou no site da universidade, e lá estava: Dra. Elizabeth Sacco, Departamento para Equidade e Compliance. Ele nem se lembrava de que a universidade tinha um departamento dedicado a denúncias de assédio sexual.

As acusações eram ridículas. Ele nunca havia sido acusado de falta de decoro. Ficou sentado durante um bom tempo, tentando se recompor antes de responder. Caso ficasse na defensiva, talvez a Dra. Sacco o confrontasse. Se demonstrasse desdém, ela poderia ficar ofendida por ele não ter levado a acusação a sério.

Ele se forçou a dar uma resposta neutra e disse que estava livre para uma conversa no dia seguinte, no horário que fosse.

Durante o resto do dia, ele se sentiu oprimido por uma culpa indefinível, questionando se realmente havia cometido alguma ofensa horrível contra alguém. Sua mente girava em torno de possibilidades terríveis. Ele estava apreensivo, tinha medo de que a queixa pudesse se tornar uma bola de neve, ganhando vida própria. E se a Dra. Sacco escolhesse ficar do lado da aluna, que ele supôs ser mulher? E se o transformassem no cordeiro sacrificial no altar do politicamente correto? Que ironia, já que ele sempre foi um orgulhoso defensor dos direitos das mulheres. Agora, ele podia entrar para uma lista que tinha nomes como o de Harvey Weinstein. Ou quem sabe estivesse exagerando. Talvez tudo não passasse de um mal-entendido, e Elizabeth Sacco estivesse simplesmente fazendo seu trabalho, investigando rumores sem fundamentos.

Mas, na manhã seguinte, enquanto esperava diante da porta com uma placa que dizia Departamento para Equidade e

COMPLIANCE UNIVERSITÁRIO, ele se sentiu como se estivesse prestes a entrar em *O processo*, de Kafka, no qual certo dia Josef K. acordou e descobriu que tinha sido detido por um crime que desconhecia e acabou sendo executado.

Ele abriu a porta, e a recepcionista lhe deu um sorriso frio.

— Professor Dorian?

— Isso.

— A Dra. Sacco está aguardando o senhor. Me acompanhe.

... para decapitar você na guilhotina.

Jack esperava encontrar um ogro, mas a mulher que o cumprimentou parecia bastante simpática. Tinha cerca de quarenta e poucos anos e usava um terninho grafite. De cabelo curto e óculos coruja, ela o lembrava uma clériga.

Jack se sentou na cadeira que ficava de frente para ela, reprimindo a vontade de deixar escapar: *Por que raios estou aqui?* Estava no departamento que lidava com queixas de discriminação sexual, assédio e abuso e que no ano anterior havia investigado o caso de uma aluna que foi estuprada por um jogador de hóquei no gelo que estava bêbado. Em comparação, a queixa contra ele agora parecia absurda, e Jack se perguntou se isso simplesmente não era obra de algum aluno ou aluna para se vingar de uma nota baixa.

Eles começaram trocando amenidades, falando sobre a última nevasca e o clima péssimo da região da Nova Inglaterra. Ela disse que era do sul da Flórida e que até poucos anos antes só tinha visto neve em filmes. Em seguida, após alguns segundos de silêncio, Jack entendeu que a troca de amenidades havia chegado ao fim.

— Entendo que essa situação pode ser perturbadora para o senhor — comentou ela.

— É muito mais que "perturbadora". Quando li o seu e-mail, pensei que se tratava de algum tipo de golpe, porque nunca fui acusado de nada desse tipo. Eu não sou essa pessoa.

— Só estou tentando estabelecer os fatos e espero resolver a situação de uma forma que satisfaça a todas as partes. Como escrevi no e-mail, uma pessoa do seu curso Amantes Desafortunados prestou uma queixa contra você por causa dos seus comentários em sala de aula.

— Que comentários?

— Essa pessoa se sentiu desconfortável quando o senhor falou, demonstrando aprovação, sobre professores que teriam tido casos com alunas. Essa é uma avaliação precisa do que o senhor disse em sala de aula?

— Não mesmo! Meu comentário se referia a personagens de romances. Acho que usei como exemplos *A mancha humana* e *Garota exemplar*. Conhece os romances?

— Eu vi o filme *Garota exemplar*.

— Então você lembra que o personagem do Ben Affleck se envolve com uma aluna, não?

— Sim, lembro.

— E a senhora conhece as cartas de Abelardo e Heloísa?

— Eles eram amantes na Idade Média, pelo que me lembro.

— Ele era professor, e ela, uma jovem aluna dele. Só apontei que Heloísa e Abelardo podem ter inspirado outros escritores a explorar as relações entre professor e aluna na ficção contemporânea. E quis mostrar como essas situações são conduzidas pelas circunstâncias dos personagens.

Ela assentiu.

— Sou formada em letras. Entendo o argumento que o senhor estava tentando apresentar.

Jack se sentiu encorajado.

— Os personagens masculinos desses romances são todos falhos e vulneráveis. Vivem casamentos infelizes ou são solitários e estão sedentos por intimidade. Isso faz com que sejam levados a ter esses casos. Eu não estava defendendo esse comportamento, e é ridículo alguém pensar que eu tive essa intenção. Quer dizer, que professor faria isso?

— Sim, entendo. Mas, dados os acontecimentos atuais, o senhor deve entender que somos especialmente sensíveis a qualquer indício de conduta sexual inapropriada.

— Claro. E sou totalmente a favor de punir homens que cometem assédios e abusos. Mas não acredito que alguém da turma tenha se sentido ameaçado por uma discussão a respeito de professores fictícios tendo casos fictícios com alunas fictícias.

A Dra. Sacco olhou para suas anotações.

— A pessoa que fez a queixa também relatou que o senhor disse que entendia por que isso acontecia, por que um professor teria um caso com uma aluna — prosseguiu ela, e o encarou.

Jack sentiu o rosto corar de raiva.

— Não foi isso que eu disse. Na verdade...

— Professor Dorian — ela o interrompe, erguendo a mão. — Também falei com outros alunos, e uma pessoa em particular descreveu o incidente exatamente da mesma forma que o senhor acabou de fazer. Ela reiterou que o senhor estava apenas discutindo personagens de um livro e nada mais.

Ela. Será que foi Taryn Moore quem o defendeu? Só podia ser.

— Portanto, presumo que essa queixa não passa de um mal-entendido.

Ele soltou um suspiro de alívio.

— Então... terminamos?

— Sim. Mas, para referência futura, considere incluir avisos de gatilho no seu programa de estudos. Outros professores já estão fazendo isso, alertando os alunos de que parte do material do curso pode parecer ofensivo por descrever cenas de violência, abuso sexual, racismo etc.

— Sei que outras pessoas estão fazendo isso, mas tenho um problema com os avisos de gatilho.

— Por quê?

— Porque fazer os alunos se sentirem desconfortáveis é o objetivo da educação universitária... ser exposto a aspectos perturbadores da experiência humana. Estamos falando de jovens que são expostos a notícias muito piores no dia a dia. Não vou infantilizá-los.

— Certamente não vou lhe dizer como ministrar seus cursos, apenas peço que considere o que eu disse.

Jack se levantou para sair.

— Só mais uma coisa — disse a Dra. Sacco. — A universidade proíbe estritamente retaliação contra qualquer pessoa envolvida numa investigação de Equidade e Compliance.

— Eu não faria isso, mesmo se soubesse quem prestou a queixa. — Porém ele sabia, ou fazia uma ideia quem tinha sido. Era capaz de imaginar Jessica e Caitlin, sua colega de quarto, piscando maliciosamente uma para a outra e conspirando sempre que discordavam de qualquer coisa que ele dizia. Então se lembrou da nota baixa que dera para Jessica, nota que ela havia contestado ferozmente.

Mas ele não faria nada que pudesse ser entendido como retaliação. Iria simplesmente voltar à sala de aula e continuar como se nada tivesse acontecido. Ele apertou a mão de Elizabeth Sacco, agradeceu-lhe por retirar a queixa e saiu da sala se sentindo vinte quilos mais leve.

E pensando: *Obrigado, Taryn.*

12

Jack

— Qual foi a queixa da sua aluna? — perguntou Maggie, enquanto iam de carro à clínica para encontrar Charlie. Ambos estavam ansiosos para aquela consulta e, para preencher o silêncio, ele havia mencionado a reunião com a coordenadora do Departamento para Equidade e Compliance.

— Estávamos discutindo as cartas de Heloísa e Abelardo. Você sabe, os amantes do século XII — comentou ele, como se isso explicasse a situação. Mas não explicou.

— Heloísa e Abelardo? Não tem uma exposição sobre eles no Museu de Belas-Artes? Eu vi um banner num ônibus.

— Isso. A exposição abre essa semana.

— Mas o que Heloísa e Abelardo têm a ver com a sua questão com o Departamento para Equidade e Compliance?

De repente, Jack desejou nunca ter tocado no assunto. Como a denúncia havia sido indeferida, ele se sentia eximido, apenas uma vítima de uma aluna vingativa. Pensou que, de certa forma, compartilhar a situação com Maggie neutralizaria qualquer suspeita que ela pudesse ter. Mas, em outro lado, parecia que ele estava confessando, de uma forma meio imprudente, um crime que não havia cometido.

— Expliquei para a turma que o caso de Heloísa e Abelardo serviu de modelo para histórias contemporâneas, como *Garota exemplar* e algumas outras.

— Abelardo não foi o professor dela?

— Isso.

— E ele era muito mais velho do que ela, certo?

— Era. No fim, Abelardo foi castrado e passou o resto da vida num mosteiro. E Heloísa foi trancafiada numa abadia.

— Então por que essa aluna denunciou você?

— Foi um mal-entendido idiota. E a queixa foi retirada.

— Jack, qual foi a queixa? O que você falou que deixou a aluna desconfortável?

— Eu disse... eu falei que pode haver motivos para um professor ter um caso com uma aluna — respondeu Jack e, com o canto do olho, ele percebeu que Maggie o encarava.

— E você teve?

— Tive o quê?

— Um caso com uma aluna?

— Pelo amor de Deus, Maggie! — respondeu ele, explodindo. — Que pergunta é essa?

Será que ele estava exagerando na reação? Como se, em algum recanto obscuro de sua consciência, ele realmente tivesse considerado a possibilidade?

— É só que... — Ela suspirou. — As coisas no trabalho estão uma loucura nos últimos tempos. Tem sido difícil arranjar tempo para nós.

— Eu sinto sua falta, sabia? Sinto saudade do que costumávamos ser.

— Acha que eu também não sinto falta? — Maggie o encarou. — Eu tenho tentado, Jack. De verdade. Mas é que estou tendo que lidar com muitas coisas ao mesmo tempo. É muita gente que precisa de mim.

— E o que vai acontecer se um dia a gente tiver filhos? Como eles serão encaixados na sua agenda?

Maggie ficou tensa e virou o rosto para o outro lado. Na mesma hora, Jack se arrependeu de ter comentado sobre a possibilidade de ter um filho, sabendo que ela havia ficado arrasada com o aborto. O fantasma do filho perdido ainda assombrava os dois.

— Sinto muito — disse Jack.

Maggie olhou pela janela.

— Eu também.

Charlie era o último paciente da agenda do dia do Dr. Gresham. Jack e Maggie o encontraram sentado sozinho na sala de espera, com um exemplar antigo da *National Geographic* no colo. Fazia poucos dias que Jack vira Charlie pela última vez, e ele ficou chocado ao ver que seu sogro parecia muito mais velho, como se a areia de sua ampulheta estivesse descendo cada vez mais rápido. Charlie sorriu quando eles entraram e jogou a *Nat Geographic* na mesinha de centro, sobre uma pilha com outras revistas antigas.

— Vocês vieram — disse Charlie.

— Claro que viemos, pai. — Maggie se abaixou para dar um abraço no pai. — Você não precisava vir dirigindo até aqui sozinho. A gente podia ter pegado você.

— Já está tentando pegar as chaves do meu carro? Você vai ter que arrancá-las das minhas mãos frias e mortas. — Ele deu um aceno de cabeça para Jack. — Obrigado por estar presente nessa feliz ocasião.

— Sem problemas, Charlie.

— Envelhecer é só diversão. — Ele se ajeitou na cadeira. — E o fato de o Dr. Gresham precisar *discutir* pessoalmente o resultado da ressonância magnética me diz que tudo está prestes a ficar muito mais divertido.

— Isso não necessariamente significa alguma coisa — comentou Maggie, mas Jack achava que as palavras segurança de sua mulher não enganavam Charlie. O tom forçado de otimismo na voz de Maggie era óbvio.

— Sr. Lucas?

Não era a secretária quem estava chamando Charlie, e sim o próprio Dr. Gresham, que segurava um prontuário médico com uma expressão categoricamente impassível. Mau presságio.

Charlie gemeu e se levantou da cadeira, e eles acompanharam o Dr. Gresham por um pequeno corredor até seu consultório. Ninguém disse uma palavra; todos estavam se preparando para o que estava por vir. Maggie e Jack acomodaram Charlie com cuidado numa cadeira, em seguida se sentaram um de cada lado dele, os três de frente para o Dr. Gresham do outro lado da mesa. O médico pousou as mãos no prontuário e respirou fundo.

Outro mau presságio.

— Que bom que você está aqui com o seu pai, Maggie — disse ele. — Você pode ajudar a explicar as coisas para ele depois, se ainda restar alguma dúvida.

— Não sou idiota — Charlie o interrompeu. — Fui policial durante quarenta anos. Só me diga a verdade.

O médico acenou com a cabeça pedindo desculpas.

— Claro. Eu queria falar pessoalmente com você porque, infelizmente, as notícias não são boas. A ressonância magnética mostra uma série de lesões osteolíticas na sua coluna torácica. Isso explica a dor que você está sentindo e...

— Osteo o quê?

— Áreas de destruição óssea. Há perigo de colapso e compressão da T5, se isso não for tratado com radiação o quanto antes. Quanto ao principal...

— Então é câncer.

O Dr. Gresham assentiu.

— Sim, senhor. É o que parece.

Charlie olhou para Maggie, que estava em silêncio, em estado de choque. Maggie, que entendia cada palavra do que o Dr. Gresham dizia, mas não conseguia falar nada.

— Também há vários nódulos no lobo superior esquerdo e no lobo médio direito dos pulmões. Vários são periféricos o suficiente para uma biópsia transtorácica com agulha. Meu palpite é adeno-carcinoma. Nessa fase, com metástases ósseas...

— Quanto tempo? — Charlie o interrompeu.

Maggie tentou segurar a mão do pai, mas ele a afastou, tentando mostrar que ainda estava no controle. Charlie não estava disposto a dar uma de paciente condescendente só porque não conseguia entender o que os médicos estavam dizendo a seu respeito.

— Hmmm... é difícil dizer — respondeu o Dr. Gresham.

— Meses? Anos?

— Não dá para prever essas coisas. Mas alguns pacientes no estágio quatro podem viver mais de um ano.

— E o tratamento? — perguntou Charlie num tom de voz brusco e sem emoção, enquanto Maggie parecia que ia desmoronar a qualquer minuto.

— Nesse estágio, o tratamento é paliativo — respondeu Gresham. — Radiação para as lesões ósseas. Analgésicos para a dor quando necessário. Vamos fazer de tudo para mantê-lo confortável e maximizar sua qualidade de vida.

— Papai — sussurrou Maggie, novamente pegando a mão dele, e dessa vez o pai deixou. — Jack e eu vamos estar do seu lado em todo os momentos.

— Tá bom — disse Charlie, bufando —, mas vou lidar com isso do meu jeito. Se eu tiver que cair, vou cair lutando. Foda-se o câncer!

Ele apoiou as mãos na mesa e empurrou a cadeira para trás. A raiva o fez superar a dor, e de repente ele era o velho Charlie durão que Jack conhecia tão bem, o Charlie que não tinha medo de encarar bandidos num beco escuro. Quando viu o pai saindo da sala, Maggie foi atrás dele. Jack ouviu a porta batendo.

— Obrigado, doutor — agradeceu-lhe Jack, levantando-se. — Desculpa pela forma como ele recebeu a notícia.

— Ninguém recebe muito bem esse tipo de notícia — comentou o Dr. Gresham e balançou a cabeça. — E lamento que não tenha sido das melhores. Os próximos meses vão ser difíceis para todos vocês.

Avise a Maggie que ela pode me ligar a hora que for. Ela vai precisar de todo o apoio possível.

Quando Jack saiu do prédio, encontrou os dois parados ao lado do carro de Charlie. O sogro estava corado, visivelmente furioso, fazendo gestos para que a filha fosse embora.

— Eu posso ir dirigindo para casa sozinho.

— Pai, por favor. Não é problema nenhum. Você precisa deixar a gente ajudar.

Ele balançou a cabeça.

— Não preciso de babá! Vou para casa e vou tomar um uísque.

Grunhindo, Charlie entrou no carro e bateu a porta.

— Pai. — Maggie bateu na janela do carro, chamando-o. Charlie já tinha dado partida no motor. — Pai!

Jack segurou Maggie pelo braço.

— Deixa o seu pai ir.

— Ele não pode simplesmente ir embora assim. Ele precisa...

— Nesse momento, ele precisa de um pouco de dignidade. Precisamos dar isso a ele.

Maggie levou a mão à boca, tentando conter o choro. Jack a segurou, e eles se abraçaram, enquanto o som do carro de Charlie ia ficando cada vez mais baixo, até desaparecer.

13

Jack

Passava um pouco das dez da manhã quando Jack chegou ao Museu de Belas-Artes. Na entrada, um banner gigante anunciava a nova exposição: AMANTES ETERNOS: ABELARDO E HELOÍSA, com uma imagem do casal icônico num abraço apaixonado. Os alunos do curso Amantes Desafortunados já estavam esperando nos degraus da entrada, e, quando ele se aproximou, Jessica e Caitlin o encararam, parecendo mal-humoradas. Ele viu Taryn de pé, mais afastada, e queria lhe agradecer por tê-lo defendido da acusação, mas teria de fazer isso mais tarde, em particular. Não seria prudente fazer isso com Cody Atwood por perto, como era o caso no momento. Assim, em vez de falar com Taryn, ele apenas sorriu e acenou para ela, e isso foi o suficiente para fazê-la abrir um sorriso.

— Professor Dorian? — perguntou uma jovem perto da entrada.

— Sim. Você deve ser Jenny Iverson — disse ele.

Ela assentiu.

— Sou assistente da curadoria. Vou conduzir a sua turma no passeio pela nova exposição. Sejam todos bem-vindos!

Enquanto seguia o grupo pelos degraus de mármore até o segundo andar, Jack lembrou a si mesmo que não podia deixar transparecer qualquer ressentimento contra Jessica, embora ele tivesse certeza de que fora ela quem havia feito a queixa. *Mantenha a calma, Jack. Apenas sorria para essas idiotas.* O grupo passou pela Galeria

Rabb, onde estava o quadro favorito de Maggie no museu: *Dança em Bougival*, de Renoir. Ele parou para admirar a imagem dos dois dançarinos, a mulher de chapéu vermelho, o homem de chapéu de palha, ambos alegremente apaixonados. Doze anos antes, ele pedira Maggie em casamento diante daquela mesma pintura. *Que nós sejamos sempre assim*, disse Jack a Maggie na ocasião.

Como suas vidas pareciam diferentes hoje.

Chegaram à Galeria Farago, onde as paredes estavam tomadas por uma exibição estonteante de pinturas a óleo, trípticos e gravuras, todos de Heloísa e Abelardo. No centro da sala havia vitrines com manuscritos iluminados das cartas trocadas pelos amantes, que datavam do século XIV. Na parede oposta, pôsteres de filmes e traduções recentes da história do casal — evidência de que a tragédia deles havia se tornado atemporal.

— A exposição foi programada para ser inaugurada perto do Dia de São Valentim, por razões que devem ser óbvias — explicou a Srta. Jenny. — Em vez de um jantar e um filme, talvez um programa à noite perfeito seja uma visita a esse museu!

— O encontro mais chato da história — murmurou Jessica atrás de Jack, que preferiu ignorar o comentário.

— Pelo que sei, vocês já leram as cartas de Abelardo e Heloísa, então conhecem a história de amor do casal. Um caso entre um professor e sua bela e brilhante aluna que colocou a devoção cristã contra a paixão sexual.

Jack notou que Cody olhou de soslaio para ele.

— Por mais que queiramos acreditar que essa é uma história real, a autenticidade das cartas nunca foi de fato estabelecida, e alguns estudiosos argumentam que trata-se apenas de ficção.

— Qual a sua opinião? — perguntou Taryn.

— É tanta paixão nessas cartas... prefiro acreditar que são reais.

— Ou podem ser apenas fantasias eróticas que foram escritas por algum monge com tesão — disse Jessica.

— Talvez — respondeu Jenny, com um sorriso tenso.

— Faz diferença quem escreveu as cartas? — perguntou Taryn. — Elas imortalizam lindamente um caso de amor condenado. Acho que serviram de inspiração para outras histórias sobre amantes desafortunados. Talvez até *Romeu e Julieta*.

— Excelente observação — disse Jenny.

Enquanto eles seguiam em frente, Jack ouviu Jessica sussurrar para Caitlin:

— Escrotinha puxa-saco.

O grupo passou por uma pintura pré-rafaelita do casal desafortunado, Heloísa com cabelo dourado e usando uma roupa de seda lustrosa, Abelardo com cabelo castanho-escuro e cacheado. Na pintura ao lado, havia uma versão completamente diferente de Abelardo, retratado como um estudioso medieval usando capuz. Ao beijar a inocente Heloísa, parecia mais um mago do que um professor.

— Ele parece o Voldemort dando em cima da Hermione — comentou Jason, arrancando algumas risadas dos colegas.

— Talvez ela tenha aceitado o beijo para tirar 10 — disse Jessica.

Jack percebeu que Cody estava olhando para Taryn de cara feia. Que fofoca estava correndo pela turma? Os alunos realmente achavam que havia algo entre ele e Taryn?

Ele queria que o passeio acabasse logo, mas, para piorar, o grupo estava indo em direção a representações mais sensuais do casal. Eles pararam diante de uma pintura a óleo do século XIX que mostrava Abelardo segurando as mãos de Heloísa em seu peito nu. Escondido deles, o ameaçador Fulberto, tio de Heloísa, espreitava atrás de uma porta escura. Mas foi o brilho do seio rosado de Heloísa que prendeu o olhar de Jack, um seio sem marcas da idade ou da implacável força da gravidade. Ele estava perfeitamente ciente da presença de Taryn ao seu lado, também com os olhos fixos na pintura. Ela estava perto o suficiente para que ele sentisse o cheiro de seu cabelo, para perceber o suéter dela roçar em seu braço.

De repente, Jack se virou e seguiu em frente.

Eles chegaram ao último conjunto de ilustrações que retratava a punição de Abelardo.

— Como vocês leram as cartas, já sabem que o tio de Heloísa, Fulberto, castrou Abelardo como punição pelo caso dos dois — explicou Jenny. — Portanto, algumas dessas imagens são bastante perturbadoras.

E eram mesmo. Uma gravura em preto e branco do século XVIII mostrava Abelardo deitado numa cama nupcial com dossel, dois homens segurando suas pernas enquanto Fulberto executava a castração. Heloísa gritava, horrorizada, e era contida, enquanto assistia à cena. Em outra gravura, Abelardo estava imobilizado, com a cabeça coberta por um capuz, enquanto um padre, todo de preto, empunhava uma faca entre as pernas do homem.

A última pintura, *A despedida de Abelardo e Heloísa*, de Angelica Kauffman, mostrava freiras levando Heloísa, chorando, para longe de Abelardo. Os braços dos dois esticados, um tentando encostar no outro antes de eles serem separados para sempre.

— Ela vai para um convento. Ele tem as bolas cortadas — disse Cody. — Acho que está bem claro quem levou a pior.

— Abelardo que não foi — disse Taryn. — Ele conseguiu o que queria, mesmo passando o resto da vida sem sexo e num mosteiro.

— Obrigada por ter vindo encontrar comigo — agradeceu-lhe Taryn uma hora depois, enquanto ela e Jack se sentavam a uma mesa no restaurante do Museu de Belas-Artes. — Provavelmente era melhor eu ter marcado uma hora durante o seu horário de expediente.

— Nós dois temos que almoçar. Podemos muito bem nos encontrar aqui.

— Sim, mas... — Ela olhou ao redor do salão quando um garçom passou com quatro taças de vinho numa bandeja. — Também poderia ter sido num café.

— A comida aqui é muito melhor.

Jack sacudiu o guardanapo com uma indiferença que não estava sentindo. Era comum professores almoçarem com alunos, mas, ali, sentado diante de Taryn, ele sentiu uma pontada de culpa. Aquele era o restaurante onde ele e Maggie tinham comemorado o noivado, logo depois que ele a pediu em casamento na frente dos dançarinos de Renoir.

O garçom se aproximou e serviu as bebidas: chá gelado para Taryn e um pinot noir para Jack, que tomou um gole para se acalmar.

— Sinceramente — começou ele —, pensei que teríamos mais privacidade nesse restaurante. Porque eu queria lhe agradecer por ter me defendido da queixa.

— Como sabe que fui eu que defendi você?

— Elizabeth Sacco me disse que uma aluna da turma me defendeu. Concluí que *só podia* ter sido você.

— Era para ser confidencial — comentou ela, enquanto um sorriso se contorcia em seus lábios. — De qualquer forma, a queixa era ridícula. Não acredito que alguém tenha se ofendido com o que você disse.

— Nem eu — disse Jack.

— Sobre casos entre professores e alunos...

— Eu estava falando de um livro. Não estava defendendo esse comportamento.

— Mas teria?

— Teria o quê?

— Um caso com uma aluna?

Jack sentiu seu coração perder o compasso.

— Sou um homem casado. E isso é estritamente proibido pelas regras da universidade. Além do mais, tenho o dobro da idade das minhas alunas.

— Você fala como se fosse um ancião.

— Comparado a você, sou mesmo.

Ela sorriu.

— Mas não é tão velho a ponto de eu não querer sair com você.

A audácia da resposta de Taryn incomodou Jack, mas ele deixou passar e tomou outro gole de vinho.

— Regras à parte, é algo que eu nunca faria. Porque é errado.

Taryn assentiu.

— Por isso você é diferente. Você se importa com o que é certo ou errado. Com lealdade. Muita gente não daria a mínima para isso. — Ela pegou a sacola da loja do museu. — Quer ver o que eu comprei?

— Claro — respondeu Jack, aliviado por mudar de assunto.

Ela pegou uma caixa, da qual tirou uma estatueta de cerâmica branca de uma mulher com uma adaga na mão. Na base da estatueta estava esculpido o nome dela: *Medeia*.

— Você não comprou nada de Abelardo e Heloísa?

— Não, porque *este aqui* é mais o meu tipo de mulher.

— Medeia?

Ela leu em voz alta a descrição impressa na caixa.

— "Na mitologia grega, Medeia puniu seu marido infiel assassinando seus dois filhos. Ferida pela infidelidade, cega pelo ciúme e pela raiva, Medeia contempla seu crime." — Taryn olhou para Jack. — Ela é uma personagem muito mais interessante do que Heloísa, concorda?

— Por quê?

— Porque não é passiva. É ativa. Usa sua raiva para assumir o comando da situação.

— Assassinando os próprios filhos?

— Sim, o que ela faz é horrível, mas ela não passa o resto da vida se lamentando *tadinha de mim*.

— E você acha isso admirável?

— Acho digno de respeito. — Taryn colocou a estatueta de volta na caixa e a enfiou na mochila. — Mesmo que os homens achem a ideia aterrorizante.

— Aterrorizante?

— A fúria feminina. — Taryn encarou Jack, e a ferocidade do olhar dela o deixou incomodado. — É sobre isso que eu gostaria de escrever. A literatura medieval enfatiza a passividade feminina. Sobrecarrega as mulheres com *inúmeras proibições*. Não podemos ser indecentes, libertinas, nem rebeldes. Mas a mitologia grega celebra o nosso poder. Veja os casos de Medeia, Hera e Afrodite. Elas não aceitam a infidelidade masculina. Não. Elas *reagem*, às vezes com violência. E elas...

De repente, a voz de Taryn sumiu. Ela não estava mais olhando para Jack, e sim por cima do ombro dele. Ele se virou para trás, tentando ver o que havia chamado a atenção dela, mas só viu um casal jovem passando pela recepcionista e saindo do restaurante. Então olhou para Taryn e ficou preocupado ao perceber o tom pálido no rosto de sua aluna.

— Está tudo bem?

Taryn se levantou e puxou o casaco da cadeira.

— Tenho que ir.

— E o seu almoço? Já está chegando.

Taryn não respondeu. Saiu correndo do restaurante, quando o garçom voltou à mesa.

— Os sanduíches de lagosta — disse, colocando os dois pratos na mesa.

Jack olhou para a cadeira na qual Taryn estava sentada segundos antes.

— Acho melhor você embalar o dela para viagem.

— Ela não vai voltar?

Jack olhou para a porta de saída. Taryn havia desaparecido.

— Acho que não.

14

Taryn

Eles se encontravam a meio quarteirão à frente de Taryn e não faziam ideia de que estavam sendo seguidos, embora ela estivesse tão furiosa que os dois certamente podiam sentir o calor do olhar dela em suas costas. Quem era aquela garota com Liam? Há quanto tempo os dois estavam juntos? E era óbvio que eles *estavam* juntos — dava para ver pela forma como o braço dele descansava sobre os ombros dela, a cabeça de ambos inclinada na direção uma da outra. A garota estava quase tão alta quanto Liam, pois usava botas de salto alto, e o cinto apertado de seu casaco forrado realçava sua cintura fina e quadris estreitos. A calça jeans bem justa exibia pernas incrivelmente longas.

Taryn sentiu o estômago revirar e, de repente, sentiu tanta vontade de vomitar que cambaleou em direção a um poste de luz e colocou tudo para fora ali mesmo, na sarjeta, expelindo uma água azeda. Por um momento, tudo o que conseguiu fazer foi se segurar naquele poste gelado, enquanto as pessoas passavam por ela. Ninguém perguntou se estava bem. Ninguém parou para dizer uma palavra gentil. Embora estivesse rodeada de pedestres e pelo trânsito, Taryn estava sozinha, invisível.

Quando ela finalmente levantou a cabeça, Liam e a vagabunda de cabelo castanho-escuro não estavam mais à vista.

Dali até o apartamento de Liam, fora do campus, era uma caminhada de apenas dez minutos. Quando chegou e tocou a campainha, ninguém atendeu. Taryn entrou no 2D para esperar por ele.

No instante em que entrou no apartamento de Liam, Taryn sentiu que havia algo diferente no ar — o cheiro, a forma como as moléculas carregadas pareciam girar ao seu redor. O que antes pertencia a ela, agora era um terreno estranho, reivindicado por uma usurpadora. Ela não havia enxergado antes o que naquele momento ficou óbvio. Taryn se lembrou do iogurte diferente que vira na geladeira dele, do folheto da Faculdade de Direito de Stanford na pilha de correspondências e da cama arrumada com tanto capricho. Tinha sido *ela*. A vagabunda. Ela havia entrado sorrateiramente no território de Taryn, que por sua vez não percebeu nenhum sinal.

Taryn se sentou no sofá de frente para a estante, na qual antes ficava sua foto com Liam. Em vez da foto deles, havia um pequeno globo de cristal, que ela não reconheceu. O globo refletia a luz de inverno vinda da janela, e Taryn não conseguia tirar os olhos dele. Mais um item que não pertencia àquele lugar.

Suas mãos estavam dormentes de frio. De choque. Taryn as enfiou no bolso do casaco e se abraçou. Não havia mais ninguém ali para abraçá-la, porque agora Liam estava abraçando outra pessoa.

Ela o esperou durante toda a tarde e uma parte da noite. Ouviu os vizinhos do segundo andar chegarem: os Abernathy, voltando de seus empregos chatos para suas vidas chatas. As louras tagarelavam e gargalhavam, fazendo barulho com as chaves. E, do outro lado do corredor, vinha o barulho de guerreiros virtuais comandados pelos estudantes nerds do doutorado jogando videogame. Mas ali, no apartamento de Liam, só havia silêncio.

Taryn acabou pegando no sono e, quando acordou, ainda no sofá, já estava escuro, o prédio estava em silêncio, e seu celular tinha seis por cento de bateria. Eram exatamente quatro e quinze da manhã, e Liam não tinha voltado para casa.

Ele estava com ela, claro. Ficando com ela. Dormindo com ela.

Taryn saiu do prédio de Liam e andou pela escuridão implacavelmente gélida até seu apartamento. Passou por uma cafeteria vinte e quatro horas e sentiu o cheiro de croissants recém-assados, mas estava sem fome, embora não tivesse comido nada desde o dia anterior. Parecia outra vida. Uma época em que ela acreditava que Liam ainda era dela.

Antes de a vagabunda roubá-lo dela.

Quando chegou ao apartamento, estava com tanto frio que nem se deu ao trabalho de trocar de roupa, apenas tirou as botas e se arrastou para a cama, tremendo. Pensando em Liam e *nela*. Aquela foi a primeira vez em todos aqueles anos juntos que ele havia se afastado dela. Aquela garota era novidade para Liam, só despertava o interesse dele porque era carne fresca. Ele ainda não conhecia os defeitos dela. Todo mundo tinha segredos, e com certeza essa garota também possuía os dela. Fora presa por furto? Fizera um aborto? Traíra um namorado? Se a garota tinha algum segredo, Taryn iria descobrir.

E ela sabia exatamente quem poderia lhe ajudar.

— Eu não quero fazer isso — disse Cody.

Eles estavam na praça de alimentação do grêmio estudantil e, como sempre, ele enchera a bandeja do almoço com tudo que um garoto com excesso de peso não deveria comer: três fatias de pizza, um saco batata frita e um refrigerante giga. Não havia nenhum legume nem verdura à vista, a não ser que os pedacinhos de pimentão na muçarela contassem. Taryn estava sentada de frente para Cody, tomando apenas uma xícara de café, porque estava tensa demais para comer qualquer coisa, e ficou tão frustrada com a intransigência de Cody que quase jogou a bandeja dele longe, só para obrigá-lo a olhar nos olhos dela.

— Não estou pedindo muito — argumentou ela.

— Você está me pedindo para espionar uma garota que eu nem conheço.

— É por isso que tem que ser você.

— Por que você mesma não faz isso?

— Porque o Liam pode me reconhecer. Mas ele não sabe quem você é. Você pode seguir os dois em qualquer lugar, eles nunca vão notar.

— Ah, agora você quer que eu *siga* os dois também?

— É o único jeito de saber o que eles estão fazendo. Você não viu todos os filmes do Jason Bourne? Isso é exatamente o que os espiões fazem. Eles se misturam à multidão e ficam invisíveis, como fantasmas. Você vai ser o meu agente secreto pessoal.

Taryn se inclinou para a frente, sua voz se tornando um sussurro íntimo. Cody olhava diretamente para ela. A boca podia estar cheia de pizza, mas toda sua atenção estava em Taryn. Ela viu o brilho de empolgação nos olhos dele quando o amigo se imaginou como Cody Atwood, agente secreto. Ele não era nenhum Jason Bourne, mas era tudo o que Taryn tinha.

— O que você quer que eu faça?

— Quero que você descubra quem ela é. Nome, de onde é, se mora no campus ou não. Descubra os segredos dela.

— E como eu vou fazer isso?

— Você é o espião. Vai saber o que fazer.

. Cody ficou em silêncio por um momento, esfregando a mão gordurosa no queixo enquanto pensava em como seu herói Jason Bourne cumpriria a missão.

— Acho que você vai querer fotos — disse ele. — Posso tirar o pó da minha Canon.

— Ótimo.

— E vou precisar da minha teleobjetiva.

— Você tem uma teleobjetiva?

— Meu avô me deu a velha lente dele há alguns anos. Faz tempo que não uso, mas vou procurar. Então, como encontro essa garota? Você nem me falou o nome dela. Onde procuro por ela?

— Comece com o Liam.

Cody suspirou e afundou na cadeira. Nesse momento, Taryn percebeu que iria perdê-lo, se não fizesse algo rápido para trazê-lo de volta. Então, pôs a mão no braço dele e falou:

— Você é a única pessoa com quem eu posso contar, Cody.

— A questão toda não é a garota, né? Ainda é o Liam.

— Eu preciso saber o que ela está fazendo. O que está planejando.

— Por quê?

— Porque não confio nela. E preciso cuidar dos meus amigos.

— Espionando ele? Ou ela?

— Eu faria isso por você também, se achasse que você estava envolvido com a pessoa errada. Eu me meteria no meio para proteger você.

— É?

— É isso que os amigos fazem. Nós cuidamos uns dos outros — explicou Taryn, e falou de coração. Ela não estava apaixonada por Cody, nem se sentia atraída por ele, mas nunca deixaria ninguém o magoar. Era uma questão de lealdade.

— E se me eles pegarem espionando? Posso ter problemas.

— Você é muito inteligente. Tenho certeza de que vai se sair bem.

O Jason Bourne bochechudo e com queixo sujo de gordura se animou.

— Você acha isso mesmo?

— Tenho certeza disso.

Cody se sentou ereto na cadeira, respirou fundo e perguntou:

— Então... Como eu acho o Liam?

O nome dela era Elizabeth Whaley, e ela morava num prédio residencial a dois quarteirões do campus.

Cody acabou se mostrando um espião melhor do que Taryn havia imaginado, e em apenas dois dias descobriu onde a garota morava. Taryn já havia passado pelo prédio dela muitas vezes, sem nunca sequer imaginar que ali morava uma inimiga. O edifício era novo, com estacionamento subterrâneo, o que significava que a garota tinha dinheiro. Isso impressionava Liam e, mais ainda, os pais dele. A menina era magra, elegante e rica.

Tinha de haver algo *errado* com ela.

Taryn esperou do outro lado da rua, de frente para o prédio, até que viu um jovem carregando uma sacola de compras de supermercado subir os degraus da entrada. Quando ele entrou no prédio, ela aproveitou a oportunidade e seguiu logo atrás dele. Ninguém nunca se sentia ameaçado por uma garota bonita, ainda mais quando a garota em questão sorria para você. O rapaz sorriu para ela quando os dois entraram no elevador, que rapidamente foi tomado pelo cheiro de alho-poró e coentro que emanava da sacola de supermercado. Ele desceu no terceiro andar, mas ela ficou até o quarto andar.

Era o andar *dela*. Da inimiga.

Taryn parou diante na frente do apartamento 405 e prestou atenção, tentando ouvir alguma coisa. Não escutou nenhuma voz, nenhuma música, nenhum som de alguém no apartamento. Mas não estava planejando bater à porta. Em vez disso, bateu no 407, de onde vinha o som de uma TV, sinal de que o morador estava em casa.

Uma mulher de aparência suja e usando calça jeans abriu a porta. Seu cabelo louro estava desgrenhado e ela tinha olheiras profundas de cansaço. Em algum lugar do apartamento, um bebê começou a chorar. A mulher olhou na direção de onde vinha o som, então se voltou novamente para a visitante.

— Desculpa incomodar — disse Taryn. —, mas por acaso você conhece a sua vizinha? A pessoa que mora aqui ao lado?

— Libby?

Libby. Apelido de Elizabeth.

— Isso — respondeu Taryn.

— De vez em quando a gente se esbarra, se cumprimenta no elevador... Por quê?

— Você teve alguma, hmmm... reclamação a respeito dela?

— Tipo por excesso de barulho?

— Ou qualquer outra coisa.

O bebê estava chorando mais alto agora.

— Com licença — disse a mulher e entrou correndo em um dos quartos. Voltou segurando o bebê, agitado e se contorcendo em seus braços. Enquanto o ninava, ela perguntou: — Está acontecendo alguma coisa com a Libby?

— Isso é meio, hmmm... delicado.

— Se tem alguma coisa que eu devesse saber, eu realmente gostaria de ouvir, já que estou morando no apartamento do lado do dela com um bebê.

— Conheço a Libby do prédio onde ela morava. E nós tivemos, hmmm... problemas com ela. Você notou alguma coisa?

Isso deixou a mulher de orelha em pé. Enquanto o bebê se contorcia e choramingava, ela refletia sobre a pergunta, sem dúvida reavaliando cada interação que já tivera com a vizinha.

— Bem, ela é uma jovem tranquila. Mas acho que não é muito fã de bebês. Pelo menos não do meu.

Certo. Continue.

— E ela deu uma festa no mês passado. Dava para sentir o cheiro de maconha no corredor todo. Alguns meninos ficaram bêbados, e sei que nem todos eram maiores de idade. A festa foi até bem depois da meia-noite. Eu e o meu marido não conseguimos dormir. Meu bebê também não.

— Isso é muita falta de consideração.

— Nem me fale. — A mulher estava apenas começando, vasculhando a memória a fim de resgatar todos os aborrecimentos, todas as ofensas que já havia sofrido ali, enquanto ninava o bebê para que ele continuasse quieto. — Tem aquele garoto que ela sempre traz para cá. Caramba, se ele vem dormir aqui, por que simplesmente não oficializa a situação e se muda para cá de vez? Mas acho que ele pode se dar ao luxo de ter um apartamento próprio. Eu com certeza não tive esse dinheiro quando estava na faculdade.

Aquele garoto. Ela estava falando de Liam?

— Ah, também teve o caso das encomendas que desapareceram, perto das caixas de correio. Nunca descobrimos quem pegou. Isso acontece no seu prédio? As coisas desaparecem lá também?

Taryn não respondeu. Estava pensando em Liam dormindo na cama de outra garota. Uma garota que não tinha direito algum sobre ele. Não... ainda podia ser um equívoco. Ela não tinha certeza de que era Liam.

— Por favor, não diga a ela que eu estive aqui — pediu Taryn.

— Devo me preocupar? Devo contar ao síndico?

— Ainda não. Não até que eu tenha uma prova.

— Tá bem. Obrigada por avisar. — A mulher lançou um olhar nervoso para o 405. — Vou ficar de olho nela.

Eu também.

Ao voltar ao elevador, Taryn parou outra vez na porta do 405. Pensou que seria mais fácil ficar ali esperando até que Elizabeth Whaley voltasse para casa. Como seria fácil segui-la, entrar em seu apartamento e pegar uma faca na gaveta da cozinha. Ela se perguntou quanta força teria de aplicar para fazer uma lâmina atravessar a pele dela e que profundidade precisaria alcançar para perfurar o coração. Ponderou tudo isso.

Então, saiu do prédio e foi andando de volta para casa.

Eram sete e quinze de uma noite de sexta-feira quando o celular de Taryn apitou com uma mensagem de texto de Cody.

Quando ela a abriu, a princípio não entendeu o que estava vendo. Era uma foto borrada tirada através de uma janela, e metade da imagem era tomada pelo ombro de um homem em primeiro plano. Mas, em seguida, ela focou no casal sentado ao fundo. A mulher de cabelo castanho-escuro e longo estava de costas, mas Taryn podia vê-la segurando uma taça de vinho tinto. O homem na frente dela também tinha uma taça na mão, ligeiramente erguida como se estivesse brindando, e a câmera o flagrou no meio de uma risada. Ela conhecia muito bem aquele rosto, que sorria para outra mulher.

Ansiosa, Taryn digitou uma resposta para Cody:

Onde é isso?

Ele respondeu:

No Emilio's, na rua Concord.

Ela sabia exatamente onde ficava o Emilio's. Lembrou-se das vezes em que ficou parada do lado de fora do restaurante com Liam, quando ainda eram calouros, salivando ao ler o cardápio afixado na entrada. Lembrou-se dele dizendo: "Qualquer dia, quando tivermos comemorando uma data importante, vou trazer você aqui."

Mas ele nunca a levou àquele restaurante. E agora estava lá com ela, rindo e tomando vinho.

Ela mandou outra mensagem para Cody:

Eles estão aí agora?

Devem estar. Fui embora tem uns dez minutos só.

De repente, Taryn ouviu um rugido dentro da própria cabeça e levou as mãos às têmporas para bloquear o som, mas ele não parou. O som de seu coração batendo a mil. Despedaçando-se.

A caminhada até o Emilio's demorou quinze minutos, e durante todo o trajeto ela foi pensando em que ponto da refeição os dois estariam. A essa altura, o pãozinho da entrada e os aperitivos provavelmente já teriam sido tirados da mesa, e eles estariam no prato principal. Ela imaginou a mulher girando o macarrão no garfo, Liam cortando sua entrada de vitela de quarenta e dois dólares. Era isso que ele escolheria, o prato mais caro do cardápio, mesmo que fosse só para impressionar sua acompanhante. Taryn acelerou o passo, as botas batendo na calçada numa marcha determinada. Ela não podia deixá-los escapar do restaurante sem confrontá-los. E precisava fazer isso naquela noite, naquele momento. Suas mãos estavam cerradas em punhos, prontas para a batalha. Aquilo *era* uma batalha, e ela pensou em Aquiles e Eneias, em Esparta e Troia. A guerra fora travada por causa de uma mulher. Esta agora seria travada entre mulheres. Quando Taryn entrou no Emilio's, estava corada, suando sob o casaco forrado. Lá dentro, ouviu o tilintar de louças e o burburinho alegre das conversas acima do suave jazz que tocava ao fundo. No bar, uma máquina de cappuccino vibrava, fazendo espuma.

— Posso ajudar? — perguntou a recepcionista.

Taryn passou direto por ela, entrou no salão e viu Liam numa mesa perto da janela. A cadeira à sua frente estava vazia, mas havia um suéter feminino e uma bolsa pendurados no espaldar. Ela tinha ido ao banheiro, e Liam estava ocupado demais com seu celular para notar Taryn se aproximando da mesa. Ele ergueu o queixo e a encarou, sem acreditar.

— Taryn? O que você...

— O que você está fazendo aqui com ela?

— Não sei do que você está falando.

— Vi vocês dois no museu. E agora você a trouxe aqui.

— Você está espionado a gente?

— Só me diga por que está com essa garota.

— Não é da sua conta.

— É da minha conta, sim, porra.

— Tá bom, você tem que ir embora daqui. Agora.

Liam olhou ao redor, observando o salão em busca de ajuda. A recepcionista já estava se aproximando, os saltos altos estalando no piso de madeira.

— Essa mulher está incomodando o senhor? — perguntou ela a Liam.

— Sim, está. Pode mostrar a saída a ela?

— Só depois que você me disser *por que raios você trouxe essa garota aqui*! — gritou Taryn.

O salão inteiro assistia à cena, mas Taryn não se importava. Não se importava de estar com o cabelo desgrenhado, o rosto marcado pelo vento gelado e a voz trêmula. Tudo o que importava era que Liam estava passando vergonha aos olhos do mundo inteiro.

— *Chega!* — Liam se levantou e disse aos outros clientes: — Sinto muito por isso, pessoal. Essa mulher é louca.

— Vou chamar a polícia — disse a recepcionista, já pegando o celular.

— Liam, o que está acontecendo? — perguntou outra voz.

Taryn se virou para ver a vagabunda, que tinha voltado do banheiro e estava olhando para ela com o cenho franzido. A garota tinha um olhar inocente e era muito bonita.

— Por que você está saindo com o meu namorado? — perguntou Taryn em tom agressivo.

— Vou levá-la lá para fora — disse Liam à garota. — Já volto.

— Mas Liam...

— Só espera aqui, tá bem, Libby?

Liam arrastou Taryn pelo salão e saiu do restaurante, parando na calçada. O vento ali fora estava gelado, e ele usava apenas uma camisa de manga, mas estava tão furioso que parecia imune ao frio.

— Taryn, você precisa *me deixar em paz*. Entendeu?

— Então você está me traindo.

— Traindo? *Você?* — A risada de Liam foi como um tapa na cara de Taryn. — Você acha que ainda estamos juntos? *Acabou.* Já se passaram meses. Não existe mais nada entre a gente, entendeu? Eu falei isso com todas as letras. Venho repetindo isso desde o Natal, mas você parece uma psicopata, ligando toda hora, mandando e-mails, mensagens de texto. Agora você entende? Eu *terminei* com você. Então me deixe *em paz*, caramba!

— Liam... — chamou ela baixinho. Então, repetiu: — Liam.

— Vai pra casa.

Liam deu as costas para voltar para o restaurante.

— Você me ama. Você me disse isso. Lembra?

— As coisas mudam.

— *Isso* não muda! O amor não muda!

— Nós éramos muito jovens. Não sabíamos o que estávamos falando.

— Eu sabia. Eu sempre soube. Só vim para Boston para ficar com você. Você me *pediu* isso.

— Mas agora é hora de nós dois seguirmos em frente. Não somos as mesmas pessoas que éramos no ensino médio, Taryn. Eu vou para uma faculdade de direito, talvez na Califórnia. Preciso conseguir *respirar.*

— E *ela* vai deixar você respirar?

— Pelo menos não vai me sufocar. Ela tem planos para a vida dela.

— O plano dela é você, não é?

— Não, ela vai fazer alguma coisa da vida. Está tentando uma pós-graduação, pensando em seguir carreira acadêmica.

— Vocês vão fazer pós juntos?

— Meu Deus, Taryn. Não torne isso mais difícil do que já é. Nós dois nunca daríamos certo.

— Porque eu não tenho a ambição *dela*? Ou porque sou só a garota do bairro pobre e você é o filho do médico?

— Isso não tem nada a ver com o lugar de onde você veio, e sim para onde você está indo e para onde eu quero ir. É sobre ter planos.

— Mas eu tinha *você.*

Ele suspirou.

— Eu não posso ser responsável por fazer você feliz.

— Durante todos esses anos, você permitiu que *eu* acreditasse em nós. Você me manteve por perto só para poder continuar me usando. Me comendo. — A voz de Taryn estava cada vez mais alta, alta o suficiente para que as pessoas lá dentro do restaurante ouvissem. Ela viu que os clientes estavam assistindo a cena pela janela. Melhor assim. Torcia para que a vagabunda estivesse assistindo também. — Eu era só a sua prostituta, não era?

— Taryn...

— Uma prostituta que você usou e jogou fora. Seu desgraçado. Seu *desgraçado.*

Ela avançou para cima de Liam, que a segurou pelos pulsos.

— Você está agindo como uma louca! Para. *Para.*

Taryn se engalfinhou com Liam, chorando de soluçar, enquanto empurrava e socava, mas ele era bem mais forte. Taryn tentou se afastar, e ele a soltou tão de repente que ela tropeçou e caiu de bunda no chão. Caída na calçada gelada, sentiu os olhares horrorizados das pessoas lá de dentro do restaurante. Eles tinham assistido a toda a cena. Sabiam que ela havia atacado primeiro. Não havia como culpar Liam.

— Vai para casa, Taryn — disse Liam, enojado. — Vai para casa, para não passar mais vergonha ainda.

Ele voltou para o restaurante, deixando-a tremendo ali, sozinha na calçada.

Taryn se levantou devagar, sentindo todos aqueles olhares sobre si. Não teve coragem de olhar para a fachada de vidro do restaurante, de ver as pessoas lá dentro se divertindo com sua humilhação. Simplesmente se afastou, sentindo dor e mancando por causa da queda. Estava tão entorpecida de frio e choque que foi andando no piloto automático. Tudo o que conseguia ouvir eram as mesmas palavras ecoando sem parar em sua cabeça.

Não sou boa o suficiente para ele. Não sou boa o suficiente. Não sou boa o suficiente. Não sou boa o suficiente.

De repente, ela vislumbrou o próprio reflexo na vitrine de uma loja, parou e viu seus olhos atormentados, o cabelo bagunçado pelo vento. Era essa a aparência de uma pessoa louca? Era nesse momento que ela se jogava no meio da rua ou do alto de um prédio?

Taryn respirou fundo. Afastou o cabelo desgrenhado do rosto e se endireitou. Liam achava que ela não era boa o suficiente.

Era hora de provar que ele estava errado.

DEPOIS

15

Frankie

Às vezes, esse trabalho é fácil demais, pensa Frankie. A arma do crime, quase certamente tomada de impressões digitais do assassino, já lacrada num saco de evidências. O ex-marido, algemado numa viatura lá fora. E a esposa dele...

Frankie olha para o corpo na cama. A mulher está com uma camisola de algodão azul. Está deitada, encolhida sobre o lado direito, o rosto aninhado num travesseiro, agora crivado de pedaços de couro cabeludo e massa encefálica, espalhados pela força do tiro. A julgar pela pose tranquila, ela não deve ter acordado com o barulho da chave girando na fechadura da porta da entrada, que ela ainda não havia trocado. Continuou dormindo, sem ouvir o som dos passos se aproximando no corredor, chegando ao quarto. E estava adormecida quando a pessoa se aproximou de sua cama, uma pessoa que, após oito turbulentos anos de casamento, ela teria considerado assustadoramente familiar.

— Ele não para de tagarelar — diz Mac. — Se ao menos todos fossem iguais a ele.

Frankie ergue a cabeça quando seu parceiro entra no quarto. O rosto dele ainda está vermelho por causa do vento, a rosácea mais atacada que nunca nesta manhã gelada.

— Se fosse assim, estaríamos desempregados — diz ela e olha mais uma vez para o corpo. Theresa Lutovic, trinta e dois anos. Talvez tenha sido bonita no passado; no momento não dá para dizer.

— A ordem de restrição foi pedida na semana passada. As fechaduras novas seriam instaladas amanhã.

— Ela fez tudo certo — diz Frankie.

— Menos ter se casado com esse cara.

— Os vizinhos têm algo a dizer? — pergunta ela.

— Os da direita só acordaram quando ouviram as sirenes. O da esquerda ouviu um estrondo, mas não sabe que horas isso aconteceu porque voltou a dormir. Se o próprio imbecil não tivesse ligado, talvez levasse um tempo até que alguém a encontrasse. — Mac balança a cabeça, enojado. — Não teve nem um pingo de remorso. Na verdade, parecia orgulhoso do que tinha feito.

Orgulhoso de afirmar seu direito de posse dado por Deus, pensa Frankie, olhando para o que fora a posse do homem. Será que, quando conheceu seu futuro marido, essa mulher tinha alguma suspeita de que haveria uma cama ensopada de sangue em seu futuro? Será que, quando namoraram, ele deu algum indício — um olhar, uma palavra brusca — que revelasse o monstro que havia por trás da máscara? Ou será que ela ignorou todas as pistas, atraída, como tantas mulheres, pela promessa de corações e flores e felicidade eterna?

— Pelo menos não tem crianças envolvidas — diz Frankie.

Mac grunhe.

— Graças a Deus pelas pequenas bênçãos da vida.

Eddie Lutovic está sentado à mesa da sala de interrogatório, a cabeça erguida, as costas eretas como as de um soldado. Quando Frankie se acomoda na cadeira à sua frente, ele não olha nos olhos dela — e sim para além dela, como se houvesse alguma autoridade fantasma atrás da policial. Como se essa matrona de óculos bifocais e terninho azul-marinho não pudesse ser essa autoridade. Frankie o deixa permanecer em silêncio por um momento enquanto o analisa com calma. Ele pode ser considerado um homem bonito, musculoso e esguio aos trinta e seis anos, o cabelo castanho curto, os olhos de um azul cristalino enervante. Sim, ela entende por que algumas mulheres podem se sentir atraídas, até mesmo tranquilizadas, diante do porte confiante de Eddie. Elas pensariam: *eis aqui um homem que pode cuidar de mim, me proteger.*

— Sr. Lutovic — diz ela. — Caso tenha esquecido meu nome, sou a detetive Loomis. Preciso fazer mais algumas perguntas...

— Sim, você me falou o seu nome hoje de manhã — ele a interrompe, ainda se recusando a encará-la.

Frankie decide ignorar o desdém óbvio. Calmamente, diz:

— Às cinco e dez desta manhã, o senhor ligou para a polícia da residência da sua ex-esposa.

— A casa é minha, não dela.

— Independentemente de quem seja a casa, o senhor ligou para a polícia, não foi?

— Liguei.

— Informou que tinha acabado de dar um tiro na sua esposa.

Ele dá um aceno de cabeça desdenhoso.

— Por que estou falando com você? — pergunta Eddie. — Eu deveria estar falando com o detetive MacClellan.

— Não é o detetive MacClellan que está sentado aqui. Sou eu.

— Tudo o que eu preciso dizer eu já disse a ele.

— E agora vai dizer para mim.

— Por quê?

— Porque a gente só vai sair dessa sala quando você falar. Então, vamos continuar, ok? Por que você atirou na Theresa?

Por fim, Eddie a encara.

— Você não ia entender — responde ele.

— Por que não tenta me fazer entender?

— Você acha que eu *queria* matá-la?

— Acho que você devia estar com raiva por ela ter abandonado você.

O olhar dele era capaz de congelar água.

— Há um limite até onde é possível você ir com um homem. Ela estava morando na *minha* casa. Ninguém chuta um homem para fora da *porra da sua própria casa*!

— Me fale da arma que você usou. A Glock.

— O que tem ela?

— Não está registrada. E como a Theresa tinha uma ordem de restrição contra você, você estava em posse ilegal da arma.

— A Segunda Emenda diz que tenho direito de possuir uma arma.

— O estado de Massachusetts discorda.

— O estado de Massachusetts que se foda.

— O estado de Massachusetts vai retribuir com alegria esse sentimento — diz ela e sorri.

Quando eles se encaram, um de cada lado da mesa, finalmente parece que Eddie começa a compreender a gravidade de sua situação. De repente, ele bufa, e seus ombros caem.

— Não precisava ser assim — diz ele.

— Mas é assim. E por quê?

— Você não sabe... Ela dificultava tudo para mim. Era como se ela fizesse *questão* de me irritar. Como se fizesse tudo de propósito, só para me fazer reagir.

— Que coisas?

— O jeito como ela olhava para outros caras. A forma como respondia se eu questionasse.

— Ela pediu por isso, não foi?

Eddie percebe o tom de repulsa na voz de Frankie, levanta a cabeça para encará-la e diz:

— Eu sabia que você não ia entender.

Ah, mas Frankie entende, sim. Já ouviu essa desculpa — ou variações dela — inúmeras vezes. *Não é culpa minha. A vítima me obrigou a fazer isso.* Ela poderia mostrar a Eddie a lista de ligações que a esposa dele fez para a polícia. Poderia mostrar o prontuário médico da última ida dela ao pronto-socorro e a foto do rosto machucado, e a resposta dele seria a mesma: *Não é culpa minha.*

Nunca é.

Frankie afunda na cadeira, subitamente cansada de seu papel nessas tragédias de três atos. Ela é o personagem que invariavelmente entra no palco tarde demais, no terceiro ato, depois que o estrago está feito, depois que o cadáver é colocado no saco. Se ao menos ela tivesse entrado nesse drama antes, quando ainda havia tempo de avisar a futura Sra. Lutovic: *Dê meia-volta agora, antes de se apaixonar por este homem. Antes de dizer* Sim. *Antes dos espancamentos, das ordens de restrição e das idas ao pronto-socorro. Antes de o zíper do saco para cadáveres ser puxado com você lá dentro.*

Mas as mulheres apaixonadas raramente são dissuadidas pela voz da experiência. Ela pensa nas próprias filhas impulsivas e em todas as noites que passa acordada, esperando ouvir o som reconfortante da chave na porta. Quantas horas de sono ela havia perdido observando os ponteiros do relógio andando, com medo de pensar em todas as terríveis possibilidades?

Frankie sabe muito bem o que pode dar errado. Viu isso hoje com os próprios olhos, no quarto de uma mulher morta.

Um policial escolta Lutovic para fora da sala, mas Frankie permanece sentada ali, fazendo anotações sobre o interrogatório. Está tudo registrado em vídeo, mas ela é das antigas e prefere o toque e a permanência do papel. As palavras escritas a tinta não desaparecem no éter nem são fáceis de apagar, e o ato de escrevê-las ajuda a gravar o interrogatório na memória. Seu celular apita com uma mensagem de texto, mas ela continua escrevendo, com pressa de registrar as impressões do interrogatório antes que desapareçam de sua mente. Mas o que nunca vai desaparecer é seu asco por Eddie Lutovic. Frankie está tão concentrada em suas anotações que mal percebe quando Mac entra na sala. Só levanta o olhar quando o ouve espirrar.

— O médico-legista acabou de ligar. Quer saber se a gente vai — diz.

— Aonde?

— Para a necropsia da Taryn Moore.

Frankie olha para suas anotações irritadas. Pensa no rosto malicioso de Eddie e no sangue da esposa dele espalhado no travesseiro. Então fecha o bloco de notas.

— A gente não precisa ir — diz Mac. — É só um suicídio.

— Você tem certeza disso?

Mac dá um suspiro resignado.

— Eu dirijo.

16

Frankie

Pela experiência de Frankie, raramente as necropsias revelam surpresas relevantes. Vez ou outra, o médico-legista descobre um ferimento a mais de bala ou um tumor oculto ou, no caso de um idoso descontrolado que saiu atirando nos vizinhos, um caso colossal de podridão cerebral conhecido como doença de Pick. Mas, na maioria das vezes, Frankie já deduziu a causa e o modo da morte antes mesmo de o patologista fazer a primeira secção. As necropsias costumam ser meras formalidades, e Frankie não é obrigada a comparecer.

Esta ela gostaria de ter pulado.

É muito fácil para Frankie imaginar que é o corpo de uma de suas filhas quando ela vê o cadáver de Taryn Moore sobre a mesa. As filhas que ela amamentou e banhou, cujas fraldas trocou; as filhas que ela viu desabrochar, deixando de ser crianças rechonchudas para se tornar adolescentes de quadris estreitos e, depois, mulheres jovens e bonitas. Agora, aqui está a filha de outra mãe, que também tinha sido igualmente bonita, e, só de pensar na perda dessa mãe, Frankie sente uma dor tão grande que quer sair da sala. Mas, em vez disso, ela coloca uma máscara e se junta a Mac na mesa de necropsia.

— Não sabia se viriam, então comecei sem vocês — diz o Dr. Fleer, o patologista. Se Frankie não soubesse que ele era um vegano fanático preocupado com a saúde e um maratonista, pensaria que estava gravemente doente, porque ele é magro como um cadáver, e seus olhos azuis brilham numa cabeça perturbadoramente parecida com uma caveira. — Vou para o tórax agora.

Frankie se força a se concentrar no torso enquanto Fleer corta as costelas expostas com uma tesoura de poda. De pé ao lado dela, Mac dá um espirro explosivo sob a máscara, mas é o som do osso estalando e quebrando que faz Frankie ter um calafrio.

— Parece que é melhor você ir para casa, detetive MacClellan — diz Fleer. — Antes de infectar a gente com esse vírus aí.

— Por que você está preocupado com um vírus de nada? — retruca Mac e bufa. — Pensei que vocês, veganos, fossem invencíveis.

— Seria bom para *você* tentar uma dieta vegana. Depois de uns meses, você nem sente mais falta de gordura animal.

— No dia em que fizerem brócolis com gosto de filé, posso até tentar.

— Você não está com febre, está? Mialgia?

— É só um resfriado. Esse tempo úmido é um inferno para os meus seios nasais. De qualquer forma, estou usando máscara, não estou?

— As máscaras de papel não são herméticas, e você já estava espirrando quando entrou. A essa altura, seu spray viral já está espalhado por toda a sala.

— Me desculpa por respirar.

Fleer corta a última costela e ergue a proteção do esterno, revelando o coração e os pulmões. Observa a cavidade torácica.

— Interessante.

— O que é interessante? — pergunta Frankie. — A aorta parece intacta.

— Isso surpreende você?

— Uma queda de cinco andares no concreto geralmente resulta em muito mais trauma intratorácico do que vejo aqui. Quando um corpo atinge o solo nessa velocidade, o coração é puxado dos ligamentos, e isso pode romper os grandes vasos, mas não estou vendo nenhuma ruptura neles. Provavelmente porque ela tinha apenas vinte e dois anos. Pessoas novas têm muito mais tecido conjuntivo elástico. Eles podem se recuperar.

Frankie olha para o coração reluzente de Taryn Moore e pensa no trauma do qual os jovens às vezes *não* se recuperam. Um pai que abandonou o filho. Um namorado que termina o relacionamento.

— Então foi o ferimento na cabeça que a matou? — pergunta Mac.

— Tenho quase certeza de que sim. — Fleer se vira para trás e chama sua assistente do outro lado da sala, que está arrumando a bandeja de instrumentos para a próxima necropsia. — Lisa, pode pegar as radiografias do crânio da Taryn Moore para eles darem uma olhada?

— O que devemos ver nas radiografias? — pergunta Mac.

— Vou mostrar para vocês. Para fraturar um crânio, bastam sete joules de força. Basta cair de cabeça de um metro de altura, e a queda dela foi de cinco andares. — Fleer vai até o monitor do computador, onde Lisa abriu as imagens do crânio. — Com base nessas imagens frontais e laterais, parece que ela atingiu o solo, quicou e atingiu o solo uma segunda vez. O primeiro impacto causou essa fratura por compressão da parte escamosa do osso temporal. O segundo impacto fraturou o osso frontal e resultou no trauma facial. Sabemos a sequência usando a Regra de Puppe.

— Regra de Puppe? — repete Mac.

Fleer suspira.

— Foi batizada em homenagem ao Dr. Georg Puppe, primeiro médico a descrever o princípio. De acordo com a regra, uma linha de fratura é interrompida por qualquer outra anterior. E aqui, neste raio X, vocês conseguem ver onde o osso cedeu? Pela localização, perto da fossa temporal, eu diria que muito provavelmente houve ruptura da artéria meníngea média. Quando abrirmos o crânio, tenho quase certeza de que vamos encontrar uma hemorragia subaracnoidea. Mas por ora vou continuar no tórax.

Fleer volta à mesa de necropsia e pega um bisturi. Faz a excisão do coração e os pulmões, coloca-os numa bacia e segue para a cavidade abdominal. Com rapidez e eficiência, remove estômago e intestino, fígado e baço. Frankie se vira de costas, enjoada, quando Fleer abre o estômago e esvazia o conteúdo numa bacia, liberando o odor azedo dos sucos gástricos.

— A última refeição que ela ingeriu foi... vinho tinto, acho — diz ele. — Não vejo comida.

— Tinha macarrão com queijo no micro-ondas — informa Frankie.

— Bem, ela não comeu. Não tem alimentos sólidos aqui.

Fleer põe de lado o estômago seccionado e volta a atenção para a cavidade abdominal oca. As vísceras que ele removeu até agora não apresentam qualquer sinal de doença, são órgãos de uma jovem saudável que deveria ter morrido depois de todos que estavam ali ao redor da mesa. No entanto, ali estão eles — Fleer, Mac e Frankie —, ainda vivos e respirando, enquanto Taryn Moore, não.

— Assim que eu terminar com a pelve, vamos abrir o crânio, e vocês vão ver o dano que uma queda de cinco andares pode causar... — Com as mãos na cavidade pélvica, ele faz uma pausa. De repente, ele se vira para Lisa e diz: — Inclua soro HCG no exame de sangue. E vou querer preservar este útero em formalina-gel.

— HCG? — Lisa se aproxima da mesa. — Acha que ela está...

— Vamos pedir ao Dr. Siu que examine os segmentos uterinos. — Ele pega uma seringa. — E vamos precisar coletar DNA desses tecidos.

— DNA? O que está acontecendo? — pergunta Mac.

Frankie não precisa perguntar; já sabe o motivo da coleta de DNA. Olha para a cavidade pélvica exposta de Taryn Moore e pergunta:

— Quanto tempo?

— Não quero arriscar um palpite. Tudo o que eu posso dizer é que o útero dela está grande, de um tamanho anormal, e parece macio, quase pantanoso. Vamos preservá-lo em formol e pedir a um patologista pediátrico que examine os segmentos.

— Ela estava grávida? — Mac olha para Frankie. — Mas o namorado dela disse que eles terminaram há meses. Acha que o filho é dele?

— Se não é dele, acabamos de abrir uma nova caixa de Pandora. Fleer destampou a seringa.

— O DNA é a resposta para todos os mistérios da vida.

— Então agora sabemos por que ela se matou — comenta Mac. — Ela descobre que está grávida, conta para o ex, que se recusa a casar com ela, diz que não é problema dele; é dela. Ela fica tão deprimida que pula da sacada. Sim, tudo faz sentido.

— Certamente parece um cenário lógico — concorda Fleer.

Mac olha para Frankie.

— Então finalmente estamos convencidos de que foi suicídio?

— Não sei — responde ela.

— É aquele maldito celular, não é? Ainda está incomodando você.

— Que celular? — pergunta Fleer.

— O celular dela sumiu — diz Frankie.

— Acham que foi roubado?

— Não sabemos — responde ela. — Estamos esperando a operadora nos mandar o registro de chamadas.

— Tudo bem — diz Mac. — Vamos supor que não foi suicídio, que alguém a empurrou da sacada. Como vamos provar isso? Não temos testemunhas. Não temos evidências de arrombamento. Só sabemos que ela acabou morta na calçada com uma fratura no crânio.

Um crânio com duas fraturas diferentes. Frankie volta ao computador, onde os raios x de Taryn Moore ainda brilham no monitor.

— Eu tenho uma pergunta sobre essas linhas de fratura separadas, Dr. Fleer.

— O que tem elas?

— Você disse que ela caiu no chão, quicou e bateu de novo. Como sabe disso?

— Como falei, com base na Regra de Puppe. A fratura por compressão do osso temporal veio primeiro. O segundo impacto causou a fratura do osso frontal.

— E se ela *não* tiver quicado? E se ela só bateu no chão uma vez? É possível que a primeira fratura tenha acontecido *antes* de ela cair da sacada?

Fleer semicerra os olhos.

— Você está sugerindo dois eventos traumáticos separados.

— O raio x não exclui essa possibilidade, certo?

Fleer fica em silêncio por um momento, enquanto reflete sobre a pergunta. Por fim, responde:

— Não, não exclui. Mas se o que você está sugerindo for o que realmente aconteceu, isso significa...

— Que não foi suicídio — completa Frankie.

17

Frankie

Eles estão sentados à mesa de trabalho de Mac, onde uma foto da esposa dele, Patty, de biquíni, bronzeada e sorridente, é exibida com destaque. Aos cinquenta e dois anos, Patty ainda estava com tudo em cima, e essa foto sempre irritava Frankie, porque ela mesma nunca se sentiu à vontade para usar biquíni. E, também, porque parece que Mac está se gabando: *eu tenho uma esposa gostosa. O que você tem?* O que parece um pouco insensível, tendo em vista que metade de seus colegas na unidade são divorciados ou estão prestes a se separar. Seja como for, Frankie não pode culpar um homem por se orgulhar da esposa.

Frankie evita olhar para a gostosa da Patty, embora a foto esteja presa logo acima do monitor, e se concentra no vídeo que está passando na tela. É uma gravação da câmera de vigilância do prédio em frente ao apartamento de Taryn Moore, e, embora a sacada do apartamento dela seja alta demais para aparecer na câmera, a gravação deveria ter capturado a imagem da jovem caindo na calçada e também do momento em que motorista de aplicativo achou o corpo. Frankie está receosa de ver o primeiro evento, aquela fração de segundo final entre a vida e a morte. Seus ombros estão tensos, enquanto Mac avança a gravação e a marcação do horário corre depressa da meia-noite para meia-noite e meia e depois para uma da manhã. Naquela noite, veio uma tempestade do oeste, e a chuva fez com que a qualidade das imagens ficasse ruim. Mas, de repente, ali está o corpo, materializando-se magicamente, na calçada. É pouco mais que uma protuberância escura e disforme sob as gotas de chuva.

— Volta — pede Frankie.

Mac volta para uma e dez. O corpo não está lá. Ambos se inclinam para a frente, observando atentamente, enquanto o vídeo é reproduzido em velocidade normal.

— Olha ela ali — diz Mac, então volta, quadro a quadro, e congela a imagem.

Frankie observa o que é capturado na tela em 1h11m25s. O corpo em queda é apenas uma mancha escura suspensa no ar. Eles não conseguem ver nenhum detalhe do rosto — só sabem que estão olhando para a última fração de segundo de Taryn antes de ela se chocar no concreto.

— Não estou vendo o celular dela — diz Frankie.

— Talvez tenha ficado fora do campo da imagem.

— Vamos ver se alguém passa e pega.

O cronômetro volta a avançar. À uma e vinte, um carro passa, mas não para. À uma e vinte e oito, outro carro. Chove forte, e os motoristas sem dúvida estão concentrados no trajeto, prestando atenção no que está além da água que cobre seus para-brisas. Vários veículos passam direto, enquanto o corpo de Taryn Moore fica ali despercebido, esfriando aos poucos. Considerando-se o tempo chuvoso e o horário tardio, não surpreende que nenhum pedestre passe por ali.

Às três e cinquenta e um, um sedã preto aparece na imagem. Ao contrário dos outros, esse carro não passa direto — diminui a velocidade e para, impedindo a câmera de filmar o corpo. O sedã fica parado por alguns segundos ao lado do meio-fio, como se o motorista não conseguisse se decidir entre enfrentar a chuva e investigar a cena ou simplesmente seguir em frente, como fizeram todos antes dele. Por fim, a porta do carro abre, e um homem sai do veículo. Ele dá a volta no automóvel e vai até a calçada, se agacha e sai do campo de visão. Segundos depois, volta para o veículo.

— A ligação para a emergência foi às três e cinquenta e dois — diz Mac. — Então esse é o nosso motorista de aplicativo, bem a tempo.

— Ele está sendo um cidadão exemplar. Não consigo imaginar que ele roubaria o celular dela. Então, o que aconteceu com o aparelho?

— Você e esse celular... Olha, não tem nada aqui que faça com que a agente chegue a outra conclusão. Agora a gente sabe que a hora exata da morte foi uma e onze. Às três e cinquenta e um, o motorista de aplicativo encontra o corpo e chama socorro. Suicídio continua no topo da lista.

— Vamos ver o que mostra a câmera da porta da frente.

A entrada do prédio de Taryn Moore fica na rua ao lado daquela em que seu corpo caiu, e as únicas imagens de câmera de vigilância disponíveis são as de uma câmera instalada um metro acima do interfone da entrada. A câmera é antiga, as imagens são granuladas, mas ela teria registrado todas as pessoas que entraram no prédio.

Mac inicia a reprodução começando por nove da noite. Às nove e trinta e cinco, eles veem a vizinha de Taryn, Helen Ng, com o cabelo todo molhado de chuva. Aquele era um bairro universitário numa sexta-feira à noite e, à medida que o relógio se aproximava da meia-noite, um a um dos inquilinos voltavam para casa.

— Deve ter pelo menos oitenta, noventa pessoas morando no prédio — diz Mac. — A gente vai tentar combinar os nomes com cada um desses rostos?

— Vamos continuar assistindo. Talvez a gente tenha sorte e o lindão do Liam apareça.

— Isso ainda não prova que ele matou a Taryn.

— Mas prova que ele está mentindo sobre a última vez em que a viu. E isso é um começo.

— É só um começo.

Às onze, surge um casal se sacudindo para secar a chuva. A jovem mordisca a orelha do homem, e, quando entram, ele já está acariciando os seios dela.

— Não foi essa a experiência que *eu* tive na faculdade — comenta Mac.

Às onze e quarenta e cinco, dois rapazes se aproximam da porta cambaleando, obviamente bêbados.

À meia-noite e onze, um entregador da Domino's com cara de cansado chega na chuva com uma bolsa de entrega. Cinco minutos depois, ele sai do prédio, carregando a bolsa vazia.

Então, meia-noite e cinquenta e cinco, surge um guarda-chuva. Ao contrário do guarda-chuva cor-de-rosa extravagante que Mac levou para a cena da morte, esse é preto e anônimo, indistinguível de um milhão de outros guarda-chuvas, e a cobertura de náilon esconde quem o segura. A Pessoa de Guarda-Chuva entra no prédio sem revelar o rosto para a câmera.

Frankie se inclina para perto do monitor.

— Isso pode ser importante.

— É só alguém de guarda-chuva.

— Olha a hora, Mac. Dezesseis minutos antes do corpo da Taryn Moore cair na calçada.

— Pode ser só mais um inquilino voltando para casa.

— Vamos ver o que acontece.

Nos trinta minutos seguintes, pouca coisa acontece. O relógio da câmera corre, e mais ninguém aparece na entrada do prédio. O único movimento capturado em vídeo é o respingo ocasional de chuva. Ao que parece, todos os moradores do prédio estão em casa dormindo.

Não. Nem todos.

À uma e vinte e cinco, alguém sai do prédio. É a Pessoa de Guarda-Chuva. Mais uma vez, Frankie não consegue ver o rosto, nem determinar se é homem ou mulher. Protegida pela cobertura de náilon preto, a pessoa passa anônima pela câmera e desaparece na noite.

— Volta — pede Frankie. — Dez segundos.

Mac volta o vídeo, e na tela a Pessoa de Guarda-Chuva é sugada para dentro do prédio. Frankie mal ousa respirar enquanto a cena passa novamente, mas dessa vez em câmera lenta, quadro a quadro. O guarda-chuva entra na imagem. Quando está prestes a sair do quadro, Mac congela a imagem.

— Ei — diz ele. — Olha isso. — Ele aponta para uma protuberância preta meio que escondida pelo guarda-chuva, com uma superfície brilhante que reflete um pouco da luz da lâmpada da entrada.

— Acho que é um saco de lixo — diz Mac.

Por um momento, Frankie e Mac ficam em silêncio, foco total na tela. O vídeo agora está pausado a uma e vinte e seis. Nesse minuto, Taryn Moore já estava esparramada na calçada da esquina, o crânio fraturado, o sangue se misturando à chuva.

— Talvez não exista conexão — diz Mac. — E, mesmo que exista, a gente vai ter dificuldade para provar.

— Então é melhor começarmos a trabalhar.

18

Frankie

O antigo elevador do prédio parece ainda mais lento esta noite, chiando, enquanto carrega os quatro passageiros e suas caixas de equipamentos forenses até o quinto andar.

— Pelo menos desta vez pegamos o elevador que funciona — diz uma das oficiais de cena de crime.

— Semana passada Bree e eu tivemos que subir uma escada mambembe carregando esse equipamento para chegar a uma cena de morte. Era num telhado.

— Bem, essa noite, senhoras, estou aqui para ajudá-las — diz Mac.

A oferta galanteadora não parece impressionar nem Amber nem Bree, que respondem com sorrisos educados de *millennials*. Com exceção de Mac, esta noite a equipe que está trabalhando na cena do crime é só de mulheres, um sinal de progresso que Frankie nunca imaginou ver quando ingressou no Departamento de Polícia de Boston, há mais de trinta anos. Ela fica encantada vendo tantas mulheres jovens como essas duas patrulhando as ruas da cidade, argumentando nos tribunais ou carregando bravamente um equipamento pesado para cenas de crime. Frankie vive dizendo a suas filhas gêmeas que mulheres podem fazer tudo o que quiserem, desde que trabalhem duro, mantenham o foco e não deixem os homens distraí-las.

Um dia, talvez elas escutem.

Quando chegam ao quinto andar, Amber e Bree pegam as caixas de equipamentos mais pesadas e as carregam para fora do elevador, deixando a mais leve para Mac.

Ele suspira.

— Me sinto cada dia mais obsoleto.

— Estamos dominando o mundo — diz Frankie. — Pode ir se acostumando.

Os quatro param no corredor para colocar luvas de látex e protetores de sapato antes de entrar no apartamento de Taryn Moore. Nada foi removido desde a última vistoria de Frankie, e o livro *Medeia* continua no balcão da cozinha onde ela o viu pela última vez, com a mulher com a expressão furiosa na capa.

Bree coloca a caixa térmica de produtos químicos no chão e analisa a sala.

— Vamos começar por aqui. Mas, antes de eu misturar o luminol, vamos dar uma olhada rápida no local com o CrimeScope. — Ela aponta para a caixa que Mac acabou de colocar no chão. — Os óculos estão aí dentro. É melhor vocês colocarem também.

Enquanto Amber e Bree montam a câmera e o tripé, Frankie coloca os óculos para se proteger da luz emitida pelo CrimeScope, que será usado para a análise inicial da sala. Embora não detecte sangue oculto, o CrimeScope revela fibras e manchas que podem levar a uma análise mais detalhada.

Amber fecha as cortinas para proteger a sala da claridade lá de fora e diz:

— Você pode apagar as luzes, detetive MacClellan?

Mac desliga o interruptor na parede.

Na escuridão abrupta, Frankie mal consegue distinguir as silhuetas das duas jovens que estão perto da janela. A luz azul do CrimeScope é acesa, e Amber faz uma varredura com o feixe de luz pelo chão, revelando um cenário novo e misterioso, no qual agora brilham fios de cabelo e fibras.

— Parece que a vítima de vocês não era uma dona de casa muito caprichosa — comenta Amber.

— Ela era estudante universitária — diz Mac.

— Esse lugar não vê um aspirador há um bom tempo. Está cheio de poeira e fios de cabelo. Ela tinha cabelo comprido?

— Na altura dos ombros.

— Então provavelmente eram dela esses aqui.

A luz azul avança em direção à mesinha de centro, iluminando um cenário de detritos derramados pela agora falecida moradora do apartamento. Muito tempo depois de os pertences de Taryn serem removidos, depois de seu corpo ser enterrado, ainda haverá vestígios de sua presença nesses cômodos.

O feixe do CrimeScope ziguezagueia por um tapete e sobe pelas costas do sofá, onde para de repente.

— Ora, ora — diz Amber. — Isso aqui pode ser interessante.

— O quê? — pergunta Frankie.

— Tem alguma coisa brilhando no tecido.

Frankie se aproxima e observa a mancha brilhante que parece flutuar na escuridão.

— Não é sangue?

— Não, mas pode ser algum fluido corporal. Vamos fazer um exame de fosfatase ácida e um *swab* para ver se a gente encontra amostra de DNA.

— Acha que pode ser sêmen? Os *swabs* vaginais e retais não mostraram nenhuma evidência de atividade sexual recente.

— A mancha pode ter semanas, até meses.

— Hmmm. Sêmen nas costas do sofá? — pergunta Mac.

— Estamos lidando com universitários, detetive — comenta Amber. — Podemos fazer uma longa lista de todos os lugares bizarros onde já encontramos manchas de sêmen. E, pensando bem, se um casal transasse em pé, uma mancha nessa altura do sofá seria algo plausível.

Frankie não quer pensar nisso. Não quer pensar em garotas da idade de suas filhas fazendo sexo em *qualquer* posição.

— Podemos passar para o luminol? — pergunta ela. — Estou mais interessada em encontrar sangue.

— Detetive MacClellan, pode acender as luzes?

Mac aperta o interruptor. No ponto onde antes o tecido brilhava agora Frankie vê apenas um estofamento verde fosco. O que quer que tenha ficado visível sob a luz do CrimeScope agora não está mais, porém ela sabe que ainda está ali, esperando para que seus segredos sejam revelados.

Bree abre a caixa térmica e tira os frascos de produtos químicos que combinará para produzir o luminol. Como a substância se degrada rapidamente, essa mistura precisa ser feita no local.

— Talvez seja melhor vocês colocarem os respiradores agora — sugere Bree, enquanto despeja os componentes num recipiente e o agita. — Detetives, assim que apagarmos as luzes, fiquem exatamente onde estão para evitar que eu esbarre em vocês no escuro. Preparados?

Frankie coloca seu respirador e Mac apaga a luz, mais uma vez deixando a sala na escuridão total. Frankie ouve o barulho suave do borrifador, enquanto Bree espalha o luminol no cômodo. Para Frankie, a quimiluminescência sempre pareceu uma espécie de mágica, mas ela sabe que é apenas a reação química do luminol com o ferro da hemoglobina. Os traços moleculares do sangue ainda podem ser detectados muito tempo depois de o sangue ter sido derramado, esperando silenciosamente a oportunidade de contar uma história, mesmo que a superfície que está sendo examinada tenha sido limpa e pintada.

À medida que o spray do luminol se deposita no chão, a verdadeira história da morte de Taryn Moore é revelada.

— Puta merda! — exclama Mac.

Linhas paralelas se iluminam no chão aos pés deles, como trilhos de trens fantasmas, marcando o lugar onde o sangue se infiltrou entre as tábuas gastas do assoalho, fora do alcance de qualquer esfregão ou esponja. O que era invisível sob a luz, agora reluz com os ecos fantasmagóricos da violência.

Aí está. Aí está a prova.

— Está gravando isso, Amber? — pergunta Bree.

— Está tudo aqui. Continue borrifando.

O recipiente sibila novamente. Mais linhas paralelas surgem no assoalho, como trilhos de trem se estendendo por uma planície escura.

— Estou vendo uma marca aqui. Parece que arrastaram alguma coisa — diz Bree. — Parece que a vítima foi puxada na direção da sacada.

— Também estou vendo — diz Frankie. — Faz o rastreamento reverso. Onde começam essas marcas?

Outro silvo do borrifador. De repente, uma quina da mesa de centro brilha. O chão ao redor se ilumina com pontos brilhantes espalhados, como uma explosão estelar que aos poucos vai se apagando, envolta numa periferia escura.

— Aqui — diz Bree em voz baixa. — Foi aqui que aconteceu.

Mac acende a luz, e Frankie olha para baixo, onde segundos antes respingos brilhavam como estrelas. Tudo o que ela vê agora são o chão e uma mesinha de centro totalmente comum, da qual todas as evidências visíveis de violência haviam sido removidas. O luminol revelou os segredos do apartamento, e, agora, olhando ao redor da sala, Frankie é capaz de imaginar como tudo aconteceu. Ela vê Taryn Moore abrindo a porta para a pessoa. Talvez ainda não sinta o perigo quando permite a entrada de quem vai assassiná-la. Talvez até ofereça uma taça de vinho ou um pouco do macarrão com queijo que está esquentando no micro-ondas. Talvez ela nem tenha percebido que seria atacada.

Mas então acontece: um empurrão ou um golpe, que a faz cair e bater a cabeça na quina da mesinha de centro. O impacto fratura seu crânio, e o sangue se espalha pelo chão. Em seguida, ela é arrastada até a sacada. A pessoa abre a porta, e uma lufada de ar frio entra junto com a chuva. Será que Taryn ainda está viva quando a pessoa a ergue por cima da grade de proteção e a joga da sacada? Será que está viva enquanto seu corpo mergulha na escuridão?

Em seguida, a pessoa começa a apagar as evidências do que aconteceu. Limpa o sangue do chão e da mesinha de centro. Coloca os panos ou as toalhas de papel sujos num saco de lixo preto. Deixa a porta da sacada aberta e as luzes acesas, carrega o saco para fora do prédio e desaparece na noite. A pessoa aposta que ninguém vai imaginar outra coisa que não seja suicídio nem vai se dar ao trabalho de procurar vestígios microscópicos de sangue que não tenham sido apagados.

Mas a pessoa cometeu um erro: levou o celular da jovem e provavelmente o destruiu para evitar que fosse rastreado. É um pequeno detalhe, que poderia ter sido facilmente ignorado pelos investigadores. Afinal, para a polícia é muito mais simples encerrar o caso e seguir em frente. É com isto que a pessoa conta: com policiais sobrecarregados ou desatentos demais para considerar todas as possibilidades ou seguir todas as pistas.

Ele não me conhece.

ANTES

19

Jack

Taryn ficou uma semana sem aparecer na aula e não respondeu aos e-mails de Jack. Será que ela tinha ficado doente? Será que voltara para sua casa no Maine? Nem Cody Atwood podia — ou queria — contar a ele o que havia acontecido, e Jack ficou tão preocupado que foi procurá-la no Facebook, esperando encontrar alguma atualização sobre sua situação, porém fazia mais de uma semana que ela não postava nada.

Na segunda-feira, ele já estava quase ligando para alguém da universidade, a fim de sugerir que verificassem se ela estava bem. Então, foi com um grande alívio que, após ouvir uma batida à sua porta naquela manhã, ele levantou o olhar e viu Taryn parada na entrada de seu gabinete.

— Você pode falar agora? — perguntou ela.

— Claro! Fico feliz em ver você.

Taryn entrou e fechou a porta. Jack se perguntou se deveria pedir a ela que a deixasse aberta. Depois da queixa, ele achou mais sensato nunca mais conversar com qualquer aluno — mulher ou homem — a portas fechadas. Mas ele não via Taryn desde que ela saíra correndo do restaurante do Museu de Belas-Artes, e, a julgar pela cara de abatida, ela precisava de conselhos. Então Jack achou melhor deixar a porta fechada mesmo.

— Eu estava preocupado com você — comentou o professor, quando ela se sentou de frente para ele. — Parece que ninguém sabia por que você não veio à aula na semana passada. Nem o Cody.

Ela suspirou.

— Tive uma semana ruim.

— Estava doente?

— Não. Só precisava de um tempo para pensar. E tomei uma decisão. — Taryn se sentou ereta e endireitou os ombros. — Quero entrar para a pós-graduação. Ainda consigo me candidatar para a uma vaga aqui?

— Infelizmente, não... mas talvez exista uma possibilidade. O comitê pode fazer exceções em casos especiais.

— Acha que eu posso ser um caso especial?

— Você está se saindo maravilhosamente bem na minha turma. E o professor McGuire me disse que o seu artigo sobre Mary Wollstonecraft foi extraordinário. Ele é o presidente do comitê, então isso é um ponto positivo. — Jack fez uma pausa, tentando interpretar a expressão no rosto dela, se esforçando para entender o que a levara a tomar essa decisão repentina. — Por que você de repente se interessou em fazer pós-graduação, Taryn?

O lábio inferior dela ficou trêmulo. Então a jovem pigarreou, firmou a voz e respondeu:

— Terminei com o meu namorado.

— Ah, sinto muito.

Os olhos de Taryn ficaram marejados de lágrimas. Ela pigarreou novamente, lutando para conter as lágrimas. Jack queria abraçá-la, mas, em vez disso, lhe entregou uma caixa de lenços.

— Não quero descarregar em você, mas gostaria que não pensasse que deixei sua aula pra lá. É a melhor aula que eu já tive na vida. E você é o melhor professor que já conheci também. — Taryn percebeu que Jack franziu a testa, então acrescentou: — Desculpa se estou deixando você sem graça. Enfim... — Ela respirou fundo. — Isso me fez repensar tudo sobre o meu futuro. Sobre o tipo de vida que eu quero. Me fez perceber que tenho sido tão passiva e impotente quanto Heloísa. Mas eu não sou a perdedora que Liam pensa que sou e vou provar isso.

— Liam? É o seu namorado?

— É. — Ela esfregou os olhos brevemente. — Ele acha que não sou boa o suficiente para ele.

— Que bobagem. Existe um mundo inteiro de possibilidades para você, e você não precisa fazer nenhuma pós para provar o seu valor. Você pode fazer qualquer coisa, ser quem quiser. Por que raios ele pensaria que você não é boa o suficiente?

— Talvez porque ele seja filho de médico, e eu sou só... só eu. — Taryn secou as lágrimas novamente. — Nós namoramos durante todo o ensino médio. Imaginei que um dia iríamos nos casar. Bem, pelo menos era isso que ele costumava me dizer. Mas isso não vai acontecer. Não com alguém como eu. — Taryn respirou fundo e se endireitou na cadeira. — Vou mudar isso.

— Me desculpa perguntar, mas você está se candidatando por vontade própria ou para provar alguma coisa para ele?

— Não sei. Talvez os dois. De qualquer jeito, é uma coisa que eu preciso fazer. Quero ser como você.

— Como eu? — perguntou Jack, surpreso.

— Sua vida parece tão perfeita... É como se você tivesse tudo planejado.

Ele sorriu.

— Espera só até você ter a minha idade. Você vai se dar conta de que ninguém tem tudo planejado.

— Mas olha o que você faz. Parece que realmente ama o seu trabalho.

— Sim, amo. Estar com os jovens, falar dos livros que amo, fazer pesquisas que me fascinam. Se essa é a carreira que almeja para você, tenho certeza de que talento não falta para que chegue lá.

— Obrigada — murmurou ela.

— E quanto a esse seu ex-namorado, se alguém perdeu foi ele, por deixar você ir embora. Qualquer outro homem se acharia um sortudo por ter uma mulher tão incrível quanto... — De repente Jack parou, percebendo o fervor na própria voz. Taryn também tinha percebido e estava se inclinando para a frente, os olhos fixos nele. Por fim, ele olhou para a mesa de trabalho e disse: — Mas agora vamos falar do que você precisa fazer para entrar para a pós-graduação.

— E também vou precisar do dinheiro da bolsa de estudos.

— Certo, mas primeiro o mais importante. Vamos ver se conseguimos colocar você na lista de candidatos. Tem uma ficha de inscrição que posso enviar para você. Também vou escrever uma carta de recomendação, e tenho certeza de que o professor McGuire pode escrever outra. Mas mesmo com um coeficiente de rendimento alto durante a graduação, você vai enfrentar uma concorrência acirrada. São poucas vagas.

— Mesmo assim, você acha que eu tenho chance?

— Eu li textos que você escreveu, Taryn. Acho que você teria muito valor para o programa, e teríamos sorte em mantê-la aqui.

— Não sei como agradecer.

Lágrimas brilharam nos cílios de Taryn, e Jack sentiu uma vontade imprudente de estender a mão por cima da mesa e secá-las. Mas, em vez disso, olhou no relógio, subitamente ansioso para encerrar aquela reunião.

— Você não é como os outros professores. É muito mais humano e compreensivo.

Sentindo que estava se aproximando de um campo minado, Jack deu de ombros e disse:

— Seja como for, se quiser aparecer por aqui na semana que vem, podemos conversar sobre o trabalho que você está escrevendo. Um texto forte certamente vai ajudar na sua candidatura.

— Já estou trabalhando nisso.

Jack acompanhou Taryn até a porta, estava tão perto dela que conseguia sentir o cheiro de seu xampu. Recuou um passo.

— Apareça sempre que quiser, Taryn.

Ela apertou o braço de Jack e foi embora. Ele continuou sentindo o toque dela mesmo depois de já não ouvir os passos de Taryn indo embora pelo corredor.

20

Taryn

Você pode fazer qualquer coisa, ser quem quiser.

Taryn ouvia a voz dele na cabeça, as palavras, um mantra que entoava para si mesma sentada ali na biblioteca, o laptop aberto, os livros espalhados sobre a mesa. *Você pode fazer qualquer coisa. Ser quem quiser.* O que Taryn queria era ser respeitada. Queria que Liam se arrependesse de ter terminado com ela. Queria que a mãe dele se sentisse culpada por pensar que ela não era boa o suficiente para se casar com seu precioso filho. Queria que o mundo soubesse quem ela era.

E, acima de tudo, queria deixar o professor Dorian orgulhoso.

Ninguém jamais havia demonstrado tanta fé nela — nem nenhum de seus outros professores, nem sua própria mãe, embora Brenda já tivesse apanhado tanto da vida que não fosse capaz de acreditar em tempos melhores. Taryn se imaginou indo de carro um dia até a casa da mãe, dirigindo um BMW novinho em folha. Entregaria a Brenda um exemplar recém-impresso do próprio livro. Imaginou sua mãe chorando de alegria quando ouvisse da filha que era hora de empacotar as coisas e sair daquele casebre de dois quartos e se mudar para a nova casa que comprara para ela.

Mas, primeiro, ela precisava ingressar na pós-graduação. E isso significava que precisava terminar de escrever esse texto.

Taryn tinha pegado *Ilíada*, *Odisseia* e mais meia dúzia de livros de história sobre a Guerra de Troia das estantes da biblioteca. *Eneida* havia aguçado seu apetite por histórias sobre guerreiros, heróis e as escolhas que fizeram. Amor ou glória? Esse era o título que Taryn havia escolhido para o seu trabalho, tema que já chamava sua atenção, com todos aqueles mitos e lendas gregas. Enquanto as mulheres choravam e lamentavam a traição de seus amantes — a rainha Dido, abandonada por Eneias; Medeia, abandonada por Jasão; e Ariadne, largada por Teseu —, os homens simplesmente seguiam em frente, em busca da glória, sem se importar com os corações que haviam partido. Para os homens, a escolha era o destino; para as mulheres, o resultado era sempre tristeza.

Mas não para Taryn. Ela seria a única a seguir em frente, a reivindicar a própria glória. *Você pode fazer qualquer coisa, ser quem quiser...*

— *Ainda* aqui? — perguntou Cody, que tinha saído havia mais de uma hora para jantar e estava de volta. — São quase nove da noite. É melhor você jantar antes que o refeitório feche.

— Não estou com fome.

Cody afundou na cadeira em frente a Taryn e franziu a testa ao ver todos aqueles livros abertos em cima da mesa.

— Caramba! Você está falando sério mesmo sobre a pós.

— E nada vai me parar.

Taryn virou uma página e olhou fixo para a ilustração de Agamemnon empunhando uma faca, prestes a cortar a garganta de sua doce e jovem filha Ifigênia. Mais um homem friamente ambicioso que escolheu a glória em vez do amor, que sacrificou a própria filha para que os deuses enviassem bons ventos, apressando o trajeto das embarcações rumo a Troia. Mas ele pagaria por esse ato monstruoso quando voltasse da guerra. Sua esposa, Clitenestra, de luto pela morte da filha, teria sua vingança. Taryn imaginava a fúria de

Clitenestra ao esperar o marido ir tomar banho e encurralá-lo. A faca em sua mão. A sensação de triunfo que ela teve quando cravou a arma no peito dele...

— Não estou entendendo, Taryn. Por que de uma hora para outra engatar na pós passou a ser tão importante?

— Porque tudo mudou. Agora tenho planos. Vou continuar estudando. Vou dar aulas e escrever livros e...

— Isso tem alguma coisa a ver com o Liam?

— Foda-se o Liam. — Taryn lançou um olhar irritado para Cody. — Ele não é nada, não vale o meu tempo. Tenho mais o que fazer da vida agora.

Cody levou um susto. Ficou surpreso com a resposta feroz.

— O que aconteceu? O que mudou?

Taryn ficou em silêncio por um momento, batendo a caneta na mesa. Ela pensava em Jack Dorian, em como ele a confortara, a elogiara. E se lembrou de outra coisa que ele tinha dito: que qualquer homem teria sorte de ter uma mulher como ela.

— *Ele* fez a diferença — respondeu ela num tom calmo. — O professor Dorian.

— Como?

— Ele acredita em mim. Ninguém nunca acreditou em mim.

— Eu acredito, Taryn. Eu sempre acreditei em você — disse Cody, mas ele era apenas um amigo, o tipo de garoto que seria cegamente leal a ela até o fim. Não, a única opinião com a qual Taryn realmente se importava era com a de Jack Dorian.

Taryn se perguntou se Jack estava pensando nela da mesma forma que ela pensava nele.

— Preciso trabalhar nesse projeto — disse ela a Cody. — Te vejo amanhã.

Taryn esperou Cody sair da biblioteca, então voltou a atenção para o laptop e digitou *Professor Jack Dorian*. De repente ela estava com desejo de ver o rosto dele, com desejo de saber mais sobre ele. Acessou o currículo acadêmico de Jack. Na foto, claramente desatualizada há anos, ele estava de paletó de tweed e gravata, e seu sorriso era acessível, mas indiferente. Taryn lembrou que os olhos verdes de Jack brilhavam quando ele ria e recordou o leve tom prateado que começava a aparecer nas têmporas, misturado ao seu cabelo castanho-escuro. Ela gostava do Jack Dorian que conhecia agora. Podia estar mais velho do que na foto, e as linhas de expressão podiam estar um pouco mais profundas, mas o que importava não era sua idade, e sim seu coração e sua alma.

E ele tinha aberto o coração para ela.

Taryn leu o currículo acadêmico dele, memorizando os detalhes. Graduação na Bowdoin College. Doutorado em Yale. Três anos como professor assistente na Universidade de Massachusetts, quatro como professor adjunto na Universidade de Boston. Professor titular nos últimos oito anos na Commonwealth. Autor de dois livros sobre literatura e sociedade e de mais de vinte artigos sobre assuntos que vão desde temas universais como mitos antigos até tendências modernas na literatura feminista. Ela queria ler todos, mergulhar em tudo o que ele havia escrito, para impressioná-lo da próxima vez que se encontrassem. Percorreu a longa lista de publicações e parou de repente ao chegar à parte das informações pessoais.

Cônjuge: Margaret Dorian.

É óbvio que Taryn sabia que Jack era casado; tinha visto a aliança no dedo dele, mas de alguma forma havia bloqueado a lembrança desse detalhe. Tentou deixar isso de lado, mas as imagens já estavam em sua cabeça: Jack voltando para casa. Entrando pela porta. Sua esposa esperando para abraçá-lo, beijá-lo. Ou será que essas imagens estavam erradas? Taryn pensou no dia em que ele parecia cansado e derrotado na aula, como se estivesse enfrentando problemas em casa. Talvez a mulher dele não estivesse lá para recebê-lo com um beijo. Talvez a mulher dele o repreendesse, o menosprezasse.

Talvez ele estivesse desesperado por alguém que o fizesse feliz.

Ela procurou *Margaret Dorian, Boston* na internet. Era um nome bastante incomum, por isso foi fácil encontrar a mulher certa. Os três links principais foram todos para Margaret Dorian, médica. No site Avalie Meu Médico, ela tinha a pontuação máxima, e um paciente escreveu um comentário dizendo que a Dra. Dorian tinha compaixão e era gentil com seus pacientes. Outro site de avaliação tinha os contatos de seu consultório no Hospital Mount Auburn, em Cambridge.

Ela entrou no site do hospital e clicou no link sobre Margaret Dorian, médica.

Na foto, ela estava sorrindo e usava jaleco branco. Tinha olhos castanhos e cabelo ruivo até os ombros, e, embora ainda fosse atraente, já dava para ver os sinais da meia-idade tomando conta do rosto, nos cantos dos olhos e da boca. Mesmo não sendo mais jovem, Margaret Dorian era uma mulher realizada, e seus pacientes a adoravam. Taryn pensou nas longas horas que um médico precisa trabalhar, nas noites, nos fins de semana. Será que o marido dela se sentia negligenciado? Será que passava muitas noites sozinho, desejando companhia?

Procurou o endereço deles. Não foi difícil encontrar; na internet, não existem segredos. O Google Maps a levou direto para o bairro de Arlington, e, no Google Street View, ela conseguiu ver onde eles moravam, uma casa colonial branca de dois andares com um gramado na frente e arbustos bem aparados. No dia em que a foto da rua foi tirada, a porta da garagem estava aberta, e havia um sedã prata estacionado. Na imagem de satélite, Taryn não viu nenhum sinal de crianças na propriedade — nada de bicicletas nem brinquedos no quintal. Eles não tinham filhos, o que tornava tudo menos confuso caso se separassem, caso ele conhecesse outra pessoa com quem preferisse passar o resto da vida.

Taryn voltou para a foto da Dra. Margaret Dorian. Sim, ela ainda era bonita.

Mas talvez Jack estivesse desejando mais.

21

Jack

— Eu diria que Taryn Moore é barbada — disse Ray McGuire. Ele tinha acabado de sair da reunião do comitê de pós-graduação e estava parado na porta do gabinete de Jack, sorrindo. — Ela tem tanto potencial que fizemos vista grossa em relação ao prazo de inscrição.

— Que ótimo! Ela vai adorar saber disso.

— As cartas oficiais de aceitação só serão enviadas daqui a algumas semanas, mas a votação foi unânime. O coeficiente de rendimento dela é quase 10. E todas as cartas de recomendação dizem que ela é a próxima Gloria Steinem.

Jack não conseguiu evitar sentir uma pontada de orgulho.

— Ela está realmente animada.

— Espero que ela não tenha se candidatado para Harvard.

— Não. Ela só se candidatou para cá. É a primeira escolha dela.

— Excelente. E a amostra de texto que ela enviou foi uma dissertação que escreveu para você sobre *Eneida*. Não domino Antiguidade Clássica, mas me parece um texto publicável. Uma análise refinada de que Virgílio está nos dizendo, por meio de um subtexto, que, em vez de cometer suicídio, a rainha Dido deveria ter cravado aquela espada em Eneias. — Ele riu. — Esse ponto de vista é meio assustador, na verdade. — Ray deu meia-volta para ir embora, então parou por um instante. — A propósito, se ela entrar, nosso padrão de beleza feminina, que atualmente está lá no chão, vai subir um pouco. Mas acho que não é muito politicamente correto da minha parte dizer isso, né?

— Você é um cafajeste machista superficial.

Ray sorriu.

— Sim, e com orgulho.

Um dia depois, Taryn entrou praticamente dançando no gabinete de Jack.

— Obrigada, obrigada, obrigada! — agradeceu-lhe, quase explodindo, então se inclinou sobre a mesa de Jack, o cabelo caindo nos ombros, o rosto irradiando alegria.

— Pelo visto, recebeu boas notícias — comentou ele, sorrindo.

— Recebi! O professor McGuire acabou de me parar no corredor para dizer que é quase certo que eu seja aceita!

Com um suspiro de alegria, Taryn se jogou na cadeira em frente à mesa de Jack. Ela se sentia totalmente à vontade com ele. Os dois tinham passado tanto tempo juntos discutindo sobre a candidatura dela à pós e sua dissertação que, a essa altura, ela não precisava de convite para se sentir em casa no gabinete dele.

— E é tudo por *sua* causa — completou ela.

— Taryn, não fui eu que escrevi esses trabalhos, nem fui eu que tirei essas notas.

— Mas você me mostrou um caminho, me fez acreditar em mim mesma.

Jack ficou desconcertado com o elogio e não conseguiu pensar em nada para dizer. Eles se encararam por um instante, Jack observando o cabelo lindo e bagunçado de Taryn, suas bochechas coradas. Ela era mais tentadora do que qualquer Heloísa jamais poderia ser, e ele se sentia tão enfeitiçado quanto Abelardo.

Jack olhou para a mesa em busca de algo que o distraísse e viu o folheto de uma conferência que tinha recebido semanas antes. Uma mudança de assunto muito bem-vinda.

— Talvez isso seja do seu interesse — comentou ele, entregando-lhe o folheto.

— Uma conferência sobre literatura comparada?

— É na Universidade de Massachusetts, no campus de Amherst. Talvez você se interesse por algumas apresentações. Talvez elas até lhe deem umas ideias para uma futura dissertação. Alguns dos melhores pesquisadores da sua área vão estar lá.

Taryn leu o título das sessões que ele havia destacado.

— "A invenção dos homens"?

— Fala sobre como a literatura clássica é, em última análise, a história dos homens.

Ela leu a descrição.

— Desde Homero, autores e historiadores do sexo masculino se concentraram apenas nos homens, fazendo com que as mulheres sejam meras sombras na história. — Ela olhou para Jack. — É uma palestra da Maxine Vogel!

— Você conhece?

— É uma das críticas feministas mais famosas do mundo.

— Ela publicou um artigo recentemente muito semelhante à sua interpretação de Heloísa.

— Ai, meu Deus, eu adoraria ir. Será que ainda dá tempo de eu me inscrever?

— Acho que você não vai ter problema para conseguir participar.

— Tem ônibus para Amherst? Eu não tenho carro.

— Eu também vou. Posso dar uma carona para você e para mais alguém que queira ir. Vou comentar isso na aula para ver se conseguimos despertar o interesse de mais alguém.

Taryn franziu a testa quando viu a taxa de inscrição.

— Ah, tem que pagar o hotel.

— Vou ver com Ray McGuire se ele consegue verba para viagens de alunos. Afinal, existe uma grande chance de você entrar para nosso programa de pós-graduação.

Taryn olhou para o folheto e sorriu.

— Minha primeira conferência literária. Tenho certeza de que vou adorar!

Taryn estava num canto do pátio do campus, onde prometera que ficaria esperando. Mesmo a meio quarteirão de distância, Jack conseguiu ver o corpo esbelto dela, de meia-calça num tom escuro de cor-de-rosa e jaqueta preta, o cabelo esvoaçante ao vento.

Nenhum outro aluno. Apenas Taryn.

Isso foi um erro. Jack sabia disso, mas agora não podia voltar atrás, não depois de prometer levá-la à conferência. Não depois de todos aqueles preparativos.

Ele parou no meio-fio. Ela jogou a bolsa com algumas mudas de roupa no banco traseiro e se sentou no lado do carona.

— Não vem mais ninguém? — perguntou ele.

— Só eu.

— Achei que você iria convencer alguns colegas de turma a virem com a gente. Imaginei que pelo menos o Cody viria.

— Eu tentei, mas ninguém ficou interessado. — Ela jogou o cabelo para trás e sorriu. — Bom, parece que somos só você e eu, professor.

Dois quilômetros à frente, seguindo pela avenida próxima à Copley Square, Jack virou na Mass Pike, o estômago embrulhando-do. Taryn e ele, sozinhos num carro, saindo da cidade como dois amantes. Quando entraram no túnel sob o Prudential Center, ele se perguntou: *O que nós estamos fazendo? O que eu estou fazendo?* Ele precisava ligar para Maggie assim que chegassem ao hotel, nem que fosse para lembrar que era casado, que estava fazendo aquilo pelos motivos certos.

Embora ela tivesse feito a inscrição tardiamente, ainda havia quartos disponíveis no hotel da conferência, que ficava a uma curta caminhada do campus, onde as palestras aconteceriam. Quando eles entraram no saguão e se dirigiram à recepção, Jack sentiu o coração acelerar. Eles pareciam amantes? Alguém tinha notado que eles tinham chegado no mesmo carro? Ele olhou ao redor do saguão, que era igual aos saguões de inúmeros outros hotéis corporativos, e ficou aliviado por não ver ninguém conhecido.

— Sua chave, senhor — disse o recepcionista, entregando a Jack o envelope com um cartão-chave do quarto 445. — Posso colocar vocês dois no mesmo andar — sugeriu.

— Seria ótimo — disse Taryn, antes que Jack pudesse responder. O recepcionista deu a ela a chave do 437. A quatro portas do quarto de Jack, mas ainda perto demais.

Sou professor dela. Ela é minha aluna, lembrou Jack a si mesmo quando eles saíram do elevador no quarto andar. *Estamos aqui para a conferência e só.*

— Te vejo daqui a pouco? — perguntou Taryn quando os dois estavam perto do quarto dele.

— Hmmm... sim.

— Nos encontramos no lobby daqui a vinte minutos?

— Tá bem.

Ele entrou no quarto e, ao fechar a porta, soltou o ar. *Tudo bem, tudo bem, vai dar certo*, pensou.

Hora de ligar para Maggie.

Jack se sentou na cama e ligou para o celular de Maggie. Precisava ouvir a voz dela, ser lembrado do que eles tinham juntos, toda a história deles, todo o amor que compartilhavam. Mas a ligação caiu na caixa postal, e tudo o que ele ouviu foi: "Aqui é a Dra. Dorian. Não estou disponível para atender à sua ligação."

Jack desligou e se largou na cama. Não tinha almoçado e sentia o estômago vazio. Mas não era a fome que o incomodava, e sim o nervosismo. Estava na beira de um abismo, tentando manter o equilíbrio e não cair na escuridão.

Meia hora depois, ele e Taryn entraram no prédio onde outros participantes circulavam, cumprimentando colegas e checando cartazes e horários. A palestra de Maxine Vogel, "A invenção dos homens", já ia começar, e o auditório estava ficando cheio rápido. Eles conseguiram dois assentos no corredor, e Taryn abriu seu laptop para fazer anotações.

— Vou ver se consigo apresentá-la a você depois da palestra — disse ele.

— E o que eu digo para ela?

— Você pode começar perguntando sobre a pesquisa mais recente dela. Todo pesquisador adora falar sobre trabalho, e um pouco de bajulação nunca é demais.

— Tá bem, tá bem. Meu Deus, isso é tão emocionante!

Taryn olhou ao redor. Viu os participantes acenando uns para os outros e se cumprimentando, um universo de pesquisadores ao qual ela desejava se juntar algum dia. As luzes do auditório escureceram, e ela voltou a atenção para o telão, que exibia o primeiro slide. Era uma xilogravura de uma mulher num vestido esvoaçante curvada sobre um tear.

Maxine Vogel foi andando até o púlpito, ficando sob os holofotes.

— Tenho certeza de que todos aqui presentes reconhecem a mulher nesse slide. Penélope — disse a Dra. Vogel, apontando para a tela. — Durante vinte longos anos, ela foi fiel, sempre paciente, rejeitando todos os pretendentes, enquanto esperava o marido, Ulisses, voltar da Guerra de Troia. Estudiosos e poetas apontam para ela como o exemplo perfeito de feminilidade. — Vogel virou-se para o público e bufou. — Uma bobagem sem tamanho.

E, com isso, conquistou o público.

Jack olhou de relance para Taryn e a viu se inclinar para a frente, tão atenta que se esqueceu de fazer anotações. Estava concentrada demais na defesa de Vogel às heroínas não convencionais, mulheres que, com suas paixões desregradas e seus desejos inoportunos, foram consideradas contra os costumes da sociedade. Não era de se admirar que Vogel fosse uma estrela em seu campo de atuação; Jack sentiu uma pontada de inveja ao ver como a intelectual cativava o público. E invejava Taryn também, por todas as possibilidades que tinha pela frente no futuro. Possibilidades que ele sentia se esvaírem para si a cada ano que passava.

Quando a palestra de Vogel terminou e as luzes se acenderam, Taryn já estava de pé, no corredor, indo em direção a ela. Jack não precisou apresentá-las; Taryn era um míssil autoguiado, apontado diretamente para o alvo. Do outro lado do auditório, ele a observou apertar a mão de Vogel, viu a mulher mais velha sorrir e acenar com a cabeça enquanto as duas seguiram juntas em direção à sala onde aconteceria o coquetel.

Missão cumprida, pensou Jack. Taryn ficaria bem sozinha, e agora era hora de fugir.

Ele voltou para o quarto sozinho, tomou banho e foi para a cama. Ficou aborrecido por Maggie não ter retornado a ligação, mas então viu o e-mail que a esposa havia enviado uma hora antes:

Vim passar a noite com o papai. Ele está mal. Muita dor nas costas. Espero que esteja correndo tudo bem na conferência. Te ligo amanhã de manhã.

Claro que Maggie estaria na casa do pai. Eles não faziam ideia de quanto tempo Charlie ainda teria de vida, e ela queria passar cada momento livre que tivesse com ele.

Jack decidiu não telefonar novamente naquela noite. Desligou o abajur e tinha acabado de se recostar no travesseiro quando o celular tocou. Maggie?

Mas foi a voz de Taryn que ele ouviu.

— Está no seu quarto? — perguntou ela. — Preciso te contar uma coisa!

— Pode esperar até o café da manhã? São onze e meia já.

— Mas isso é tão emocionante que não dá para esperar! Já estou indo!

Jack soltou um suspiro, acendeu o abajur e se vestiu. Tinha acabado de afivelar o cinto quando ouviu Taryn bater à porta. Ele a abriu e encontrou sua aluna de pé no corredor segurando uma garrafa de vinho.

— Esse vinho é para quê? — perguntou ele.

— Você não vai acreditar: Maxine sugeriu que escrevêssemos um artigo juntas! Eu e ela!

Maxine. Não, Dra. Vogel.

— Sério? E como isso aconteceu?

— Comentei com ela que achava que a rainha Dido tem sido completamente descaracterizada por estudiosos homens. Argumentei que foi porque Dido desafiou os ideais de masculinidade deles. E ela *adorou* a premissa. — Taryn deu uma risada triunfante. — Dá para imaginar? Meu nome vai estar logo abaixo do dela no artigo!

— Isso é incrível — comentou Jack, realmente impressionado. — E espero que você entenda o quanto esse gesto é generoso da parte dela. A maioria dos pesquisadores do nível dela nunca consideraria...

— Vamos comemorar! Pedi ao barman uma garrafa de vinho para nós. — Ela pegou duas taças, encheu-as de vinho e ofereceu uma a Jack.

Como ele poderia recusar? Taryn estava praticamente dançando de alegria, e ele não conseguiu não sorrir com a vitória dela. Eles brindaram e beberam.

— Parabéns, Taryn — disse ele. — Você está se saindo muito bem! Ela tomou outro gole.

— E é tudo por sua causa.

— Não fui eu que deixei Maxine Vogel encantada.

— Conversamos por horas durante o coquetel, discutindo nosso artigo. Podíamos ter continuado, mas o bar já estava fechando. Felizmente fiz um monte de anotações.

— Boa ideia — comentou Jack, zonzo por causa do vinho. Ele mal havia jantado e agora estava pagando por isso, o álcool entrava com tudo em sua corrente sanguínea.

Taryn tomou todo o vinho da taça, serviu mais e completou a dele.

— Vamos ter que trabalhar por e-mail, sabe? Eu envio o texto, e ela me manda de volta com comentários e sugestões. Depois, vamos coeditar a versão final, e ela vai mandar para publicação. Ela conhece os editores de todos os principais periódicos. E nada disso teria acontecido sem você, Jack — disse Taryn, seus olhos eram enormes poças escuras. — Eu não estaria aqui se você não tivesse me encorajado.

De repente, ele se deu conta de que ela acabara de chamá-lo de Jack, e não de professor Dorian. Quando foi que isso teve início? Quando começaram a ter essa intimidade toda? Ele sabia que não devia beber mais, porém, mesmo assim, tomou o vinho e pousou a taça vazia.

Taryn se aproximou tão rápido que Jack não teve tempo de reagir. Ele sentiu a respiração de Taryn em seu cabelo quando ela sussurrou:

— Obrigada.

Ele ficou paralisado enquanto ela o beijava. E não foi um selinho de gratidão — foi um beijo de verdade, que durou mais do que qualquer agradecimento. A língua de Taryn deslizou em sua boca, e Jack sentiu um frio na barriga, o corpo reagindo.

Isso não pode estar acontecendo.

— Eu quero você — sussurrou Taryn, já enfiando a mão nas calças de Jack e encontrando-o involuntariamente ereto.

Ele gemeu e tentou se afastar.

— Jack, por favor — implorou ela. — Só essa noite. Só você e eu.

Isso é tão errado.

Mas estava acontecendo, e ele era incapaz de lutar contra isso, incapaz de resistir ao desejo que vinha crescendo ao longo das últimas semanas. Suas bocas já estavam unidas, os corpos se tocando. Jack não sabia nem dizer como eles tinham ficado sem roupa. O corpo nu de Taryn era escultural, de uma beleza infinita — firme, atlético, longilíneo. Ele também não sabia dizer quem levou quem para a cama, mas de repente lá estavam eles, Jack por cima de Taryn, penetrando-a entre as coxas, ela gemendo baixinho de prazer.

Quando acabou, eles ficaram deitados lado a lado, sem dizer uma palavra.

Taryn se virou para beijar Jack, e ele sentiu a umidade no rosto dela, o calor de suas bochechas. Ela pegou a mão dele e beijou a palma.

— Foi maravilhoso — sussurrou ela. — Foi tudo que eu sonhei que seria.

Jack não respondeu. Simplesmente permaneceu deitado ao lado dela, em silêncio, pensando que havia acabado de perder algo precioso. E que nunca iria recuperar.

22

Taryn

Jack encontrava-se deitado ao lado dela, em silêncio, imóvel, mas só pela sua respiração Taryn sabia que ele estava acordado. Ela queria que ele a envolvesse em seus braços. Queria que ele dissesse todas as coisas que os amantes normalmente diziam depois de terem se banqueteado tão voluptuosamente no corpo um do outro, mas ele não falou uma palavra sequer, e ela sabia o motivo desse silêncio.

Jack estava pensando na esposa. Tudo havia mudado para ele porque havia feito amor com Taryn.

Ela pegou a mão de Jack. Ele não a afastou, mas também não segurou a dela. A mão dele estava rígida, e ela sentia a tensão correndo pelo corpo dele. Taryn entendeu que havia sido a primeira vez que ele tinha traído a mulher, e isso tornou o que acabara de acontecer ainda mais importante. Ela foi a primeira.

— Você está se sentindo culpado, não é? — perguntou Taryn.

— Estou.

— Por quê?

Ele se virou e a encarou.

— Como eu poderia não me sentir culpado? Eu não devia ter deixado isso acontecer. Não consigo acreditar que eu...

— Jack. — Ela fez carinho no rosto dele. — Você só está se sentindo culpado porque é um homem bom.

— Um homem bom? — Ele balançou a cabeça. — Um homem bom teria resistido à tentação.

— Isso é tudo que eu sou para você? Uma tentação?

— Não. Não, Taryn. — Jack tocou o rosto dela, pousou a mão em sua bochecha. — Não é isso que estou dizendo. Você é linda, brilhante e tudo que todo homem deseja. E deveria estar com alguém que seja melhor para você do que eu.

— Mas é você que eu quero.

— Sou vinte anos mais velho que você.

— E vinte anos mais sábio do que qualquer cara da minha idade. Durante todos esses anos, eu só tive olhos para o Liam. Achava que ele era o único que existia no mundo, o melhor que eu poderia encontrar na vida. Agora percebo o quanto ele é superficial, exatamente como a maioria dos garotos. Você me abriu os olhos, me mostrou o que eu não estava vendo.

Jack suspirou.

— Isso foi um erro.

— Para mim ou para você? — perguntou Taryn, sem conseguir esconder o tom de irritação, a raiva transparecendo em sua voz. Quando Jack franziu a testa, ela percebeu que estava prestes a perdê-lo. Imediatamente sorriu e levou a mão ao rosto dele. — Mesmo que tenha sido um erro, nunca vou me arrepender. Não enquanto viver. Porque estou apaixonada por você.

— Taryn...

— Não diga nada. Não precisa dizer que me ama. Não precisa fingir que eu sou o que você quer.

— Meu Deus, você é o sonho de todo homem.

— Eu só quero ser o *seu* sonho.

Eles se encararam, perdidos no olhar um do outro. Taryn sabia que ele estava atormentado pela culpa. Um homem bom se sentiria assim mesmo, e era por isso que Taryn estava disposta a ser paciente e dar um tempo a Jack para visse o quanto ela significava para ele, o quanto era melhor para ele que sua esposa. Ela o deixaria ir para casa, para Maggie. Deixaria Jack se deitar na cama, ao lado da esposa, mas pensando *nela*, ansiando por *ela*.

— Não quero nenhum homem a não ser você. Sei que você acha que sou muito nova, mas tenho idade suficiente para saber com quem quero passar o resto da vida.

— Não somos só você e eu que temos que considerar. Tem também...

— Sua mulher.

Quando Taryn disse essas duas palavras, a mão de Jack ficou imóvel como a de um cadáver.

— Sim — sussurrou.

Taryn se afastou e se sentou na beirada da cama.

— Eu entendo. De verdade. Mas preciso que você saiba que, para mim, isso não é só uma ficada. É muito, muito mais. Eu poderia te fazer tão feliz.

Jack não respondeu. O silêncio se prolongou, e Taryn se perguntou se ele estava com medo de admitir a verdade até para si mesmo. Com medo de revelar o quanto a queria, o quanto precisava dela.

— Olha, pense em quem você quer na sua cama e na sua vida — pediu ela. — Eu posso esperar, Jack. Posso esperar o tempo que for preciso para que você se decida.

Taryn demorou a abotoar a blusa e fechar o zíper da calça. Jack assistiu em silêncio enquanto ela se vestia. Também não disse nada enquanto Taryn saiu pela porta. Era melhor assim. Era melhor que ele se arrependesse de não ter falado todas as palavras que deveria dizer.

Na mesma noite, já em seu quarto, Taryn dormiu mais profundamente do que havia dormido nas últimas semanas.

Na manhã seguinte, quando desceu para o café da manhã, encontrou Jack sentado sozinho a uma mesa, um prato de presunto com ovos nos quais mal havia tocado diante dele. Ele estava péssimo — olhos injetados, pele pálida. Ele parecia abatido, e ela, mais descansada e radiante do que nunca. Sentou-se no banco de frente para Jack, e ele a encarou com tanto desejo que ela precisou se esforçar para não abrir um sorriso.

— Bom dia — disse ela com toda a calma.

Ele assentiu.

— Bom dia.

— Tudo o que eu disse ontem à noite ainda é verdade.

Ele olhou para sua xícara de café.

— Vamos tentar não falar disso.

— Tá bem — concordou Taryn, mostrando que podia agir de uma forma casual, tranquila. Assim ele veria que ela era capaz de encarar a situação de forma madura.

A garçonete se aproximou com um bule, e Taryn sorriu para ela.

— Ovos com *rash brown*, por favor.

— É pra já.

Enquanto Taryn esperava seu pedido, Jack comia, desanimado, o prato de presunto com ovos, que a essa altura já estava frio. Ela pensou na longa viagem de carro de volta para casa com aquele homem quieto e estava determinada a impedir que ele a associasse a desânimo. Não, ela seria a luz na vida dele, a mulher que ele procuraria não só para sexo, mas também para amor, risadas e alegria.

— Mal posso esperar para voltar a trabalhar no meu projeto — comentou Taryn. — Essa conferência me serviu de grande inspiração.

— Foi mesmo?

— Isso aqui abriu um novo mundo para mim. Estou com várias ideias na cabeça para outros artigos depois desse.

Jack não conseguiu segurar o sorriso ao perceber o entusiasmo de Taryn.

— Foi assim que me senti quando comecei o doutorado.

— Como se você não fosse viver o suficiente para colocar todas essas ideias no papel.

— Exato.

— Você ainda se sente assim?

Ele encolheu os ombros, num gesto de cansaço e derrota.

— A vida fica complicada. São muitas responsabilidades, obrigações.

Taryn se inclinou para a frente e colocou a mão sobre a dele.

— Você não devia deixar essas coisas sugarem a alegria do que faz. Não vou deixar isso acontecer comigo.

— Espero que não. Espero que você mantenha essa paixão que está sentindo agora acesa. Na verdade, eu queria poder roubar um pouco dela.

— Não precisa roubar nada, Jack. Você só precisa reencontrar a sua paixão. E eu posso ajudar...

— Jack Dorian! Que prazer ver você de novo. Faz uma eternidade que não nos encontramos em uma conferência.

Taryn olhou na direção da voz, então viu uma mulher de cabelo castanho-escuro com mechas grisalhas e a reconheceu: era uma das palestrantes da conferência. O crachá dizia *Dra. Greenwald, Univ. de Connecticut*. O olhar da mulher foi atraído para a mesa, onde a mão de Taryn cobria a de Jack, e seu sorriso se transformou em consternação.

Taryn recolheu a mão.

Jack ficou pálido, mas, mesmo meio sem graça, conseguiu cumprimentar a Dra. Greenwald:

— Oi, Hannah. Acho que não nos vemos desde... hmmm, Filadélfia.

— Isso. Foi na conferência da Filadélfia.

Ela olhou para Taryn, analisando-a mais de perto, como se ela fosse o tema do seu próximo artigo.

— Essa é Taryn Moore — disse Jack. — Está entrando para a pós-graduação.

— Então... ela é sua aluna.

— Sim, sou — interveio Taryn, animada. — O professor Dorian tem me dado ótimos conselhos, como faz com todos os alunos.

— E o seu projeto é sobre o quê? — perguntou a Dra. Greenwald.

— É um artigo que explora o tema da traição romântica em épicos clássicos. Ele me apresentou a outros pesquisadores e me indicou vários recursos importantes.

— Estou vendo.

Mas *o que* ela estava vendo?, Taryn se perguntou. Que o rosto de Jack estava travado como se fosse de pedra? Que ele se hospedou no mesmo hotel que uma aluna com metade da sua idade?

— Fiquei interessada em ler — disse a Dra. Greenwald, então deu um aceno rápido para Jack e acrescentou: — Espero ver você em outra conferência. Ah, manda um beijo para a Maggie.

Enquanto a Dra. Greenwald se afastava, Taryn observou o rosto de Jack. A simples menção a sua esposa fez seus lábios ficarem tensos. Ele sabia a impressão que a cena tinha passado, e Taryn também.

De repente, Jack se levantou e jogou algumas notas em cima da mesa.

— Acho que é suficiente para pagar nosso café da manhã. Tenho que fazer as malas. Acho que você também deveria arrumar suas coisas. Acabei de receber um alerta de que tem uma nevasca vindo na nossa direção, então precisamos partir antes que seja impossível pegar a estrada.

— Não vai terminar o seu café da manhã?

— Estou sem fome. Encontro você no saguão em uma hora.

Taryn olhou para os cinquenta dólares que Jack havia deixado na mesa. Era muito mais do que o necessário e ao mesmo tempo mostrava o quanto ele estava desesperado para fugir dali. A garçonete apareceu com o prato de ovos com *rash brown*. Ao contrário de Jack, Taryn não havia perdido o apetite. E devorou o prato inteiro.

Eles não trocaram praticamente nenhuma palavra durante a viagem de volta a Boston. Quando finalmente pararam em frente ao prédio de Taryn, Jack não saiu do carro, não se ofereceu para pegar a bolsa dela nem acompanhá-la escadaria acima até o apartamento. Simplesmente permaneceu sentado atrás do volante, os ombros caídos.

— Quer entrar para tomar um café? — ofereceu Taryn.

— Preciso voltar para o campus, colocar o trabalho em dia.

— Bem, agora você sabe onde me encontrar. Moro no quinto andar, apartamento 510. — Ela saltou do carro. — Pode aparecer a hora que quiser, dia ou noite.

Taryn sabia que Jack estava observando-a entrar no prédio, mas não olhou para trás. Nem uma vez.

23

Jack

Ele nunca imaginou que a sensação de culpa poderia ser tão arrasadora.

Depois que deixou Taryn em seu apartamento, Jack seguiu direto para casa, em vez de ir para o campus. Precisava de um tempo sozinho para colocar a cabeça no lugar. E talvez também fosse bom tomar uma dose de uma bebida forte. Provavelmente, Maggie ainda estaria na casa de Charlie, então pelo menos, por ora, ele não precisaria encará-la. Teria algumas horas para voltar ao seu papel de homem feliz no casamento e excelente professor de literatura.

Mas, quando entrou na garagem, Jack viu o Lexus de Maggie estacionado e sentiu um aperto no coração. Por que ela estava em casa tão cedo? Será que alguém tinha mandado um e-mail para sua esposa dizendo que ele estava na conferência com outra mulher? Será que alguém tinha visto Taryn entrar em seu quarto pouco antes da meia-noite?

Assim que ele saiu do carro, seu celular apitou com a chegada de uma mensagem de texto. Era de Taryn.

Ontem à noite compartilhamos algo que eu nunca vou esquecer. Eu te amo.

Em pânico, Jack apagou a mensagem e desligou o celular, como se quisesse apagar as últimas vinte e quatro horas. Passou vários minutos na garagem, sentado, tentando se recompor, mas seu coração não desacelerava. Ele imaginou o órgão explodindo no peito quando estivesse entrando em casa. Mas não podia ficar ali na garagem para sempre. Deu um último suspiro, como um condenado, saiu do carro e entrou em casa pela cozinha.

Maggie estava sentada ao balcão tomando uma xícara de chá.

— Oi. Que bom que você chegou antes da nevasca — disse ela, sorrindo. — Como foi a conferência?

Ele encolheu os ombros.

— Igual a todas as outras.

— Quantos alunos foram com você?

— Hã?

— Você disse que ia levar alguns alunos.

— Ah... hmmm, três — respondeu Jack. Desde quando ele era tão bom em mentir?

— Alunos de sorte. Nunca fui convidada por nenhum professor para uma conferência. Isso é uma exposição enorme para eles.

Exposição enorme.

— Pois é.

Ele era a *Alegoria da farsa*. Um homem que traiu a esposa, que era capaz de inventar mentiras de uma hora para outra, um professor que tinha acabado de fazer sexo com sua aluna.

— Hoje à noite a previsão é que caia de vinte e cinco a trinta centímetros de neve — comentou Maggie. — Então, o que acha de pedirmos uma pizza, acender a lareira e ficar de chamego?

Chamego — seu antigo sinônimo para fazer amor. Algumas horas antes, ele estava de chamego com Taryn.

— Seria ótimo.

Enquanto Maggie trocava de roupa, Jack pediu uma pizza no Andrea's, acendeu a lareira e abriu uma garrafa de Malbec. Serviu duas taças de cristal e, ao colocá-las na mesa de centro, foi tomado pela lembrança de Taryn enchendo as taças deles e pela recordação do que se seguiu.

Jack diminuiu as luzes para mascarar a vergonha que sentia. Quando Maggie desceu, estava de pijama e havia colocado um roupão por cima. A esposa parecia animada.

— Já está nevando. Talvez ano que vem a gente possa ir a algum lugar quente, para variar. Aruba ou Ilha Virgens.

Jack estava com os nervos à flor da pele. Só conseguiu responder com um "Parece bom". Eles tinham passado a lua de mel na Ilha Virgens, no Caribe.

Maggie franziu a testa.

— Está tudo bem?

— Está. Por quê?

— Não sei... você parece meio distante. Aconteceu alguma coisa?

— Não. Só estou meio esgotado. Peguei trânsito, e ainda teve essa a nevasca aí e tudo mais.

— E você ainda ficou responsável por tantos alunos, provavelmente teve que tomar a frente das coisas — acrescentou Maggie. — Você fez uma boa ação, e tenho certeza de que todos ganharam com isso.

— Talvez.

A voz de Taryn ecoou em sua cabeça: *Jack, por favor. Só essa noite.*

Eles subiram. Fizeram amor com as luzes apagadas, para que Maggie não percebesse nada estranho no rosto dele. Quando terminaram, ficaram deitados um do lado do outro no quarto escuro.

— Foi bom para você? — sussurrou Maggie.

— Claro.

— Às vezes eu me esqueço de dizer, mas eu te amo.

— Também te amo — respondeu Jack, pensando que precisava dar um fim à sua situação com Taryn. Ele não podia viver uma vida dupla e não trairia a esposa novamente.

Maggie caiu no sono, mas Jack se revirava de um lado para o outro, incapaz de pensar em uma maneira de corrigir todos os erros que tinha cometido. Desesperado para dormir, acabou pegando o frasco de ansiolítico e tomou dois comprimidos. Enquanto esperava o medicamento fazer efeito, chegou a uma conclusão: *Isso não vai acabar bem.*

24

Taryn

Taryn se manteve longe de Jack durante a maior parte da semana de recesso. Passou as noites trabalhando em seu artigo "Amor ou glória?", levando livros da biblioteca para casa. Trocou meia dúzia de e-mails com a Dra. Maxine Vogel para discutir o artigo que estavam escrevendo juntas sobre a rainha Dido. Manteve-se ocupada e focada, porque tudo fazia parte de um plano: entrar para a pós-graduação. Impressionar o departamento. E, acima de tudo, impressionar Jack.

Taryn não tinha dúvidas de que Jack estava pensando nela. Como não estaria, depois do que acontecera entre eles? Ela o imaginou deitado, acordado ao lado de Maggie, mas ansiando por ela. Será que já havia contado a Maggie? Em algum momento, ele teria de revelar tudo à esposa e se sentiria aliviado ao fazer isso. Para começar uma vida nova, é preciso dar um fim à antiga.

Na tarde de domingo, quando recebeu uma mensagem de texto de Jack, Taryn teve certeza de que ele finalmente estava pronto para escolhê-la.

Às cinco e quinze da tarde, o interfone de seu apartamento tocou.

Taryn liberou a entrada dele no prédio e, quando Jack subiu a escadaria e tocou a campainha, ela já havia tirado a blusa e a calça jeans. Ela abriu a porta seminua, e ele entrou no apartamento.

Não havia necessidade de palavras, de qualquer preâmbulo. Taryn abriu a camisa de Jack, depois o zíper da calça e sua mão foi para dentro da cueca dele. Jack agarrou as mãos dela como se fosse impedi-la, mas ela sentiu que ele já estava duro e pronto. Bastaram algumas carícias para fazê-lo se render. Com um gemido, Jack a empurrou no sofá, virou-a de costas e a pegou por trás. Taryn gritou de prazer enquanto ele a penetrava com força, entrando e saindo. O desejo de Jack era tão ardente que ele não teve tempo de ser gentil. Foi uma transa desesperada, e era exatamente isso que ela queria, exatamente o que desejava. Jack achava que estava possuindo Taryn, mas, na verdade, era ela quem detinha todo o poder e, quando a jovem chegou ao orgasmo, soltou um gemido de triunfo. Ele era dela. Ele era dela.

Eles tombaram ofegantes no sofá, os corpos nus entrelaçados. Taryn pressionou a bochecha no peito de Jack, ouvindo o coração dele desacelerar gradualmente. Ali era o lugar dela, e ele sabia disso. Não com uma esposa que já não o excitava mais, e sim com *ela*. Por isso ele estava ali, por isso não conseguira ficar longe dela. Taryn nunca teve dúvidas de que ele bateria à sua porta.

Ela estava meio adormecida quando Jack se levantou, mas só despertou de vez quando ele se sentou no sofá para amarrar os sapatos. Vendo que já estava vestido e se preparando para ir embora, ela perguntou:

— Por que você já vai?

— Porque preciso. Vou jantar com o meu sogro.

— Só o seu sogro? Ou a sua mulher vai também?

A expressão de culpa no rosto de Jack era exatamente a resposta de que Taryn precisava. Ele abaixou a mão, fez um carinho na bochecha dela e se virou de costas.

— Eu te amo, Jack.

As palavras dela o paralisaram. Por um instante, ele ficou dividido entre partir e ficar. Mas, em vez das palavras que ela esperava ouvir — as palavras que um amante deveria dizer —, houve apenas silêncio.

— Taryn — disse ele, por fim. — Você sabe que eu me importo com você. Mas o que aconteceu entre nós... nunca *deveria* ter acontecido.

— Por que você está falando isso agora, justo quando acabamos de fazer amor?

— Porque não é justo com você. Você é muito mais nova que eu e tem a vida inteira pela frente. Eu seria uma velha âncora enferrujada na sua vida, atrasaria você.

— Você não está falando isso de coração.

— Estou, sim.

— Não, você está pensando em *si mesmo*, em como nosso caso afeta *você*.

Jack afundou no sofá, seu olhar era de derrota.

— As pessoas estão começando a perceber. Estão comentando — disse ele.

— E daí? O povo que fale.

— Eu posso perder o emprego. E isso pode comprometer o seu ingresso na pós-graduação.

Taryn não havia considerado essa possibilidade. Se Jack Dorian caísse, poderia arrastá-la junto. Ele fora seu maior defensor. Sem o apoio dele ou suas cartas de recomendação, que chance ela teria?

— Então precisamos ter cuidado — disse ela. — Talvez a gente deva... deva manter distância por mais um tempo.

Jack encarou Taryn, que não gostou nada da expressão de alívio que viu no olhar dele.

— Concordo — disse ele, por fim.

— Mas só por algumas semanas. Só até que seja seguro, não é?

Jack se levantou sem responder e seguiu em direção à porta.

— Jack... você sabe que eu vou esperar por você. O tempo que for necessário.

— Eu te ligo — falou ele, sem olhar para trás.

DEPOIS

25

Frankie

Rodeada por caixas de pertences da filha morta, Brenda Moore parece tão desgastada quanto o sofá em que está sentada. Ela tem apenas quarenta e um anos e talvez já tenha sido tão atraente quanto Taryn, mas a vida não tem sido gentil com essa mulher. Sua pele tem a palidez doentia de alguém que trabalha no turno da noite, e, a julgar pelo raiz grisalha enorme, faz meses que ela não vai a um cabeleireiro. A calça jeans esfarrapada e a camisa de flanela — roupa prática para limpar o apartamento de uma filha morta — ficam penduradas, disformes, em seu corpo ossudo, e as mãos estão esfoladas e rachadas, certamente uma consequência de lavá-las com frequência em seu trabalho como cuidadora. Tudo nela irradia derrota, e não é de se admirar. Que golpe mais devastador a vida pode desferir em alguém do que a morte de um filho?

— Preciso entregar o apartamento vazio e limpo até a semana que vem — diz ela e solta um suspiro cansado. — Dia quinze. Senão vou ficar devendo mais um mês de aluguel.

— Levando em conta as circunstâncias, tenho certeza de que o proprietário vai abrir uma exceção — diz Frankie.

— Pode até ser, mas não posso contar com isso. — Ela olha para a caixa com as roupas da filha e acaricia um suéter, como que reconfortada pela maciez. — Ainda nem comecei a limpeza. Ou vocês preferem que eu nem comece? Quer dizer, eu assistia àquelas séries de investigação policial e sei que a polícia gosta que as coisas sejam mantidas exatamente como estão até terminarem de fazer todos os testes.

— Não, já finalizamos os testes no apartamento. Pode fazer o que for necessário.

— Obrigada — murmura a mulher. Não há motivo para agradecer, mas Brenda parece o tipo de mulher que agradece qualquer cortesia. — Queria poder te dar mais informações, mas minha filha e eu não éramos mais tão próximas quanto de costume. Isso meio que partiu o meu coração, sabe? Você cria a sua filha, a ama e quer fazer parte da vida dela. Mas aí ela cresce e se afasta de você...

Brenda aperta o suéter da filha, parecendo desesperada.

Frankie não consegue imaginar a dor que a mulher está sentindo, o desgosto de recolher as roupas da filha morta, dobrá-las, cheirá-las. Roupas das quais ela vai ter dificuldade de se desfazer porque ainda têm o cheiro da filha.

— Quando foi a última vez que você falou com a Taryn? — pergunta Mac.

— Acho que faz algumas semanas. Ela não me ligava fazia um tempo, então eu tive que ligar.

— Com que frequência vocês costumavam se falar?

— Não nos falávamos muito. A última vez foi em janeiro, quando discutimos.

— Discutiram sobre o quê?

— Eu queria que ela voltasse para casa, no Maine, quando se formasse. Expliquei que não tinha muito dinheiro e que não podia me dar ao luxo de continuar mandando mais. Ah, ela ficou bem chateada! Tão chateada que ficamos sem nos falar por semanas.

— Ela não viu o seu lado nessa situação?

— Não. Não conseguia. Só conseguia pensar em estar com *ele*.

— O namorado, Liam Reilly?

Brenda suspira.

— Eu sabia que aqueles dois nunca dariam certo. Vinha falando isso há anos, mas ela nunca me escutou.

— E por que você achava que não daria certo? — pergunta Frankie.

Brenda olha para ela e responde:

— Você disse que conheceu o Liam.

— Sim. Nós falamos com ele logo após a morte de Taryn.

— E achou que ele tem cara de quem se casaria com uma garota como a minha filha?

Frankie não sabe como responder e fica surpresa com o fato de uma mãe ter uma opinião tão negativa sobre a própria filha.

— Taryn era uma garota linda — diz Frankie, por fim.

— Sim, ela era bonita. Era a menina mais bonita da cidade. Era inteligente também, muito inteligente. Mas isso não é bom o suficiente para *eles*. A mãe dele deixou isso bem claro para mim.

— A mãe dele falou isso para você?

— Não precisou. Na nossa cidade existem famílias que simplesmente não se casam com qualquer pessoa. Os filhos dessas famílias podem até frequentar a mesma escola, podem fazer compras na mesma mercearia, mas existem limites que você não consegue ultrapassar. Foi o que eu falei para a Taryn, porque não queria que ela desperdiçasse os melhores anos da vida torcendo e esperando. Quem oferece o coração para o garoto errado paga pelo resto da vida. — Ela olha para o suéter novamente e murmura: — Eu com certeza paguei.

— Fale mais dele para a gente — pede Mac.

— Do Liam? Por quê?

— Até onde sabemos, eles foram namorados durante muito tempo.

— Desde crianças. Taryn só se candidatou para a Commonwealth porque *ele* veio para cá. Tudo o que ela fazia era por ele.

— Alguma vez ele agrediu a sua filha?

— Hã? Não. — Brenda está nitidamente assustada com a pergunta. — Pelo menos ela nunca me contou nada.

— Mas a Taryn contaria se ele a tivesse agredido?

Brenda olha para Mac e Frankie, tentando entender o motivo dessas perguntas.

— Não sei se ela me contaria — responde, por fim. — Ela não falou comigo nessas últimas semanas. Se ao menos eu tivesse ficado ao lado dela... Se ao menos a tivesse apoiado, independentemente da situação... Eu poderia ter juntado mais dinheiro. Poderia ter...

— A culpa não é sua, Brenda — Frankie a interrompe com gentileza. — Acredite... A morte dela não teve nada a ver com você.

— Tem a ver com o Liam?

— É isso que estamos tentando descobrir. Você sabia que eles tinham terminado?

Brenda balança a cabeça e suspira.

— Não estou surpresa.

— Então ela não te contou sobre o término?

Brenda olha mais uma vez para o suéter que estava acariciando obsessivamente.

— Parece que ela não me contou várias coisas.

— Liam disse que eles terminaram há meses — informou Frankie. — Ele falou que Taryn estava chateada e que teve dificuldade de aceitar o rompimento.

— E *ele* estava chateado? — pergunta Brenda, irritada. — Será que ele ficou *minimamente* chateado por saber que a minha menina morreu?

— Ele pareceu abalado com a notícia.

— Mas vai seguir em frente. Homens sempre seguem em frente.

— Sra. Moore — diz Mac —, havia alguém além do Liam na vida da sua filha? Outro namorado, talvez?

— Não. Ele era o único.

— Tem certeza?

Brenda franze a testa.

— Por que estão perguntando se ela teve outros namorados? Tem alguma coisa que vocês sabem e eu não?

Mac e Frankie se entreolham — nenhum dos dois quer dar a notícia.

— Lamento dizer — começa Frankie —, mas a sua filha estava grávida.

Brenda não consegue falar. Leva a mão à boca para abafar o choro, mas o som sai assim mesmo, um gemido alto e agudo que parte o coração de Frankie, porque ela também é mãe, e ela sabe que esse é um choro maternal. Brenda se balança para a frente e abraça o próprio corpo, trêmula enquanto soluça silenciosamente. É uma cena terrível de se assistir, e Mac desvia o olhar, mas Frankie não. Ela se obriga a testemunhar a agonia da mulher, esperando calada, paciente, até que Brenda finalmente pare de chorar.

— Então você não sabia — diz Frankie.

— Por que ela não me contou? Eu sou a mãe dela! Eu *devia* saber! Podia ter ajudado. Nós poderíamos ter criado o bebê juntas. — De repente, Brenda levanta a cabeça e olha para Frankie. — O que *ele* disse sobre isso?

— Ainda não perguntamos ao Liam. Queríamos falar com você primeiro.

— Imagino como *ele* vai receber a notícia. E os pais dele? O filho precioso se casando com uma menina só porque ela engravidou... Se esse menina for a *minha* filha, sem chance! — Brenda se senta ereta, a raiva endurecendo sua coluna. — Então foi por isso que ela se matou. Porque esse garoto não queria se casar com ela.

Frankie não responde de imediato, e o silêncio faz Brenda franzir a testa.

— É isso, detetive Loomis? — pergunta ela, por fim.

— Ainda tem muita coisa que não sabemos — responde Frankie.

Brenda olha para Mac, depois de se volta para Frankie. Ela não é ignorante; entende que os policiais não lhe contaram algo crucial. —

Agora há pouco vocês me perguntaram sobre o Liam. Queriam saber se ele já tinha agredido a Taryn. Por quê?

— Estamos analisando todas as possibilidades.

— Ele agrediu a minha filha? *Agrediu?*

— Não sabemos.

— Mas vocês vão descobrir, não vão? Me prometam que vão descobrir.

Frankie a encara e, de mãe para mãe, responde:

— Eu vou. Prometo.

26

Frankie

Liam, o garoto de ouro, não parece tão reluzente esta manhã. Apenas uma semana atrás, Frankie considerava esse aspirante a advogado um bom partido para a filha de qualquer pessoa. Agora ele se contorce na cadeira e evita o olhar dela, o que prova que é tão imperfeito quanto qualquer rapaz que as filhas de Frankie levam para casa. Talvez fosse até pior.

— Juro que contei a verdade. Eu *realmente* terminei com a Taryn em dezembro — diz ele. — Mas ela não aceitou o término de jeito nenhum. Eu mostrei meu telefone, vocês viram que ela ficava me ligando, me mandando mensagens. Às vezes, ela simplesmente aparecia sem avisar, onde quer que eu estivesse. Eu virava, e lá estava ela. Ela não parava de me perseguir. Até que explodi naquele restaurante. Eu contei isso para vocês.

— Você disse que terminou com ela em dezembro — diz Frankie. — Mas quando foi a última vez que fez sexo com ela?

A pergunta, feita por uma mulher que tinha idade para ser sua mãe, o deixa corado. Ele olha para Mac, como que na expectativa de, por ele ser homem, o resgatasse daquela situação, mas Mac apenas o encara, impassível.

— Não lembro — murmura Liam. — Como falei, terminamos no Natal.

— E quando foi a última vez que vocês transaram?

— Hmmm, por volta dessa época. Acho.

— Mas você não tem certeza?

— Que importância isso tem?

— Confie em mim, isso é importante, e nós queremos a verdade, Liam. Você é um rapaz inteligente, vai entrar para uma faculdade de direito. Então sabe o que acontece com uma pessoa quando ela mente para um policial.

Enfim, Liam parece compreender a gravidade da situação. Quando finalmente responde, sua voz é quase inaudível.

— Talvez tenha sido, hmmm... em janeiro.

— Quando em janeiro?

— Logo depois que voltamos do recesso de fim de ano.

— Nessa época você já estava com a sua nova namorada, não é? É Libby o nome dela, não?

Liam olha para a estante de livros, onde há uma foto emoldurada de uma morena deslumbrante fazendo um biquinho sedutor para a câmera. Então rapidamente desvia o olhar, como se tivesse vergonha de olhar para a imagem.

— Eu não queria transar com ela — confessa ele.

— Como assim? Taryn forçou você a transar com ela?

— Senti pena dela.

— Então foi uma foda por pena — conclui Mac.

— Acho que foi, de certa forma. Ela apareceu aqui uma noite, do nada. Já tínhamos terminado, e eu não *planejava* transar com ela.

— Porque você e a Libby já estavam envolvidos...

Liam abaixa a cabeça e encara os próprios tênis. São tênis esportivos caros, de uma marca que o filho de um médico teria.

— Você não sabe como a Taryn era. Ela era implacável. Por mais que eu falasse que não estávamos mais juntos, ela não acreditava. Não parava de me mandar mensagens, de me assediar. Ela me seguira por tudo quanto que era lugar. Isso se estendeu por semanas.

— Ela sabia que você estava com outra pessoa? — pergunta Frankie.

— No começo, não. Não contei para a Taryn sobre a Libby porque sabia que ela ficaria louca. Provavelmente pensou que ainda podia fazer com que eu voltasse para ela, e foi por isso que apareceu aqui naquele dia. — Por fim, Liam ergue a cabeça, e seu olhar encontra o de Frankie. — Ela entrou e tirou a blusa do nada. Tirou a roupa toda. Desafivelou meu cinto. Eu não queria, mas ela era tão *carente*.

A mensagem de Liam é clara: *eu sou a vítima aqui*. Sem dúvida, é nisso que ele realmente acredita: que Taryn o *dominou*, que ele era fraco demais para resistir aos avanços dela. A fraqueza tem muitas formas e, nesse momento, Frankie a vê no rosto do jovem.

— Quando você descobriu que a Taryn estava grávida? — pergunta Mac.

Liam ergue o queixo de repente.

— Ãhn?

— Quando foi que ela te contou?

— Ela estava *grávida*?

— Quer dizer que não sabia?

— Não! Eu não fazia ideia! — O jovem olha de Frankie para Mac, e de volta para Frankie. — É sério isso?

— Quando foi mesmo a última vez que você transou com a Taryn? — pergunta Frankie. — Ah, e lembre-se de que nunca é bom mentir para um policial. Quando recebermos o relatório da patologia, vamos saber a verdade.

— Eu não estou mentindo!

— Você já mentiu para nós antes, sobre a última vez que fez sexo com ela.

— Porque *parecia* feio contar a verdade. Eu estava com a Libby e...

— E uma ex-namorada grávida seria um grande problema para você, não é? — sugere Mac. — Imagino que sua nova namorada gostosona não ficaria feliz com isso. Na verdade, Libby provavelmente ficaria tão chateada que daria um pé na sua bunda, não é?

— Eu não sabia — murmura Liam. — Juro que não.

— E ser pai assim tão novo... Você tem só vinte e dois anos, não é? Imagina ter que ir para a faculdade quando se tem um filho para sustentar? Isso destruiria todos os seus incríveis planos de carreira.

Liam fica em silêncio, atordoado com o cenário apocalíptico que Mac está pintando.

— Você se ofereceu para pagar o aborto? Provavelmente, é assim que muitos rapazes lidariam com a situação, jovens que querem ter um futuro de verdade. Foi por isso que você foi ao apartamento dela na sexta à noite? Para convencê-la a se livrar do bebê?

— Eu não fui lá.

— Imagino que ela tenha se negado a fazer um aborto. Imagino que ela queria ter a criança.

— Eu não sabia da gravidez!

— Ela ia arruinar a sua vida, Liam, isso sem contar que ia acabar com o seu namoro. Adeus, Libby. Adeus, Faculdade de Direito de Stanford — continua Mac, implacável. — Taryn estava entre você e o seu futuro. Ela nunca sairia da sua vida. Ia enterrar as garras em você para sempre porque você era o bilhete dourado dela. Eu entendo, garoto. Sei exatamente por que fez o que fez. Qualquer cara entenderia.

Liam se levanta com um salto.

— Eu não fiz nada de errado, e você está tentando fazer parecer que eu fiz! Vou ligar para o meu pai.

— Por que então você não se senta e conta a verdade para a gente?

— Eu conheço os meus direitos. E não preciso dizer mais uma palavra sequer.

Liam entra no quarto e bate a porta.

— Você realmente achou que ele ia confessar? — pergunta Frankie. Mac dá de ombros.

— Um policial sempre tem essa esperança.

Pela porta fechada do quarto, eles ouvem Liam conversando com o pai.

— É palhaçada deles, pai. Não, eu não falei nada que pudesse me incriminar. É por isso que estou te ligando. Preciso saber se devo chamar um advogado.

Mac olha para Frankie.

— É isso. Agora ele não vai contar nada.

Claro que não vai, pensa ela. Com um pai rico e os melhores advogados que o dinheiro pode comprar, um rapaz bonito é capaz de sair ileso dessa situação. Mas Frankie pode evitar que isso aconteça.

Quando Liam sai do quarto, está com o rosto vermelho e os lábios crispados. — Vou pedir aos senhores que se retirem — diz.

— É melhor facilitar as coisas para o seu lado, garoto — diz Mac. — Conta logo o que aconteceu.

— Vocês estão me prendendo?

Mac suspira e responde:

— Não.

— Então não preciso falar mais nada. Estou esperando a ligação de um advogado. Por favor, saiam.

Frankie e Mac não têm escolha. Eles se levantam e seguem em direção à porta. Mas, nesse instante, Mac faz uma pausa, vira-se para Liam e diz:

— Liam, você sabe que, se esse filho for seu, a gente vai voltar.

— Não é meu! Não... não pode ser.

— Então de quem seria?

— Sei lá! — Ele solta um suspiro que é quase um choro. — Talvez... talvez aquele garoto gordo saiba. Ele vivia grudado nela.

— Qual o nome dele?

— Não sei. Talvez eles sejam amigos no Facebook.

— Já verificamos o Facebook dela — diz Frankie. — Ela tinha dezenas de amigos. Quem sabe você pode nos ajudar a reduzir as possibilidades.

Liam passa a mão pelo cabelo.

— Talvez... espera aí. — Ele pega o celular e percorre a lista de chamadas. — Depois que eu bloqueei a Taryn, ela me ligou do telefone de outra pessoa. O número ainda deve estar gravado aqui. Achei. — Ele entrega o aparelho para Frankie. — Ela me ligou desse número. Pode ser desse garoto.

Frankie pega o próprio celular e digita o número que lê na tela de Liam.

Chama três vezes, então uma voz masculina atende:

— Alô?

— Alô. Aqui é a detetive Frances Loomis, do Departamento de Polícia de Boston. Posso perguntar com quem estou falando?

— Hmmm, o-o quê?

— Preciso saber o seu nome, senhor.

Faz-se um longo silêncio, seguido por um suspiro fraco.

— Cody. Meu nome é Cody Atwood.

27

Frankie

Embora tenha conseguido se recompor para o depoimento, é nítido que Cody Atwood havia chorado. Os olhos dele estavam inchados, as bochechas, rosadas como as de alguém que tinha acabado de levar um tapa no rosto, e na cesta de lixo próxima a ele há um monte de lenços de papel amassados. Ele está jogado no sofá, uma protuberância disforme entre as almofadas fofas, e não diz nada enquanto Mac lê as mensagens em seu iPhone. O rapaz entregou o celular voluntariamente, sem necessidade de mandado, o que faz Frankie pensar que ele é inocente ou totalmente sem noção. Ou talvez esteja perturbado demais para pensar direito. Cody certamente não é idiota; é inteligente o bastante para ter entrado na Commonwealth e chegar ao último ano de faculdade, e Frankie toma nota dos livros-texto de literatura inglesa e cálculo sobre a mesa.

O apartamento dele é maior e bem mais bonito que o de Taryn Moore. Há uma geladeira nova de aço inoxidável, as paredes haviam sido pintadas recentemente, e na estante há uma câmera Canon com lente telefoto do tamanho de um míssil. Pelo jeito, dinheiro não é problema para a família de Cody Atwood. Mas, apesar dos sinais óbvios de um privilegiado, o garoto irradia carência. Cody se abraça, como se tentasse se encolher e sumir de vista, mas, quando se é tão grande quanto ele, não há como esconder o tamanho.

— Você e a Taryn com certeza se falavam muito por mensagens — comenta Mac.

Cody assente e passa a mão no nariz.

— Vocês eram muito próximos, não?

— É — concorda ele, um som quase inaudível.

— Tipo, próximos como dois namorados?

A cabeça de Cody pende para baixo.

— Não.

— Como era o relacionamento de vocês?

— A gente andava junto.

— O que isso significa?

— Estudávamos juntos. Fazíamos algumas matérias juntos. E, às vezes, eu fazia umas coisas por ela.

— Coisas?

— Ah, eu anotava algumas coisas quando ela não ia à aula. Emprestava dinheiro quando ficava sem grana. Ela estava passando por dificuldades financeiras, e eu queria ajudar.

— Muito legal da sua parte isso. Poucos rapazes emprestariam dinheiro a uma menina que não fosse namorada deles. Você esperava algo em troca?

Cody ergue a cabeça, e Frankie pode finalmente ver os olhos dele, que não estão mais escondidos pelo boné de beisebol.

— Não! Eu nunca...

— Você queria algo em troca?

— Eu só queria que ela... que ela...

— Gostasse de você?

As bochechas de Cody ficam ainda mais coradas.

— Assim você faz com que eu pareça um perdedor.

A verdade é que é exatamente isso que Mac *está* fazendo, e Frankie sente pena do garoto. Ela lamenta que Cody precise viver num mundo dominado por todos os Liam Reillys privilegiados que nunca ouviram um não na vida.

Antes que Mac faça a pergunta seguinte, Frankie toma a palavra:

— Você realmente se importava com a Taryn, não é, Cody? — pergunta ela, num tom gentil.

A bondade de Frankie o desarma. Ele seca os olhos, se vira para ela e murmura:

— Eu me importava.

— Ela teve sorte de contar com um amigo tão bom.

— Eu tentava ser um bom amigo. Odiava vê-la triste. E lamento muito ter deixado a Taryn me convencer a espionar os dois.

— Espionar quem?

— O Liam e a nova namorada dele. Eu segui os dois com a minha câmera e, quando vi o casal de pombinhos juntinho no restaurante, contei para a Taryn. Foi aí que ela ficou arrasada de verdade. — Cody limpa o nariz, que havia começado a escorrer. — Ela poderia ter *me* procurado. Eu teria feito qualquer coisa para ajudar.

— Sim, acho que você teria mesmo.

— Mas era como se ela nem me *enxergasse*. Eu estava ali, pronto para ajudar. Nunca teria me aproveitado dela do jeito que *ele* fez. Acho que foi isso que realmente magoou a Taryn. Foi por isso que ela fez o que fez. — Cody balança a cabeça, enojado. — Não sei por que ele não foi demitido.

Frankie fica confusa. Olha para Mac, depois para Cody de novo.

— Ainda estamos falando do Liam?

— Não. Estou falando do professor Dorian.

— Um professor?

— É. A gente fazia o curso de literatura inglesa que ele dava. Percebi que tinha alguma coisa ali. O jeito que ela olhava para ele... O jeito que ele olhava para *ela*. Cheguei a fazer uma queixa na faculdade, mas não aconteceu nada com ele. O cara continua dando aula, enquanto a Taryn... a Taryn... — Cody solta a respiração lentamente e deixa a cabeça pender. — Ninguém nunca me escuta, porra.

Mac já está no celular.

— Esse professor... qual o primeiro nome dele?

— Hmmm... Jack.

— Ele é do Departamento de Letras?

— Isso.

— Cody — diz Frankie —, você disse que prestou uma queixa contra ele na faculdade.

— Conversei com a coordenadora de Políticas de Igualdade de Gênero. Ela disse, ou melhor, ela prometeu que levaria o caso para a frente.

— O que exatamente você falou para ela?

— Falei que tinha alguma coisa acontecendo entre os dois. Achei que ele estava se aproveitando da Taryn. A turma inteira notava que ela estava recebendo atenção especial. Eu ficava enojado só de pensar nisso. Ela envolvida com um cara tão velho.

— Quantos anos ele tem?

Mac levanta os olhos do celular e responde.

— Segundo a bio dele, quarenta e um. *Muito* velho.

— Você acha que eles realmente estavam tendo um caso? — pergunta Frankie a Cody.

— Tenho certeza. Foi o que falei com essa coordenadora.

— E você tem alguma prova disso?

Cody hesita.

— Não — admite. — Mas dava perceber no tom de voz da Taryn sempre que ela falava dele. Ela dizia que a vida dela iria mudar por causa dele. Falava que eles podiam ter um futuro juntos. O cara tem o *dobro* da idade dela.

O que deve me fazer parecer uma anciã, pensa Frankie. Mas, aos quarenta e um anos, Jack Dorian ainda está no auge. Mac mostra à parceira a foto do professor em seu celular. O que Frankie vê é o rosto de um homem inteligente, com uma cabeleira farta. Sim, definitivamente atraente o bastante para despertar a atenção de uma mulher.

— Ele devia ser demitido pelo que fez com ela — diz Cody.

Mas o que Jack Dorian *fez*? Foi só um flerte entre professor e aluna? O relacionamento deles se transformou em algo perigoso? Ou Cody Atwood estava tão obcecado por Taryn que não suportava ver nenhum homem demonstrar o menor interesse por ela — mesmo que fosse algo inocente?

— Você acha que o professor Dorian é o tipo de cara capaz de agredir uma mulher? — pergunta Mac.

Cody trava ao ouvir a pergunta.

— Por quê?

— Você pode só responder à pergunta?

— O pessoal da faculdade fala que ela se matou. Foi isso que ouvi no noticiário também. — Cody encara Frankie. — Não é verdade?

Frankie não responde, porque a verdade ainda não está óbvia para ela. Quanto mais eles se aprofundam na investigação da morte de Taryn, maior é o elenco de personagens que vêm à tona. E agora eles acabaram de acrescentar mais um nome à trama: Jack Dorian.

— Ela era minha amiga — diz Cody. — Quero saber o que realmente aconteceu!

Frankie acena com a cabeça.

— Nós também.

ANTES

28

Jack

Durante três semanas, Taryn ficou afastada de Jack, mas ele continuou se sentindo mal. Fora ao apartamento dela para dar um fim ao caso e, num momento de deslize, cedeu novamente ao seu maldito *id*. Sim, ela queria. Sim, ela abriu a porta para ele já quase nua, só de calcinha. Sim, ela gemeu e disse que o amava. Mesmo assim, Jack não conseguia deixar de sentir que foi ele quem se aproveitou dela e a atacou.

Desde esse dia, só a viu durante as aulas e não ficou mais sozinho com ela. Nada de reuniões particulares em seu gabinete ou de darem uma volta juntos pelo campus. Quando ela comparecia à aula, permanecia sentada, em silêncio, tomando notas e lançando olhares duros em sua direção, fazendo com que ele se sentisse culpado, como se Jack a tivesse traído. Mas ele não a amava e nunca havia sequer sugerido que eles poderiam ter um futuro juntos. Jack nunca deixaria Maggie para ficar com Taryn. E estava determinado a dizer isso olhando nos olhos dela na próxima vez que estivessem sozinhos. Ele havia desencaminhado tanto Taryn quanto a si mesmo e assumiria toda a responsabilidade.

Só precisava encontrar a oportunidade — e a coragem — de dizer isso.

O medo que Jack tinha de ter essa conversa foi maior que qualquer vontade de comemorar seu aniversário no jantar com Maggie. Eles sempre comemoravam os aniversários no mesmo restaurante, no Benedetto's, na Harvard Square, e a tradição incluía um brinde com champanhe Veuve Clicquot e um aperitivo de lula. Ele jurou que daria os primeiros passos de volta à normalidade a partir daquela noite. Queria voltar a ser um bom marido. A saúde debilitada de Charlie estava sendo um fardo para os dois, e eles precisavam dessa escapada para se lembrarem do Jack e da Maggie que tinham sido no passado.

Jack pediu a taça de champanhe habitual e ficou surpreso quando Maggie pediu apenas água com gás.

— Hã? Não vai pedir Veuve Clicquot? — perguntou.

— Essa noite, não. Nem pelos próximos sete meses. — Maggie sorriu e entregou um envelope a Jack. — Feliz aniversário, querido.

Intrigado, Jack abriu o envelope esperando encontrar um cartão de aniversário, mas o cartão tinha desenhos de balões e bebês. Não era um cartão de aniversário e, aos poucos, ele foi se dando conta do que aquilo significava.

Maggie sorriu.

— Está preparado para ser chamado de papai?

Jack a encarou, sem saber se tinha escutado direito.

— Ah, meu Deus. É sério? *É sério?*

Maggie piscou, e as lágrimas começaram a cair.

— É. É sério. Eu não queria contar até ter certeza de que estava tudo bem. Fui à minha obstetra hoje de manhã, e ela falou que, aparentemente, está tudo perfeito. Tudo certo com o ultrassom, com os exames de sangue. O bebê nasce em outubro. Bem a tempo do Halloween.

De repente a visão de Jack ficou turva, e o rosto de Maggie, fora de foco. *Um bebê.* Ele secou as lágrimas. *Nosso bebê.*

— Pense, Jack. Nesse Natal, nós seremos três. Nosso primeiro Natal juntos como uma família!

As pernas da cadeira rasparam no chão quando ele deu um salto e se levantou. Então deu a volta na mesa e abraçou Maggie.

— Eu te amo. Meu Deus, eu te amo.

— Eu também te amo — disse ela, chorando. Por um momento, eles esqueceram que estavam num restaurante. Esqueceram tudo, exceto que estavam nos braços um do outro e que esse milagre estava prestes a mudar suas vidas para sempre.

— E dessa vez — disse Maggie — vai ficar tudo bem. Estou sentindo isso. Vai ficar tudo bem.

Mas não estava tudo bem.

Na manhã de segunda-feira, ele encontrou um envelope no escaninho de seu gabinete endereçado apenas a *Jack*. Tinha um cartão com uma ilustração de Abelardo e Heloísa num abraço apaixonado, e escrita à mão havia uma linha da quarta carta de Heloísa ao amante: *O céu me ordena a renunciar a essa paixão fatal que me une a você; mas ah! meu coração nunca será capaz de consentir isso.*

Não estava assinado, mas nem precisava.

Furioso, Jack levou o cartão para o banheiro masculino, rasgou-o em vários pedaços e jogou tudo na privada. Parado no reservado, observando os pedaços de papel serem levados pela água ao acionar a descarga, tentou forçar as mãos a pararem de tremer. Esperava que a situação se resolvesse naturalmente, que Taryn perdesse o interesse por ele ou que conhecesse outra pessoa. Nesse momento, porém, Jack percebeu que o problema não se resolveria sozinho. Ele tinha de acabar com aquilo agora, antes que aquele caso acabasse com a sua vida.

Quando entrou na sala naquela manhã, lá estava Taryn em seu lugar habitual, desta vez usando um suéter vermelho-vivo. Os olhos dela brilharam quando encontraram os dele, num olhar que dizia: *É melhor você prestar atenção em mim.* Jack não demonstrou nenhuma reação — simplesmente passou os olhos pela turma, fingindo normalidade, desejando estar em qualquer outro lugar que não naquela sala.

A obra da semana era *Romeu e Julieta*, e Jack começou direto com os comentários que tinha preparado sobre os Montecchio e os Capuleto — de que forma a inimizade das famílias levou à trágica morte de seus filhos e como o amor pode transcender até mesmo a hostilidade mais teimosa. Quando terminou suas observações, seu olhar passou por Taryn, e ele teve um flash repentino do rosto dela ofegante na hora do orgasmo.

Jack desviou o olhar rapidamente e, com um tom de desespero, perguntou:

— Essa tragédia foi predeterminada pelo destino? Qual o papel do livre-arbítrio nessa história?

Para seu alívio, Jason comentou:

— O prólogo diz que os amantes são desafortunados, o que implica que o destino deles já está traçado.

— Certo.

— E, no primeiro ato, Romeu diz que teme alguma consequência ruim vinda das estrelas, porque ele vai àquela festa à noite. Então, parece que Shakespeare está dizendo que o destino comanda a vida deles, que tudo foi predestinado.

Jack olhou de relance para o relógio de parede, desejando que os ponteiros corressem mais rápido, mas também temia o que poderia acontecer em seguida. Naquele dia, ele terminaria com Taryn e não fazia ideia de como ela ia reagir.

Beth levantou a mão.

— Romeu se diz azarado. Ele sabe que tem não tem sorte. Então, muito do que acontece na peça parece predestinado.

— Então vocês dois acham que Romeu não fez *nada* por vontade própria? — interveio Taryn. — Não consigo imaginar que Shakespeare acreditasse nisso.

— No que *você* acha que ele acreditava? — perguntou Beth.

— Acho que Shakespeare pode ter acreditado que *algumas* coisas estavam predestinadas a acontecer, que duas pessoas estão destinadas a se apaixonar. — Ela lançou um olhar para Jack, que sentiu o estômago revirar.

Taryn, não.

— Mas, se você acredita mesmo no destino — continuou Taryn —, então acredita que nós não temos controle sobre o nosso futuro, que algum poder superior decide tudo pela gente, seja ele bom ou mau. Isso significa que na vida não existem coincidências, acidentes, leis da natureza nem livre-arbítrio.

Jessica deu um suspiro entediado.

— Estamos falando de uma peça, não da vida real.

— Mas ela é um reflexo da vida real. Mesmo que os amantes estejam *predestinados* a se conhecer, mesmo que estejam *destinados* a se apaixonar, o que eles fazem a partir desse momento é por vontade própria. No fim das contas, as pessoas são responsáveis por suas próprias ações. — Ela olhou diretamente para Jack. — E pelas consequências delas.

— Por que você quis se encontrar comigo aqui? — perguntou Taryn, enquanto eles seguiam juntos por um caminho sinuoso pelo pântanos congelados do Parque Fenway. Era fim de tarde, soprava um vento gelado, e não havia ninguém por perto para ouvir a conversa. Era o lugar perfeito para ele finalmente conversar com ela e dizer aquela dolorosa verdade.

— Porque eu queria falar com você a sós.

— A gente podia ter conversado no seu gabinete. Pelo menos lá estaria bem mais quente.

— Meu gabinete não tem tanta privacidade.

Porque, na verdade, uma porta fechada não é capaz de abafar gritos ou choro. Jack não tinha ideia se Taryn aceitaria a situação na boa ou se a reação dela seria uma explosão histérica. Não, aquilo tinha de ser dito longe de qualquer pessoa que o conhecesse.

— O que está acontecendo, Jack?

Ele apontou para um banco.

— Vamos sentar.

— Nossa, parece sério — disse Taryn, mas o tom brincalhão em sua voz fez Jack perceber que ela não tinha ideia do quão séria aquela conversa seria.

Taryn se sentou e sorriu, na expectativa. O que ela estava imaginando que ele ia lhe dizer? Será que achava que ele ia se ajoelhar e a pedir em casamento? Que Jack prometeria amá-la para sempre? Como ele havia deixado uma simples aventura se transformar nesse monstro incontrolável?

Jack se sentou no banco ao lado dela e suspirou, sua respiração saindo numa nuvem de vapor. Taryn o observava enquanto ele se esforçava para se lembrar do discurso que tinha planejado fazer, mas, sob o olhar de expectativa dela, todas as belas palavras desapareceram de sua mente. Então ele simplesmente falou o que precisava ser dito, por mais duro que fosse.

— Eu tenho que acabar com isso, Taryn. Não podemos mais nos ver.

Ela balançou a cabeça, como se não tivesse escutado direito.

— Você não está falando sério, Jack. Sei que não está.

— Estou falando muito sério.

— Você não é essa pessoa. Foi a sua mulher, não foi? Você contou da gente. E agora ela está forçando você a...

— A decisão é minha, só minha.

— Não acredito. Não acredito que você *escolheria* jogar fora o que nós temos. Ela ameaçou contar para alguém da universidade? Você tem medo de perder o emprego, é isso?

— Isso não tem nada a ver com a minha mulher. Eu não contei para ela. Só acho que isso simplesmente não vai dar certo.

— Vai, sim. — Ela agarrou a manga do casaco dele. — Estou pronta para ser o que você quiser. Nós podemos ser tão felizes! Eu *posso* fazer você feliz.

— Taryn, você é linda e brilhante, e um dia vai encontrar um homem que a mereça, alguém que vai ser muito feliz com você, mas esse homem não sou eu. Não pode ser eu.

— Por quê? — perguntou ela, num tom de voz histérico. — *Por quê?*

— Porque a minha mulher está grávida.

29

Taryn

Jack continuou falando, mas ela não conseguiu ouvir nada do que ele disse depois desta frase.

Minha mulher está grávida.

Taryn pensou no significado daquilo. Imaginou os dois na cama, fazendo amor. Há quanto tempo a esposa dele havia concebido? Fora depois do início do semestre, depois que ele conheceu Taryn? Nas últimas semanas, ela imaginara Jack casado e infeliz com uma mulher que não o excitava e que ele não desejava mais. Taryn imaginava que Jack estava fantasiando com *ela*, que *a* desejava, mas todo esse tempo ele estava vivendo e transando com a esposa. Mesmo que Jack fosse casado, para Taryn isso era como uma traição.

— ... O que você e eu tivemos foi lindo, mas também muito errado. Nunca deveria ter acontecido. Assumo toda a responsabilidade e sinto muito.

De repente, ela se concentrou no que ele estava dizendo.

— Você *sente muito*?

— Por permitir que a situação saísse do controle. Por te magoar. Sou um homem casado, Taryn. E a minha esposa precisa de mim.

— Mas você disse que sou *eu* que você quer.

— Eu nunca disse isso, eu nunca teria dito isso. Seja como for, tudo mudou.

— Só porque ela está grávida? Como isso muda alguma coisa?

— Isso muda tudo. Você não consegue entender?

— Mas eu te amo. E você me quer. Eu sei que quer. — Desesperada, Taryn tentou pegar nas mãos de Jack, mas ele a segurou pelos pulsos.

— Sempre terei um grande carinho por você, mas nós dois temos que seguir nosso próprio caminho. Você tem a vida toda pela frente, está entrando para a pós-graduação. Vai escrever aquele artigo com a Dra. Vogel...

— Não dou a mínima para o artigo. Só me importo com nós dois!

— Não existe "nós". De agora em diante, somos professor e aluna, nada mais. Você precisa aceitar isso.

Taryn se desvencilhou dele.

— Aceitar que sou só uma aventura? Que você vai só me foder e depois me esquecer?

— Eu nunca vou te esquecer.

— Mas eu não sou boa o suficiente para receber o seu amor, não é? *Não é?*

Jack se encolheu ao perceber a raiva na voz dela. Por um momento, ele apenas a encarou, como se Taryn tivesse se transformado em outra pessoa, em algo que ele nunca tinha visto. Quando Jack finalmente falou, seu tom era ao mesmo tempo calmo e desesperado.

— Você é linda e talentosa, e um dia vai encontrar um homem que lhe dará todo o amor que merece.

— Mas esse homem não vai ser você.

— Não pode ser eu.

— Eu não... — Ela segurou o choro. — Eu não fiz você feliz?

— Não tem nada a ver com isso. Precisamos fazer o que é certo agora. O que eu fiz foi errado.

— Mas eu também queria!

— Mas a pessoa casada aqui sou eu. E eu sou seu professor, o que torna tudo ainda mais errado. Preciso acabar com isso antes que fique mais difícil do que já está sendo.

— Difícil para você, você quer dizer.

— Para nós dois.

— Você não está nem aí para mim. Você me usou, Jack. Você é igual aqueles supostos heróis de quem fala na aula. Jasão, Abelardo e aquele maldito Eneias.

— Taryn, por favor. Não vamos terminar assim.

— Assim como?

— Com você com raiva. Sejamos sensatos.

— Ah, eu posso ser bem sensata.

Taryn se levantou, mas Jack, não. Ele permaneceu ali, sentado no banco gelado, olhando para ela. Taryn percebeu o medo nos olhos dele e, nesse momento, se deu conta de quem realmente estava no controle da situação, soube quem detinha todo o poder. Quando voltou a falar, seu tom era frio e calmo.

— Você está prestes a descobrir que eu posso ser muito sensata.

Enquanto Taryn se afastava, Jack não a chamou nem a seguiu. Ela sentia o olhar dele em suas costas enquanto atravessava a rua e voltava para o campus. Não daria a Jack a satisfação de vê-la olhar para ele uma última vez. Ela se recusava a olhar para trás, apenas para a frente, para o que viria em seguida.

Quando chegou à biblioteca da universidade, Taryn sabia o que fazer. Ela não acabaria como a trágica rainha Dido, com uma espada cravada no corpo, nem como Heloísa, trancafiada num convento até murchar e apodrecer em vida. Ela se sentou na frente de um computador da biblioteca e abriu o site que tinha visitado semanas antes: Mount Auburn Hospital, em Cambridge.

Pegou o celular e fez uma ligação.

30

Taryn

Havia vários idosos na sala de espera da clínica. À sua esquerda, havia um homem de cabelo grisalho com uma tosse carregada; à direita, uma mulher com as mãos tão deformadas pela artrite que mal conseguia fechar o zíper da bolsa. Taryn era a pessoa mais jovem na sala e, ao preencher obedientemente o questionário de saúde, marcando não para todas as perguntas, notou os olhares dos outros pacientes, que sem dúvida se perguntavam por que alguém tão obviamente saudável estava ali para se consultar com a médica.

Taryn assinou o formulário preenchido, entregou-o à recepcionista e se sentou para esperar.

O velho com tosse entrou primeiro, depois um homem de bengala, em seguida, foi a vez da mulher com as mãos nodosas. Quando a enfermeira finalmente apareceu e a chamou, era a última paciente na sala de espera. A mulher a conduziu por um pequeno corredor até a sala de exame e lhe entregou um robe hospitalar.

— Pode tirar a roupa toda, menos a calcinha — instruiu ela.

Taryn preferia não encontrar sua rival cara a cara seminua, mas se despiu, seguindo as instruções, e mais uma vez se sentou para esperar. Na parede havia um diploma concedido pela Faculdade de Medicina da Universidade de Boston emoldurado e, abaixo dele, um certificado do Conselho Americano de Medicina Interna, prova de que Margaret Dorian era uma mulher importante na área da saúde.

Mas era Taryn que o marido dela desejava.

Taryn ouviu uma batida na porta, então a Dra. Dorian entrou trazendo o questionário preenchido preso a uma prancheta. Embora fossem quase cinco da tarde, e a médica provavelmente tivesse passado o dia todo atendendo, ela parecia relaxada e sem pressa, o cabelo preso num rabo de cavalo, um estetoscópio casualmente pendurado no pescoço.

Ela cumprimentou a paciente com um sorriso.

— Olá, Taryn. Sou a Dra. Dorian. Você veio fazer um check-up?

— Sim, senhora.

A Dra. Dorian foi lavar as mãos na pia.

— É para um trabalho?

— Para a faculdade. Devo começar a pós-graduação daqui a uns meses. Literatura Inglesa.

— Ah, que legal! — Ela secou as mãos e olhou para a prancheta com o questionário. — Pelo que vejo aqui, parece que você está bem saudável. Algum problema de saúde recente? Alguma queixa?

Taryn deu de ombros.

— Ando meio estressada. Você sabe, último ano de faculdade.

A Dra. Dorian sorriu.

— Aproveite esse momento. Garanto que, quando ficar mais velha, vai olhar para esse ano com saudade.

Quando a Dra. Dorian se inclinou para examinar seus olhos e ouvidos e apalpar seu pescoço, Taryn a encarou, observando os fios prateados no cabelo ruivo e as linhas de expressão nos cantos dos olhos. Embora a médica estivesse na casa dos trinta e tantos anos, ainda era bonita; devia ter sido deslumbrante quando mais jovem. Se realmente estava grávida, como Jack havia alegado, ainda não dava para notar. Será que ele mentira? Será que havia inventado uma desculpa para terminar com Taryn?

A Dra. Dorian pressionou o estetoscópio no peito de Taryn.

— Respire fundo.

Taryn inalou o cheiro de sabão e desinfetante da mulher à sua frente. Certamente não inspirava paixão. Então era para isto que Jack voltava para casa todas as noites — para o cheiro de esterilidade e salas de exame. Para uma mulher que passava o dia pressionando carne envelhecida e analisando orifícios. Por que ele escolheria isso em vez do que Taryn poderia lhe oferecer?

Taryn se deitou na mesa de exames para que a Dra. Dorian visse seu abdome. Ao sentir as mãos quentes da médica pressionando sua barriga, Taryn pensou no bebê crescendo no ventre de Margaret Dorian. O bebê de Jack. Nem Jack nem a esposa eram jovens, e Taryn se perguntou por que eles não haviam tido filhos antes. Será que era porque não podiam ou porque escolheram assim? Esse filho era a razão pela qual Jack terminara com ela e, mesmo que naquele instante não passasse de um aglomerado de células, provavelmente de um tamanho menor que seu polegar, Taryn o odiava. Enquanto a Dra. Dorian examinava o fígado e o baço, Taryn olhava para a barriga da médica, desejando que o bebê ali dentro murchasse e morresse. Se essa criança não existisse, Jack ainda estaria com ela.

— Parece que está tudo normal — disse a Dra. Dorian, endireitando-se. — Você é uma jovem de vinte e dois anos perfeitamente saudável. Agora cabe a você se manter assim. Fuma ou usa drogas? Bebe?

— Bebo de vez em quando.

— Faz sexo sem proteção?

Ah, se você soubesse...

— Tento ser cuidadosa — respondeu Taryn. — Mas às vezes... sabe como é. Você se deixa levar.

— Posso pedir um teste de gravidez, se você achar que precisa.

Taryn nem havia considerado essa possibilidade.

— Não — respondeu, por fim. — Não precisa.

— Bem, continue sendo cuidadosa — disse a Dra. Dorian e deu um aperto no ombro de Taryn. Ela ainda não era mãe, mas os gestos maternos já lhe pareciam naturais. — Preciso preencher algum formulário da faculdade para você?

— Envio por e-mail.

— Claro. — A Dra. Dorian fez uma anotação no prontuário. — Onde você vai fazer pós-graduação?

— Na Commonwealth.

Ela olhou para Taryn.

— Ah, é? Meu marido leciona lá.

— É, eu sei. Fiz um curso dele chamado Amantes Desafortunados.

— Que mundo pequeno!

— Pois é!

— Você vai estudar o que na pós?

— Literatura inglesa. Eu nunca teria conseguido entrar sem a ajuda do seu marido. Ele escreveu a melhor carta de recomendação para mim, e isso fez toda a diferença.

A Dra. Dorian sorriu. Não era um sorriso falso, só por educação, e sim um sorriso de alegria genuína pela boa ação do marido.

— Ele adora quando encontra um aluno realmente brilhante.

— Eu estava procurando um médico e, quando vi que seu sobrenome era Dorian, escolhi você.

— É mesmo? Vou ter que agradecer ao meu marido pela referência!

— Diga que eu mandei lembranças, por favor. Que nunca vou esquecer tudo o que ele me ensinou.

— Pode deixar. — A Dra. Dorian acenou, toda simpática, enquanto Taryn se dirigia para a porta. — Boa sorte na pós, Taryn, caso eu não te veja de novo.

Ah, você vai me ver. Mais cedo do que imagina.

31

Jack

Era difícil acreditar que Charlie estava morrendo. Ele chegou à casa deles parecendo quase tão saudável quanto antes do diagnóstico. Os olhos azuis como uma geleira ainda brilhavam com aquela fria perspicácia que deixava criminosos de joelhos. Ele até havia perdido alguns quilinhos por causa da radioterapia, mas anos se exercitando na Academia Gold's construíram uma estrutura robusta e musculosa, e ele não projetava aquela aparência mirrada que Jack via em outros pacientes com câncer.

Naquela noite, ele chegou animado, com uma garrafa de uísque Lagavulin dezesseis anos — sua marca favorita, que acabou se tornando a favorita de Jack também.

Enquanto os filés de costela grelhavam na cozinha, Charlie serviu o uísque e entregou os copos a Maggie e Jack.

— Não há momento melhor do que o presente para comemorar o fato de estar vivo — disse Charlie. — E, de agora em diante, vai ser tudo do mais caro!

Charlie e Jack tomaram o uísque, mas Maggie pousou o dela intacto, detalhe que Charlie — observador como sempre — percebeu.

— Não vai se juntar ao brinde, meu bem? — perguntou ele.

— Na verdade, pai, tenho um bom motivo para não fazer isso. Jack e eu temos novidades.

— Grandes novidades — acrescentou Jack, sorrindo. — Grandes *mesmo*.

— Bom, espero que não sejam *tão* grandes assim — acrescentou Maggie, dando uma risada e se aproximando de Charlie, a fim de ficar cara a cara com o pai. — Pai, nós vamos ter um filho.

Charlie abaixou o copo. Por um momento, não conseguiu falar, só olhou para sua filha, sua linda filha.

— Vai nascer em outubro. Segundo a minha obstetra, aparentemente está tudo bem, e eu estou me sentindo ótima. Pai, você não vai falar nada?

— Ah, meu Deus. Maggie, minha filha. É sério?

— É. — Rindo e chorando ao mesmo tempo, ela segurou as mãos de Charlie. — É, é! Finalmente você vai ser vovô!

Mesmo o conhecendo havia muitos anos, Jack só tinha visto Charlie chorar uma vez, no velório da mãe de Maggie, Annie. Mas, naquele momento, ele fez uma careta de choro, e de repente os três estavam se abraçando e chorando. Era um choro de alegria, um choro de gratidão pela chance de formar uma família novamente. Um choro de esperança, pois, agora, Jack e Maggie teriam um filho para amar, mesmo que Charlie estivesse enfrentando o fim de sua própria vida. Jack também sabia que parte de sua reação era por causa do estresse todo com o caso com Taryn — da culpa aniquiladora de ter traído Maggie, das mentiras e as vezes que enganou a esposa, de não resistir a usar Taryn e aumentar a cicatriz que ela tinha, causada por homens que a haviam abandonado. E do medo de tudo vir à tona.

Jack foi à cozinha para dar um pouco de privacidade aos dois. Tirou os filés da grelha, fez a salada e abriu uma garrafa de vinho. Charlie não queria saber de dieta saudável nenhuma para o coração; nos meses que lhe restassem, ele comeria a quantidade de carne que quisesse. Ao retornar à sala, Jack viu que pai e filha estavam sentados no sofá, o braço de Charlie sobre o ombro de Maggie, o rosto dele corado de felicidade.

— Você tem muito no que pensar agora, hein, Jack? — comentou Charlie.

— A ficha ainda está caindo. Vamos precisar fazer muita coisa. Vamos pintar o quarto de hóspedes, trocar as cortinas. Temos que ver os móveis, comprar roupas para o bebê. Caramba, eu nunca nem segurei um bebê. Isso tudo é um pouco assustador para mim.

— Se ao menos a minha Annie ainda estivesse aqui, ensinaria tudo para vocês. Como colocar para arrotar, trocar fraldas, os horários de alimentar a criança. Olha como ela fez um ótimo trabalho com a nossa Maggie. Ela deve estar sorrindo para nós agora.

Maggie apoiou a cabeça no ombro de Charlie.

— Eu sei que está, pai.

— Então, qual vai ser o nome do bebê? Espero que não estejam pensando em nomes chiques para o menino, como Ethan ou Oliver.

— O que tem de errado com Ethan e Oliver? — perguntou Jack.

— Melhor escolher um nome forte para um garoto forte. Não tem nada de errado com Joe ou Sam.

— E se for menina?

Charlie balançou a cabeça.

— Não, vai ser menino. Estou sentindo. — Ele colocou a palma da mão gentilmente na barriga de Maggie. — E garanto que vou viver o suficiente para ver essa criança vir ao mundo.

— Nada nos deixaria mais felizes — comentou Maggie.

— Agora, sabe o que também me deixaria feliz? — Charlie olhou para Jack. — Um pouco de comida para a minha garota aqui. Agora ela está comendo por dois, então vamos garantir que minha filha e meu neto sejam alimentados adequadamente.

Jack fez uma mesura e apontou para a sala de jantar.

— Meu senhor, minha senhora, filés malpassados esperam pelos dois.

Charlie acompanhou a filha até a mesa, tratando-a como se ela fosse o integrante frágil da família, e não ele. A notícia do bebê pareceu revigorar Charlie — sua risada estava mais alta, e seu apetite, maior do que Jack conseguia se lembrar. Quando Jack terminou de servir o vinho e as saladas, Charlie já havia devorado um terço de seu filé de lombo e colocado tanta manteiga na batata assada que ela parecia nadar numa poça derretida.

Maggie lançou um olhar feliz a seu marido. Naquela noite, era impossível imaginar que Charlie estivesse doente. *Quem me dera esse momento pudesse durar para sempre*, pensou Jack. *Todos nós vivos e felizes. Tudo certo no nosso mundo.*

Ele cortou o filé. Até a carne estava perfeita.

— Ah, Jack, quase me esqueci de contar — disse Maggie. — Uma aluna sua foi à clínica hoje.

— Ah, é? Quem?

— Uma menina chamada Taryn Moore.

Jack sugou o ar e acabou se engasgando com o vinho. Por um doloroso momento, não conseguiu respirar nem falar.

— Você está bem? — perguntou Maggie.

Ele balançou a cabeça e gesticulou para explicar que a bebida tinha subido pelo nariz. Seus seios da face pareciam ter sido cauterizados, e ele tentou engolir, mas, em vez disso, começou a tossir e engasgou mais ainda.

Jack acenou para Maggie se afastar enquanto as lágrimas escorriam pelo seu rosto.

— Jack, respira. Respira.

Por fim, ele conseguiu respirar.

— Desceu pelo buraco errado — disse ele, engasgado, então se recostou na cadeira e secou o rosto com um guardanapo. — Odeio quando isso acontece.

Charlie ofereceu um copo de água ao genro. Quando Jack estendeu a mão para pegá-lo, percebeu que Charlie o estava analisando, aqueles olhos azul-gelo fixos nos dele.

Jack tomou um gole da água e sentiu os espasmos na garganta aliviarem.

— Me desculpem.

— Você me assustou — disse Maggie. — A boa notícia é que você só aspirou vinho, e não carne.

Sim, ótimas notícias. Taryn Moore está stalkeando a minha mulher.

Jack se recostou na cadeira e pegou a faca de carne, mas havia perdido o apetite. Só queria se levantar da mesa, sair da mira do olhar atento de Charlie.

— Então, o que você estava dizendo, Maggie? — perguntou Charlie, cortando outro pedaço de filé. — Sobre a aluna do Jack.

— Ah, sim. Taryn Moore. Ela me pediu que mandasse lembranças. Você se lembra dela, Jack?

Jack assentiu, tentando parecer calmo. Taryn não escolhera sua mulher aleatoriamente. Ela fez isso para alertá-lo de que ainda não havia terminado com ele. Para dizer que problemas estavam por vir.

Ele tomou um gole de água.

— Lembro. Acho que ela está na minha turma.

— Você acha? Você tem só quinze alunos nessa turma.

— Sim, Taryn... hmmm... Moore. Sei quem ela é.

— Acho que você se lembraria. É difícil esquecê-la. Ela é linda, parece modelo.

— É mesmo? — interveio Charlie, ainda com o olhar em Jack.

Jack deu de ombros, evasivo.

— É, acho que não é feia. Meio calada.

Ele bebeu mais água.

— Sério? Ela não me pareceu nada disso — comentou Maggie. — Na verdade, ela parecia bem espirituosa. E você vai ficar feliz em saber que ela acha você o melhor professor que já teve.

Jack pegou sua taça de vinho e teve um pensamento terrível.

— Ela não vai ser sua paciente regular, vai?

— Não. Ela foi só fazer um check-up. Disse que precisava de um atestado para a pós-graduação.

Até onde Jack sabia, a universidade não exigia atestado médico para a pós, então não havia um bom motivo para que ela se consultasse com Maggie. *A única razão sou eu. Ela está tentando me atormentar.*

— E por falar em nomes para o bebê, você não acha que Taryn é um nome bonito tanto para menina quanto para menino? Pesquisei sobre esse nome e descobri que significa *trovão* em galês. — Maggie levou a mão à barriga. — Talvez o que nós temos aqui seja um bebê Taryn. O que acha?

Ah, ótimo!

— Não gosto muito desse nome — respondeu Jack.

Na verdade, seria um castigo para toda a vida: ter um filho ou filha com o nome de sua amante. De repente, ocorreu-lhe que, embora ele e Taryn tivessem chegado ao grau máximo de intimidade física, não sabia quase nada sobre ela. Ela podia ser louca. Ou perigosa.

Mas de uma coisa Jack sabia: se ela quisesse, poderia destruí-lo.

32

Jack

— Professor Dorian? — disse a voz ao telefone.

— Sim?

— Aqui é a Elizabeth Sacco do Departamento para Equidade e Compliance Universitário. Estou ligando para perguntar se podemos conversar novamente em breve.

— De novo? — perguntou ele, sem conseguir evitar o tom sobressaltado. — Do que se trata?

— Infelizmente, surgiu outra queixa contra o senhor. Você tem um tempo livre hoje ou amanhã para conversarmos?

Jack sentiu o rosto corar de pânico.

— Que tipo de queixa?

— Acho melhor conversarmos pessoalmente.

É Taryn. Só pode ser.

Eram oito e meia da manhã, e seu gabinete ficava a apenas alguns prédios do escritório de Sacco, mas ele precisava de tempo para absorver esse novo golpe e se preparar para o que quer que viesse pela frente.

— Estou livre hoje. Posso passar aí por volta das dez. Pode ser?

— Seria ótimo. Não deve demorar.

Ah, claro, pensou. É rápido dizer *você está demitido*.

Às cinco para as dez, pela segunda vez no semestre, Jack estava diante da porta pela qual esperava nunca mais passar: DEPAR-

TAMENTO PARA EQUIDADE E COMPLIANCE UNIVERSITÁRIO, DRA. ELIZABETH SACCO, COORDENADORA DE POLÍTICAS DE IGUALDADE DE GÊNERO.

Ele entrou, tentando parecer indiferente, mas estava com os nervos à flor da pele. A mesma recepcionista o cumprimentou com um sorriso sereno e condenador e o levou à sala de Elizabeth Sacco. A coordenadora apertou sua mão e se sentou à mesa, e Jack se acomodou de frente para ela. Nenhuma troca de gentilezas, nada sobre a última nevasca nem sobre o bom momento do Boston Celtics.

— Acho que essas conversas estão começando a ficar cansativas — comentou ela.

— Sem problema — disse ele, tentando fingir indiferença. — A senhora disse que houve outra queixa, não foi?

— Isso. Só quero falar com você para ter a sua resposta.

Ela parecia sensata, evitando o confronto. Será que estava querendo deixá-lo à vontade para fazê-lo cair numa armadilha?

— Tudo bem.

— Recebemos um telefonema anônimo ontem. A pessoa disse que o senhor está envolvido num relacionamento sexual com uma aluna.

Jack teve a sensação de que uma granada havia explodido em seu peito, mas conseguiu manter a voz firme e disse:

— Nossa! Essa é uma acusação muito séria. A pessoa que ligou deu algum detalhe?

— Não tenho mais detalhes, apenas o que foi dito. — Ela checou as anotações. — Citando o que a pessoa falou: "Acho que o professor Dorian está tendo um caso com uma aluna da graduação." Essa é a declaração completa. Nada mais, nenhum detalhe, nenhum nome, nenhum lugar. Depois disso, a pessoa desligou.

— Mas como posso responder a uma coisa dessas?

— Entendo o seu ponto de vista, mas é uma queixa que não posso ignorar. Para ser honesta, eu não sabia ao certo o que fazer.

— Então talvez deva ignorar a queixa.

— De qualquer forma, tenho que documentar a sua resposta.

— A senhora disse que foi uma denúncia anônima, certo?

— Sim. De vez em quando recebemos queixas anônimas de pessoas que têm medo de se identificar. Nesses casos, somos obrigados a seguir o protocolo e informar ao acusado. Então me diga, professor: existe alguma verdade nessa queixa?

Jack sentiu a boca seca. Da última vez em que esteve sentado ali, a acusação era claramente falsa e fácil de refutar. Mas agora, não. Dessa vez, ele era totalmente culpado, e a consequência de uma relação sexual com uma aluna era a rescisão imediata do contrato.

— Professor Dorian... — chamou a Dra. Sacco.

— Acho que foi algum aluno insatisfeito tentando se vingar de mim de novo. Talvez tenha recebido uma nota baixa e resolvido retaliar dessa forma.

A Dra. Sacco o observou durante um longo momento, procurando quaisquer gestos ou microexpressões que pudessem traí-lo.

— Então essa é a sua resposta? — perguntou ela, por fim.

— É.

Jack odiava ter de mentir. Odiava ter mergulhado cegamente naquele maldito caso com Taryn. Odiava o dia em que a conhecera, o fato de não ser um homem melhor. Odiava não ser o bom marido que Maggie merecia. Quando se sentou naquela mesma cadeira da outra vez, estava sendo acusado de defender um professor fictício que estava mantendo um caso com uma aluna fictícia. Foi como uma prévia do que viria pela frente. Sua vida havia imitado a arte em toda sua glória trágica e estúpida.

— Então, a menos que surja alguma outra evidência, isso é tudo por ora — disse ela. — Sinto muito por qualquer inconveniente.

A menos que surja alguma outra evidência.

Isso significava que a Dra. Sacco ficaria de olho nele. Isso significava que ele sempre estaria sob essa sombra de dúvida e não poderia cometer nenhum deslize nem baixar a guarda.

Jack se levantou para ir embora, mas parou na porta.

— Você disse que alguém fez uma ligação. Ela deu *alguma* pista de quem era? — perguntou.

A Dra. Sacco estreitou os olhos, e de repente ele se arrependeu da pergunta.

— Por que quer saber? — rebateu ela.

— Se vou ser acusado de algo tão sério, gostaria de ter uma ideia de quem ela é.

— Acho que posso dizer que não era *ela*.

Isso deixou Jack assustado.

— Foi um homem?

— Foi.

Jack entendeu de imediato quem tinha feito a queixa: Cody Atwood, o rapaz que vivia atrás de Taryn. O rapaz que evidentemente era louco por ela e que parecia não ter mais nenhum amigo. Para Cody, Taryn era um sol extraordinariamente brilhante em torno do qual ele girava.

Taryn colocara Jack nessa situação. Quais outros tormentos ela ainda reservava para ele?

33

Jack

Provavelmente era paranoia, mas, enquanto andava pelo campus no dia seguinte, Jack sentiu que todos que passavam por ele sabiam de seu segredo. Como se ele tivesse a letra *A* escarlate na testa. Hester Prynne, conheça Jack Dorian.

Ele sempre entrou em sala de aula em meio a burburinhos de conversas e escutava cumprimentos como "Oi, professor". Mas, naquele dia, um silêncio estranhamente conspiratório pairava sobre sua turma. A cadeira onde Taryn geralmente se sentava estava vazia, como um buraco negro sugando toda a luz. Mas Cody estava presente e, quando Jack o encarou, ele não conseguiu sustentar o olhar do professor.

Então *foi mesmo* Cody quem ligou para o Departamento para Equidade e Compliance. Será que o filho da puta tinha contado para a turma inteira e era por isso que todos estavam encarando Jack?

Jack se recusou a deixar transparecer que estava abalado. Cumprimentou todos com seu "bom-dia" costumeiro e pegou suas anotações. Conduziria a aula como de costume, apesar da ansiedade que corroía seu estômago como um rato. Pelo menos ele não teria de lidar com a presença de Taryn. Torcia para que ela abandonasse o curso, só para evitar o desconforto de terem de se encarar durante as últimas semanas do semestre. Talvez a corda em seu pescoço estivesse se afrouxando um pouquinho, o suficiente para que ele voltasse a respirar.

Mas à tarde, na Dunkin' de Garrison Hall, sentiu a corda apertar mais do que nunca.

Ele tomava café e revisava suas anotações sobre *A mancha humana* para seu curso de Romances Americanos Modernos, quando levantou o olhar e viu Taryn vindo em sua direção como um falcão. Sem dizer uma palavra sequer, ela arrastou uma cadeira até a mesa dele. Estava de preto, a cor do mau agouro, o rosto rígido, como que esculpido em granito.

— Taryn... — disse ele. — Eu estava me perguntando por que você não apareceu para...

— Sou eu quem vai falar — ela o interrompeu. — E você vai ouvir.

Ela se inclinou na cadeira na direção dele com um olhar predador.

Jack olhou para os outros alunos sentados a poucas mesas de distância, com medo de que alguém pudesse ouvir, mas ninguém parecia estar prestando atenção. Todos estavam em suas pequenas bolhas, sem perceber o draminha desagradável que se desenrolava a poucos metros.

— Podemos ir lá para fora? — perguntou ele.

— Não. Aqui mesmo.

— Então, por favor, pode falar baixo? Vamos tentar não fazer uma cena.

— Não estou nem aí se vamos fazer uma cena, Jack. Levando tudo em consideração, acho que estou calma pra cacete.

Ele lançou outro olhar ao redor do salão e sussurrou:

— O que você quer? Me diga.

— Vou explicar para você ponto por ponto. Um: não vou mais comparecer às suas aulas. Sei que provavelmente você está aliviado por não me ver mais em sala, mas isso não significa que estou abandonando o curso. Não mesmo. Vou continuar inscrita até o fim. Dois: você vai me dar nota máxima, porque eu mereço e também para compensar toda dor e todo sofrimento que me fez passar. Três: você vai mexer todos os pauzinhos que puder para eu conseguir o que quiser. Para começar, preciso de um emprego remunerado como professora assistente, então você vai escrever uma recomendação digna de Heloísa de Argenteuil. Caso contrário, vou direto na Elizabeth Sacco e conto para ela que você me fodeu de tudo quanto foi jeito.

— É a sua palavra contra a minha, Taryn. Como você vai provar...

— Vou te dizer como vou provar — Taryn o interrompeu de novo.

— Você deixou uma lembrancinha no meu apartamento.

Ela deslizou o celular na direção de Jack. Ele olhou para a imagem na tela, uma foto que não fazia sentido. Tudo o que ele viu foi o close de um tecido verde-escuro.

— O que é isso?

— Não reconhece? É o sofá do meu apartamento.

— E daí?

— Esqueceu o que a gente fez? Talvez você não tenha visto a manchinha branca que deixou. Mas ainda está lá, no tecido.

Jack sentiu um aperto no estômago. *Sêmen. Taryn está falando de sêmen.*

— Eu diria que é uma ótima prova — disse ela, enfiando o celular no bolso. — Também tenho uma testemunha: a Dra. Hannah Greenwald. Ela nos viu juntos no hotel da conferência. No café da manhã, lembra? E também salvei todas as mensagens que você me mandou. Mesmo que você tenha apagado tudo do seu celular, eu ainda tenho todas. Tenho provas, Jack. *Muitas provas.*

Sim, Jack *havia* enviado mensagens a Taryn, mas não conseguia se lembrar do que tinha escrito ou se havia algo de incriminador nelas. A essa altura, ele já as tinha apagado, mas Taryn havia reunido provas mais que suficientes para destruir seu emprego, seu casamento e sua vida. E nada na expressão fria e obstinada da jovem o fazia duvidar de que ela era implacável o suficiente para levar as ameaças a cabo.

— Isso é chantagem — disse ele.

— Chame do que quiser. Só estou cobrando o que me é devido.

— Tá bom. Tá bom. — Ele tentou controlar a respiração, tentou raciocinar, ignorando o pânico. — Se eu te der nota máxima e fizer tudo o que você quer, o que vem depois? Podemos simplesmente acabar com tudo? Cada um pode seguir com a sua vida?

— Ainda não decidi.

— Não decidiu o *quê*? — perguntou Jack, elevando o tom de voz, e de repente ele sentiu que as\pessoas nas outras mesas haviam notado os dois conversando ali. Eles\pareciam prestar atenção no que estava acontecendo entre professor e\aluna. Pelo menos ele não reconhecia ninguém ali.

— Ainda não decidi o que mais quero de você — respondeu ela, então empurrou a cadeira para trás e se levantou. — Mas, quando chegar a hora de eu receber, vou entrar em contato.

— Fique longe da minha mulher.

— O quê?

— Você foi ao consultório dela, e não foi para fazer exames. Não quero que se aproxime dela nunca mais.

— Ou o quê?

— Só não faça mais isso.

Taryn colocou os óculos escuros e foi embora.

Jack a observou passar pela porta, o tempo lá fora estava nublado e garoava. Pensou na metáfora central do romance de Philip Roth, a *mancha humana* universal — o complexo moral confuso de imperfeições que polui tudo aquilo em que uma pessoa toca.

E todos nós acabamos pagando por isso.

34

Jack

— Sua garota está oficialmente na pós-graduação! — anunciou Ray McGuire, sorrindo à porta de Jack, a cabeça inclinada num ângulo malicioso. — Acabei de assinar a carta de aceitação dela. Será postada hoje. Ela vai ficar em êxtase quando receber. A vaga de assistente ainda depende do orçamento para o próximo ano letivo, mas ela está na pós.

— Ela certamente mereceu — disse Jack. *De diversas maneiras.*

— No fim o comitê tinha dois candidatos. Foi a sua carta de recomendação que a fez cruzar a linha de chegada em primeiro. Esperamos muito dela, Jack. Você deve estar orgulhoso, hein?

Alívio era o que Jack estava sentindo. Alívio por ter cumprido a promessa. Com isso, a situação entre eles provavelmente chegaria ao fim, porque, a partir de agora, Taryn não poderia se dar ao luxo de o expor; isso invalidaria a carta de recomendação dele e comprometeria o futuro dela na universidade. Eles tinham sido parceiros no pecado e agora seriam na trapaça. Por mais que um desprezasse o outro, agora os dois estavam acorrentados para sempre, e Taryn era inteligente o bastante para entender isso.

Era o fim de tudo.

Ao final de mais uma semana sem notícias de Taryn, Jack se permitiu voltar a respirar. Conseguiu até dar risadas quando Charlie apareceu para jantar na casa deles com algumas roupas sujas pedindo que eles lavassem, poupando-se da tarefa. Enquanto Jack carregava o cesto para dentro de casa, Charlie o seguiu, segurando uma garrafa de seu Lagavulin favorito numa mão e uma caixa de leite integral orgânico na outra.

— Uma bebida para nós, homens, e uma bebida para a futura mamãe — explicou ele.

— Ah, pai, você sabe que nunca fui muito fã de leite — disse Maggie.

— É melhor aprender a gostar, querida. Esse carocinho aí dentro precisa de cálcio.

Carocinho era como Charlie tinha começado a chamar o bebê, um nome muito melhor do que a primeira escolha de Maggie, Taryn. Fosse menino ou menina, esse era o nome ao qual Maggie sempre voltava, um nome saído direto dos piores pesadelos de Jack.

— O Carocinho precisa mesmo é que a mamãe se sente e relaxe — disse Jack. — O papai está cuidando de tudo.

E ele estava realmente feliz em deixar os dois sozinhos na sala. Levou a roupa de Charlie para o porão, colocou-a na máquina de lavar e subiu a escada de volta à cozinha para terminar de preparar o jantar. Afinal, quantos meses Maggie ainda teria com o pai? Todos estavam dolorosamente conscientes da passagem do tempo. À medida que as metástases se espalhavam pelo corpo de Charlie, era uma corrida entre a gravidez e o câncer que o derrubaria. Mas Charlie sempre fora um guerreiro, e agora tinha algo pelo que realmente lutar: um vislumbre de seu primeiro neto.

Naquela noite, olhando para o rosto corado e risonho de Charlie sentado à mesa de jantar, Jack não teve dúvidas de que seu sogro venceria a batalha. Ele serviu um prato de macarrão, outra dose de uísque e mergulhou na refeição como um homem faminto pela vida. Jack e Maggie trocaram sorrisos, porque, naquele momento, o mundo deles era tão perfeito quanto possível. O pai dela estava morrendo, mas, por outro lado, havia uma nova vida a caminho. E eles tinham um ao outro, uma bênção que Jack nunca mais colocaria em risco.

Ele se levantou ao ouvir o zumbido da secadora no porão.

— É melhor eu descer antes que as roupas amassem.

— Você vai dar uma ótima esposa, Jack — brincou Charlie.

— Pode tirar o olho dele, pai — disse Maggie. — Ele é meu.

Todo seu, pensou Jack enquanto descia até o porão. *E nunca mais vou me esquecer disso.* Enquanto tirava a roupa de Charlie da secadora, ele ouvia Maggie no andar de cima, na cozinha, moendo grãos de café e colocando os pratos e talheres no lava-louça. Barulhos do dia a dia dos quais ele nem se dava tanta conta. Havia chegado muito perto de perder tudo. Agora, o simples ato de dobrar os lençóis de Charlie, ainda quentes ao sair da secadora, o deixava feliz. Em breve haveria roupas de bebê e lençóis infantis para lavar, fraldas para trocar e mamadeiras para esquentar. E ele ansiava por tudo isso — sim, até pelas fraldas.

Jack subiu com a cesta de roupas dobradas pela escada que dava na cozinha, onde Maggie arrumava xícaras de café e pires numa bandeja. Ela não o ouviu chegar e deu um gritinho quando ele se aproximou de fininho e a abraçou por trás.

— Ei... — disse ela, rindo.

— Você está cheirosa.

— Devo estar com cheiro de queijo e molho de tomate.

— Eu gosto de queijo e molho de tomate.

Maggie se virou de frente para Jack.

— Meu Deus, como eu queria que a gente pudesse viver esse momento para sempre. Você, eu e o papai. Quem me dera pudéssemos congelar esse momento como está agora, antes que...

Um pigarro os fez se virar para trás. Charlie estava parado à porta, parecendo constrangido por ter flagrado os dois abraçados.

— Tudo bem, pai? — perguntou Maggie

— Está começando a chover. Acho melhor ir para casa antes que a chuva aperte.

— Não quer ficar para tomar um café com sorvete?

— Não consigo comer mais nada. Vou deixar essa para vocês dois, pombinhos. — Ele pegou o cesto de roupa em cima da mesa da cozinha. — Obrigado por lavar meus lençóis, Jack. Nunca consegui dobrá-los tão bem quanto você.

— Sua filha me ensinou direitinho! — disse Jack enquanto Maggie acompanhava o pai até a porta.

Quando ela voltou, parecia preocupada.

— O que foi? — perguntou ele.

— A chuva está começando a apertar. Talvez tivesse sido melhor levar o meu pai em casa.

— Ele não é um inválido, Maggie.

— Ainda não, mas temo o dia em que isso vai acontecer.

— Mas você viu o seu pai jantando. É difícil acreditar que ele sequer esteja doente.

— Não custa nada torcer por um milagre.

Maggie foi pegar a bandeja com as xícaras de café.

— Deixa que eu levo isso — disse Jack. — Pode servir um pouco de sorvete?

Jack levou a bandeja para a sala de jantar. Assim que a colocou na mesa, seu celular tocou. Ele foi até o parapeito da janela, onde deixara o aparelho, e olhou para a tela: *provavelmente é alguém vendendo alguma coisa.*

Claro. Metade das malditas ligações que ele recebia na hora do jantar eram de alguém querendo lhe vender alguma coisa. Recusou a ligação e já ia colocar o celular onde o havia pegado quando viu a mensagem de texto. Era de Taryn e tinha apenas duas palavras.

Estou grávida.

Por um momento, Jack não conseguiu se mexer, nem mesmo respirar. De repente, sentiu as pernas bambas e se largou numa cadeira. Ainda estava sentado quando Maggie entrou na sala de jantar com as taças de sorvete. Ela se sentou de frente para Jack, mas ele não tinha coragem de encará-la. Em vez disso, ele olhou para a frente e se concentrou no fogo crepitando na lareira. Naquele instante, sua vontade era de pular nas chamas, deixar que elas o consumissem. Era o que merecia.

— Não vai querer sorvete? — perguntou Maggie.

— Eu... eu já volto. — Ele pegou o celular e se levantou.

— Está tudo bem?

— É só uma... hmmm, dorzinha de estômago.

Jack subiu a escada correndo, entrou no banheiro e de repente se sentiu tão zonzo que teve de se apoiar na pia. Leu a mensagem de texto novamente:

Estou grávida.

Deletou a mensagem.

Taryn não podia estar grávida. Aquilo só podia ser mentira, mais uma forma de torturá-lo. Ele estava desvairado, pensou nas duas vezes que eles fizeram sexo. Em nenhuma ele havia usado camisinha. Como tinha sido idiota! Simplesmente presumiu que Taryn estava tomando pílula, mas e se ela não estivesse? Jack contou as semanas e percebeu que, sim, já tinha se passado tempo suficiente para um teste de gravidez de farmácia dar positivo.

Meu Deus, era possível. Muito possível.

Ele caiu de joelhos, baixou a cabeça sobre o vaso sanitário e vomitou. Deu descarga, mas ficou encolhido ali, esperando o enjoo passar. Porém o pesadelo não passaria. Ele estava vivendo aquilo, estava preso naquela situação. Torcia por uma saída covarde: um conveniente ataque cardíaco que o matasse ali, na hora, antes que Maggie descobrisse a verdade.

Preciso encontrar uma saída para isso, pensou. *Tem que haver uma saída.*

35

Taryn

O rosto de Medeia a encarava da capa do livro, os olhos reluzentes de fúria, o cabelo, uma coroa de chamas. Aquele o rosto era o de uma mulher traída pelo homem que amava, uma mulher prestes a cobrar o preço dessa traição. Ao contrário da lamentável rainha Dido, Medeia não subiu em sua própria pira funerária e cravou uma espada no peito. Não se permitiu ser derrotada e destruída quando seu marido, Jasão, a abandonou por outra mulher. Não, Medeia abraçou a raiva. Saboreou-a.

Ela agiu.

Taryn colocou o livro na bancada da cozinha, onde a imagem da Medeia feroz a lembraria de se manter forte e lutar pelo que deveria ser dela. Esta noite ela precisaria dessa força, mas já sentia a determinação vacilar. Por um instante, a cozinha pareceu se inclinar, e ela precisou esticar o braço para se apoiar no balcão. Tinha bebido uma taça de Zinfandel e estava sentindo o estômago embrulhado. Por isso que estava tonta, claro; bebida alcoólica entrando no estômago vazio. Sabia que não podia beber, mas esta noite precisava de algo para acalmar os nervos.

Taryn abriu o freezer, pegou uma caixa de macarrão com queijo e colocou a refeição no micro-ondas. Enquanto esquentava, pensou no que dizer quando ele chegasse. Ela o lembraria de todos os motivos pelos quais eles deveriam ficar juntos e pelos quais ele se arrependeria para sempre se não a escolhesse. Era o filho *dele* crescendo dentro dela, e, embora o bebê ainda fosse pequeno demais para que ela o sentisse se mexendo, quando Taryn pressionou a mão na barriga, quase acreditou que uma mãozinha estava pressionando-a por dentro, tentando encostar na dela. Em sua mãe. Ela pensou em Maggie Dorian, trinta e oito anos, também grávida. Quando a mulher é mais velha, a gravidez pode ser perigosa. Seria muito mais simples para todos os envolvidos se acontecesse alguma coisa. O bebê poderia morrer. Maggie poderia morrer. Já aconteceu com outras mulheres, não? Então, por que não com ela? Taryn não a odiava, mas a esposa de Jack era a única coisa no caminho entre ela e sua felicidade. Era Maggie que afastava Jack dela.

Esta noite Jack teria de escolher. E Taryn estava determinada a fazer com que ele a escolhesse.

O timer do micro-ondas apitou, mas ela ainda estava enjoada por causa do vinho e não suportava sequer pensar em comer. Deixou o macarrão com queijo no micro-ondas e foi até a sala, depois voltou para a cozinha. A espera era insuportável. Taryn tinha a sensação de que havia passado a vida inteira esperando por alguma coisa. Por amor. Por sucesso. Por alguém — qualquer pessoa — que a *enxergasse*. Em vez de ficar andando de um lado para o outro, preocupada, ela deveria estar trabalhando em seu novo artigo, que teria de ser entregue em uma semana: "Não há no inferno fúria comparável: violência e a mulher desprezada." Ela parou à mesa e olhou para o original impresso, onde havia feito comentários nas margens durante as revisões. Ah, sim, era capaz de escrever livros inteiros sobre mulheres desprezadas. Sobre os homens e sua crueldade, sobre as mulheres que os amaram, as mulheres traídas por eles. Mulheres que escolheram lutar.

Mulheres como ela.

De repente, a sala parecia sufocante. Taryn foi para o outro lado do cômodo e abriu a porta da sacada. Quando saiu para olhar a rua, a chuva de vento atingiu seu rosto. A essa hora, com uma chuvarada dessas, não havia carros passando, nem uma única alma andando lá embaixo. A tempestade açoitava a sacada, chuva misturada com granizo, mas ela ficou ali do lado de fora, observando. Esperando. Nos últimos tempos, Taryn vinha detestando ambientes superaquecidos, e só ali, parada naquele frio, finalmente sentiu que podia respirar.

Olhando para o concreto implacável lá embaixo, de repente se perguntou como seria passar pela proteção e se jogar dali, mergulhar na escuridão, o vento passando pelo rosto e acariciando seu cabelo. Alguns segundos de terror culminando no nada. Mas, se morresse, não seria como outra rainha Dido, entregando-se à dor de forma submissa. Não, faria sua morte ter importância. Não seria uma rendição, e sim o início de uma pressão lenta e inexorável que acabaria por esmagar Jack Dorian. Taryn morreria vitoriosa, sabendo que, ao tirar a própria vida, arruinaria a dele para sempre.

Ah, sim. Taryn faria de tudo para que isso acontecesse.

DEPOIS

36

Jack

A todos os membros da Comunidade Commonwealth:

É com profundo pesar que lhes escrevo para comunicar a notícia da morte prematura de uma de nossas alunas, Taryn E. Moore no último fim de semana. Taryn estava no último ano da graduação em Letras, vinha se destacando em seus estudos e planejava ingressar em nossa pós-graduação no próximo ano letivo. Enviamos nossas condolências à família e aos amigos de Taryn e queremos que todos saibam que o Centro de Espiritualidade está aberto àqueles que precisarem de acompanhamento psicológico devido a esta terrível perda.

O e-mail tinha sido enviado às seis e dez da manhã daquela segunda-feira pelo reitor da Universidade Commonwealth. Estava perdido em meio a dezenas de outros que chegavam diariamente à caixa de entrada de Jack, e ele teria passado direto pela mensagem se não fosse pelo nome na linha de assunto.

Taryn Moore.

Apavorado, abriu o e-mail se preparando para o pior: uma acusação, uma exigência de renúncia ao cargo, ou até coisa pior. Em vez disso, o que encontrou foi um e-mail em massa, enviado a toda comunidade universitária. Não havia menção sobre as circunstâncias da morte, nenhuma especulação sobre o motivo de ela ter morrido.

Ele entrou no site do *Boston Globe* e digitou o nome dela na caixa de pesquisa. Encontrou uma matéria curta.

A Polícia de Boston está investigando a morte de uma estudante da Universidade Commonwealth cujo corpo foi encontrado na cidade no início da manhã de sábado. O corpo de Taryn E. Moore, vinte e dois anos, de Hobart, Maine, foi encontrado na calçada em frente ao seu prédio, na Ashford Street, 325. A polícia acredita que ela morreu ao cair da sacada de seu apartamento.

O apartamento de Taryn ficava no quinto andar.

Jack tentou não pensar nos danos que uma queda dessa altura no concreto poderia causar a um corpo. Aquele corpo, que certa vez estivera se contorcendo sob o seu tão quente e vivo, agora era uma carne fria e sem vida.

Graças a Deus, Maggie já tinha saído para o trabalho, então ele podia ficar ali sentado para processar a informação sozinho. Ele havia acordado fazia uma hora, com a cabeça ainda pesada por causa do lorazepam, apavorado só de pensar no dia que teria pela frente. As consequências de suas ações estavam batendo à sua porta muito rápido, e ele tinha certeza de que aquele dia seria o fim da vida que conhecia.

Mas aquela notícia mudou tudo.

Ele entrou em outros sites de notícias, mas não conseguiu encontrar nenhuma outra menção à morte de Taryn. No Facebook, porém, viu uma foto de Taryn sorrindo e a legenda: *Estou de coração partido.* A foto tinha sido postada por Cody Atwood. Jack olhou para a imagem, dividido entre uma culpa torturante e uma sensação perversa de alívio. E de tristeza. Como ele não se sentiria triste com a perda de uma vida jovem e vibrante? Mas, ao mesmo tempo, ele não podia negar que estava torcendo por algum tipo de intervenção divina, e foi exatamente isso que havia acontecido.

Ninguém poderia argumentar que pular de uma sacada não tinha sido uma decisão dela, somente dela. Por mais horrível que fosse, Jack não poderia ser responsabilizado, mesmo que Taryn tivesse feito isso motivada pelo caso deles.

Um caso sobre o qual ninguém jamais precisava saber.

Jack foi para a faculdade dirigindo meio atordoado, desejando não ter de encarar seus alunos do curso, mas aquela era a última semana do semestre, e ele não tinha uma boa desculpa para cancelar a aula. O e-mail do reitor foi enviado para toda a universidade, então, a essa altura, seus alunos já sabiam da morte de Taryn. Ele teria de abordar o assunto, permitindo que eles expressassem sua dor. Mesmo que não fosse a aluna mais popular da turma, Taryn era daquela turma, e ignorar a morte dela seria insensível da parte de Jack.

Além de tudo, se ignorasse o assunto, os alunos ficariam desconfiados.

Quando entrou na sala, Jack esperava ver rostos tristes, mas, em vez disso, seus alunos não pareciam nada abalados. Lá estava Jason, relaxado em sua cadeira e mexendo no celular, como sempre. Lá estava Beth, com o laptop aberto, pronta para tomar notas. Lá estavam Jessica e Caitlin, grudadas como sempre, sussurrando entre si.

Mas Cody não estava presente. As cadeiras onde Cody e Taryn tinham se sentado durante a maior parte do semestre agora pareciam um buraco aberto, encarando Jack da cabeceira da mesa.

Ele tentou não olhar para as cadeiras vazias — em vez disso, se concentrou nos treze alunos que estavam ali.

— Imagino que todos vocês já estejam sabendo... — começou ele. — Sobre a Taryn.

Os alunos foram assentindo com a cabeça. E, por fim, alguns começaram a falar num tom apropriadamente solene.

— É tão difícil entender por que ela fez isso — comenta Beth. — Parecia que ela tinha tudo.

— Ninguém nunca tem tudo, Beth — disse Jack gentilmente.

— Mas ela era tão inteligente. E bonita. — Beth olhou para as cadeiras vazias e balançou a cabeça. — Meu Deus, deve estar sendo horrível para o Cody.

— Alguém o viu? Falou com ele? — perguntou Jack.

Os alunos deram de ombros.

— Eu não o conheço direito — admitiu Jason.

Claro que não conhecia, porque nunca quisera conhecer. As pessoas populares eram assim; todos evitavam o garoto tosco, para não se contagiarem. Mas Taryn — era preciso reconhecer — não agia assim.

— *Você* sabe por que ela se matou, professor? — perguntou Jessica.

Jack travou ao ouvir a pergunta.

— Por que eu saberia?

— Sei lá. Só achei que talvez você pudesse saber.

Jack a encarou, se perguntando o que havia por trás da pergunta. O que ela sabia? Que jogo fazia? Treze pares de olhos o observavam esperando uma resposta.

Ou talvez uma confissão.

— Não tenho ideia do motivo que a levou a fazer isso, Jessica — respondeu Jack, por fim. — E acho que ninguém nunca vai ter.

37

Frankie

Embora tenha se formado na faculdade havia três décadas, Frankie ainda sentia uma pontada de ansiedade de caloura, sentada a uma mesa de frente para um professor universitário. A estante de Jack Dorian está abarrotada de livros de pesquisa assustadoramente grossos, alguns dos quais têm seu nome na lombada. Há uma pilha de trabalhos escritos por alunos, e o de cima tem uma vergonhosa nota 4. Frankie pode imaginar como é para um aluno se sentar naquela mesma cadeira e encarar o homem com o poder de reprová-lo ou ajudá-lo a ter uma carreira.

Mas hoje o equilíbrio de poder está pendendo para o lado de Frankie. Embora não perceba, Jack Dorian é quem tem tudo a perder.

No momento, Dorian parece tranquilo, as mãos relaxadas em cima da mesa, a atenção voltada para Mac. Os homens sempre presumem que seu maior oponente é outro homem e, em geral, consideram Frankie apenas um apêndice, que mal vale um olhar. Ser ignorada tem suas vantagens; Frankie pode observar sem ser notada, pode se concentrar na linguagem corporal e nas pistas não verbais. Ela percebe que Dorian ainda é magro e está em forma aos quarenta e um anos, que suas têmporas só estão começando a mostrar um leve e charmoso ar grisalho. De fato, ele é atraente o bastante para merecer as quatro pimentas que recebeu no site AvalieMeus-Professores.com.

253

— A morte da Taryn é uma perda não só para amigos e familiares, mas também para a comunidade acadêmica — comenta Dorian. — Ela era uma aluna brilhante e uma escritora excepcionalmente talentosa. Posso mostrar a vocês o último trabalho dela para a minha disciplina. Os senhores vão ver por si mesmos como ela era promissora. Ficamos todos chocados quando soubemos do suicídio.

Jack ainda não sabe que o caso agora é uma investigação de homicídio, e isso é uma vantagem para os policiais. Não querem deixá-lo abalado, preferem que ele se sinta relaxado, que fale bastante, e Mac está sorrindo da forma mais simpática possível.

— Você disse que era orientador acadêmico da Taryn — diz Mac.

É uma pergunta fácil de responder, que não chama para o confronto. Nada para deixar Jack alarmado.

— Isso. Eu era o orientador dela no projeto para a pós-graduação.

— Que tipo de projeto?

— Ela estava escrevendo um artigo sobre como as mulheres são vistas na literatura clássica.

— Que seria, hmmm... — Mac olha para suas anotações. — "Não há no inferno fúria comparável: violência e a mulher desprezada"?

Dorian parece surpreso.

— Sim, isso. Como os senhores sabem?

— Vimos um rascunho no apartamento dela.

— Entendi.

— Até que ponto você a conhecia? Tendo em vista que era orientador dela e tudo o mais.

Há uma pausa de três segundos antes de Dorian responder.

— Conheço todos os alunos que oriento. Taryn sonhava com uma carreira acadêmica, mas começou em desvantagem. Sei que estava ansiosa para superar essa dificuldade.

— Que tipo de desvantagem?

— O pai abandonou a família quando ela era criança. Ela foi criada por uma mãe solo, e, pelo que sei, era uma luta para pagar as contas.

— Você falou com a mãe dela?

Dorian se contrai.

— Sei que *deveria* ligar. Mas, bem... é uma conversa dolorosa. Não sei o que posso dizer para tornar as coisas mais fáceis para ela.

— A mãe da Taryn está desesperada para descobrir por que a filha se matou, e não temos nenhuma resposta. Você tem?

Dorian se remexe na cadeira, e o rangido do couro soa surpreendentemente alto.

— Acho que não.

— Parte do seu trabalho é lidar com jovens da idade dela, então acho que você deve ter uma ideia de como a cabeça deles funciona. Ela era uma garota bonita e estava ansiosa para entrar para a pós-graduação. Tinha toda a vida pela frente. Então, o que pode ter dado errado?

O olhar de Dorian se volta para a janela, por onde entra uma luz de um dia de inverno, dando um tom frio de cinza ao seu rosto.

— Quem sabe o que se passa na cabeça dos jovens da idade dela? Já trabalhei com muitos para saber que a vida deles é uma montanha-russa emocional. Num minuto estão em êxtase e, no seguinte, a vida deles inteira é uma grande tragédia.

— Por que ela tiraria a própria vida? — pergunta Mac.

— Essa é uma pergunta para um psiquiatra, não para um professor de literatura.

— Mesmo um professor que a conhecia bem?

Outra pausa, mais longa. Frankie vê os músculos do rosto de Jack se contraírem e os dedos da mão esquerda de repente pressionados contra a mesa.

— Não consigo imaginar uma razão para que ela possa ter feito isso.

Frankie finalmente entra na conversa.

— Alguma vez ela mencionou o namorado?

Jack franze a testa, como se de repente percebesse a presença dela.

— O rapaz do Maine? Está falando dele?

— Então você já ouviu falar dele.

— Já. O nome dele era Liam alguma coisa.

— Liam Reilly. A mãe da Taryn explicou que eles namoraram durante todo o ensino médio.

— Então ele certamente pode ser o motivo do suicídio. Quando os dois terminaram, ela ficou bem perturbada.

— Você não achou que valia a pena mencionar esse detalhe?

— É que a senhora acabou de me lembrar disso.

— Nos fale dessa separação.

Jack dá de ombros.

— Teve uma semana em que ela faltou a uma aula minha. Depois apareceu no meu gabinete e disse que queria se inscrever na pós-graduação. Acho que foi para provar para si mesma e para ele que ela tinha valor.

— Ela parecia suicida na época?

— Não, só... determinada.

— Em algum momento ela mencionou outros namorados? Alguém novo com quem estava saindo?

O olhar de Dorian se volta para a janela novamente.

— Não me lembro de ela dizer nada do tipo.

— Tem certeza?

— Eu era o orientador acadêmico da Taryn, não o terapeuta dela. Talvez a mãe dela saiba responder isso.

— Ela não sabe de nada. Mas os pais costumam ser os últimos a saber.

— Conhece alguém que fosse capaz de agredir a Taryn? — pergunta Mac.

O olhar de Dorian se volta para Mac, e Frankie percebe o brilho alarmado nos olhos dele.

— *Agressão?* Pensei que tivesse sido suicídio.

— Estamos explorando todas as possibilidades. Por isso estamos aqui: para ter certeza de que não vamos deixar passar nada.

Dorian engole em seco.

— Claro. Eu gostaria de poder ajudar, mas isso é tudo o que eu sei. Se eu lembrar de mais alguma coisa, ligo para vocês.

— Então ficamos por aqui.

Mac fecha o bloco de notas e sorri. Não é um sorriso bondoso; parece mais um vislumbre das mandíbulas de um tubarão prestes a se fechar.

E Frankie é as mandíbulas.

Dorian já está se levantando quando ela pergunta:

— Conhece um aluno chamado Cody Atwood?

Lentamente, Dorian se acomoda de volta em sua cadeira.

— Conheço. Do meu curso.

— Que curso?

— Amantes Desafortunados. É sobre histórias trágicas de amor da mitologia e da literatura clássica.

— Taryn Moore também estava nesse curso?

— Estava. Por que estão perguntando sobre o Cody?

— Porque ele tem falado muito da Taryn. E de você, professor.

Dorian não diz nada. Nem precisa; o jeito como ele fica pálido diz a Frankie tudo o que ela precisa saber.

— Cody disse que a Taryn era apaixonada por você.

— É possível — admite Jack.

— Você sabia disso?

— Ela meio que, hmmm... flertou comigo. Isso não é tão incomum quanto parece.

— Também não é incomum você e uma aluna viajarem juntos para fora da cidade?

Jack trava.

— Está falando de Amherst? A Conferência Anual de Literatura Comparada?

— Onde vocês ficaram no mesmo hotel.

— Era o hotel oficial da conferência. A maioria dos participantes ficou lá.

A atenção de Jack se desviou de Mac e agora estava totalmente voltada para Frankie. Só agora ele percebe quem realmente está no comando. *Sim, professor, eu estive aqui o tempo todo, assistindo, observando. Mas você não prestou atenção a essa mulher de meia-idade num terninho azul tamanho M.*

— Cody Atwood estava tão preocupado com você e Taryn que ligou para o Departamento para Equidade e Compliance da universidade e prestou queixa — diz Frankie.

— Fui inocentado de todas as acusações.

— Sim, a gente falou com a Dra. Sacco. Ela disse que você negou tudo.

— Isso mesmo. E até onde sei a questão morreu ali.

— Mesmo assim temos que perguntar. Tem alguma coisa que você não contou para nós sobre o seu relacionamento com a Taryn?

Silêncio absoluto por alguns segundos, então Jack se endireita na cadeira, olha nos olhos de Frankie e responde.

— Não tenho mais nada a dizer.

Frankie se levanta para sair, mas para à porta.

— Quase me esqueci de perguntar. Taryn alguma vez comentou com você que tinha perdido o celular?

— O celular? Não, por quê?

— Fizemos uma busca no apartamento dela, mas não encontramos o aparelho. Parece que sumiu.

Ele balança a cabeça.

— Lamento. Não faço ideia de onde possa estar.

— Ah, uma última pergunta.

Frankie vê o brilho da irritação nos olhos de Jack. Ele está tão ansioso para que eles saiam de seu gabinete que mal consegue dar um sorriso tenso.

— Claro — diz ele.

— Onde você estava sexta à noite?

— Sexta-feira? Você quer dizer...

— A noite em que Taryn morreu.

— Vocês estão perguntando isso para *mim*? É sério?

— É só uma pergunta de rotina. Perguntamos a todos que a conheciam.

— Fiquei em casa a noite toda. Com a minha mulher.

Frankie e Mac estão na viatura estacionada, o granizo batendo no para-brisa, os dois observando uma jovem de minissaia e pernas bonitas passar toda encolhida para se proteger do frio.

— O que raios as meninas de hoje em dia têm de errado? — pergunta Mac. — Olha a roupa que está usando. Vai congelar a "coisa" dela.

Frankie pensa nas filhas gêmeas e em suas escolhas de roupas por vezes imprudentes. As blusas transparentes, os minivestidos nas noites de temperaturas abaixo de zero, as saias com fendas na altura das coxas. Ela se pergunta como os pais protegem os filhos jovens, tendo em vista que eles são biologicamente programados para correr riscos. *Fique vivo, fique em segurança* é a oração de toda mãe, a mesma oração que passa por sua cabeça tarde da noite sempre que as filhas estão na rua. *Fiquem vivas, fiquem em segurança.*

Uma oração que falhou com a mãe de Taryn Moore.

— E aí? O que achou do professor? — pergunta Mac.

— Ele está escondendo alguma coisa.

— Não brinca!

— Talvez um homicídio. Ou quem sabe só um caso.

— Ela *era* adulta. Mesmo que estivessem transando, isso não é crime.

— Mas é um motivo. Um caso com uma aluna arruinaria a carreira dele, isso sem falar no casamento. — Frankie olha para Mac. — Você viu a foto da esposa dele em cima da mesa? A mulher dele é bonita, mas uma estudante jovem e gostosa deve ser uma tentação.

— Certo, então ele tem um motivo. Mas isso está longe de provar que ele matou a Taryn.

Frankie liga o carro.

— Estamos apenas começando.

38

Jack

Tem alguma coisa que você não contou para nós sobre o seu relacionamento com a Taryn?

Jack estava deitado na cama, enquanto as palavras da detetive Loomis estavam numa fita de Möbius, passando continuamente pelo seu cérebro. A única outra vez em que ele tinha sido interrogado pela polícia foi quando tinha doze anos e roubou uma pulseira barata numa loja no shopping para dar de presente de Dia das Mães. Na ocasião, o policial lhe deu uma bronca homérica e depois o liberou. Aquilo o deixou apavorado, e ele nunca mais furtou nada.

Agora, três décadas haviam se passado, mas a polícia ainda o deixava apavorado.

Graças a Cody Atwood, os detetives sabiam que Taryn estava apaixonada por ele. Sabiam da conferência em Amherst também. O que o incomodou não foram exatamente as perguntas dos detetives, e sim o maldito semblante impassível deles. Ele tinha visto aquele mesmo olhar em Charlie, uma expressão implacável de jogador de pôquer capaz de fazer qualquer suspeito tremer, um olhar atento que parece capaz de enxergar sua alma. Com um olhar intimidador, a detetive Loomis transmitia a mesma autoridade.

Tem alguma coisa que você não contou para nós sobre o seu relacionamento com a Taryn?

Loomis disse que eles estavam "explorando todas as possibilidades", e uma delas era a hipótese de homicídio. Por isso tinham ido a seu gabinete, para assustá-lo e fazê-lo confessar um crime que não tinha cometido.

Ou será que tinha?

Ele se deu conta dessa terrível possibilidade quando estava deitado na cama. E se ele *tivesse* sido responsável pelo crime? Na noite da morte de Taryn, ele havia bebido e ingerido um comprimido de lorazepam para dormir. Desde o Natal do ano anterior, quando a mesma combinação levara Jack a fazer um passeio noturno do qual não se lembrava, ele evitava misturar as duas coisas. Mas, naquela noite, depois de ler a mensagem que Taryn havia lhe mandado dizendo que estava grávida, ele sentiu-se desesperado para dormir. Será que tinha feito outro passeio noturno e não se lembrava? Será que, no fundo de alguma parte reptiliana de seu cérebro, era capaz de matar?

Assim que Maggie desceu para fazer o café na manhã, no dia seguinte, ele pegou seu iPad na mesinha de cabeceira. Entrou rapidamente nos sites de notícias locais em busca de atualizações sobre a investigação.

As manchetes ainda noticiavam a morte de Taryn como um provável suicídio, reforçando a versão com artigos sobre o número cada vez maior de jovens que se matavam e dizendo que um em cada cinco universitários estava tão estressado que, em algum momento, já havia pensado em tirar a própria vida. Um dos artigos listava as possíveis causas: pressão nos estudos, problemas de saúde física e mental, dificuldades nos relacionamentos, solidão.

Eles se esqueceram de incluir mais uma causa: gravidez e abandono por parte do professor.

Jack ficou aliviado ao ler que o celular de Taryn não havia sido localizado, mas era só questão de tempo até a polícia intimar a operadora e ter acesso às mensagens de texto dela — e dele.

Ele olhou para a mesinha de cabeceira e viu que o frasco de lorazepam ainda estava ali. Quantos comprimidos havia tomado naquela noite? Não lembrava.

Ele pesquisou lorazepam no Google e clicou num site de dicas sobre medicamentos.

O lorazepam é um ansiolítico (benzodiazepínico, tranquilizante) utilizado para o alívio da ansiedade, da agitação, da irritabilidade, da insônia e para acalmar pessoas com fixação, esquizofrenia, transtorno obsessivo-compulsivo...

Reações adversas: O lorazepam pode causar reações como inépcia, tontura, sonolência, desequilíbrio, agitação, desorientação, depressão, parassonia, amnésia...

Parassonia. Sonambulismo. Passeios noturnos dos quais a pessoa não sabia nem se lembrava depois.

Na noite da morte de Taryn, Jack estava sentado sozinho na sala de estar completamente escura, bebendo um pinot grigio para acalmar os nervos. Quando finalmente subiu para dormir, a garrafa estava vazia. Mesmo assim, não conseguiu pegar no sono e resolveu tomar o lorazepam para apagar de vez. Na manhã seguinte, quando acordou, encontrava-se sozinho, com uma ressaca daquelas, e Maggie já tinha saído para trabalhar.

Ele rolou a página e clicou em outro link sobre o lorazepam. Era um site que contava sobre crimes reais, e o que ele leu ali fez seu coração gelar.

... O réu não se lembrava das horas anteriores ao homicídio, apenas de ter tomado dez miligramas de lorazepam. Ele não conseguia dormir, então tomou outro comprimido. "Depois disso só me lembro de acordar algemado", disse ele, em depoimento.

Ele havia desferido mais de vinte facadas na esposa.

* * *

Quando Jack desceu, Maggie estava sentada ao balcão da cozinha, assistindo à TV. Ela levantou a cabeça, olhou para ele, franziu a testa e disse:

— Você parece exausto.

— Tive uma noite ruim... não consegui dormir. — Jack encheu uma xícara de café e tomou um gole trêmulo. — Está vendo o quê?

— O noticiário. É sobre a sua aluna, Taryn Moore. A que foi ao meu consultório fazer um check-up.

Com os nervos à flor da pele, ele tomou outro gole de café, depois perguntou, tentando manter o tom de voz firme:

— E estão dizendo o quê?

— Ainda não sabem por que ela se matou. Disseram que tinha sido aceita no programa de pós-graduação e que ela estava ansiosa. Provavelmente você a ajudou com a inscrição. Quer dizer, você era o orientador dela, não é?

— Era.

— Então provavelmente a conhecia bem.

Jack sentiu um aperto no peito.

— Como assim?

— Você percebeu algum sinal de alerta? Ela deve ter confidenciado alguma coisa sobre a vida pessoal dela a você. Disseram que ela tinha terminado com o namorado recentemente. Você fazia alguma ideia de que a Taryn estava perturbada a ponto de fazer uma coisa dessas?

— Hmmm, acho que ela deve ter comentado sobre o término, mas me parecia que estava seguindo em frente com a vida. Tinha entrado para pós e tudo.

— A saúde dela estava perfeita. Inteligente, linda, tinha toda a vida pela frente. Isso é tão difícil de entender...

Jack foi até a cafeteira para encher mais uma vez sua xícara.

— O que a polícia falou?

— O repórter falou que eles não descartam a possibilidade de ter sido um crime.

— Crime? Eles falaram isso?

Maggie pegou o controle remoto e foi passando os canais até parar na NECN, que estava exibindo uma reportagem sobre o caso. Jack sentiu um leve choque ao ver a foto de Taryn na tela com um sorriso radiante, um olhar animado e ousado, o cabelo iluminado pelo sol. Em seguida, a imagem corta para um repórter perguntando à detetive Frances Loomis:

— Então a investigação ainda está em curso? É possível que seja algo diferente de suicídio?

— A natureza da morte ainda será determinada pelo médico-legista — respondeu Loomis.

Maggie tirou o som da TV.

— Você conhecia o namorado dela? O rapaz com quem ela terminou?

— Não. Quer dizer, ela só me contou que eles não estavam mais juntos.

— E o que ela falou dele?

— Que importância isso tem?

Maggie o encarou.

— Por que está tão nervoso?

— Olha, isso tudo está me deixando meio incomodado. Podemos não falar disso?

Jack pegou o celular e checou os últimos e-mails, mas não encontrou nada fora do comum. Nenhuma nova acusação, nenhuma ameaça anônima.

De repente, a tela da TV é preenchida novamente pelo rosto impassível da detetive Loomis. Maggie aumentou o volume quando o repórter estava perguntando:

— Existe qualquer indicação de que não foi suicídio?

— Não tenho mais comentários a fazer por ora.

Maggie desligou a TV e olhou para Jack.

— Que estranho a detetive dar uma resposta evasiva, não acha? Será que foi homicídio?

— O que faz você pensar isso?

— Pelo jeito que ela respondeu à pergunta. Muito cautelosa. Enfim... — Maggie foi até a pia lavar sua xícara de café. — Tenho certeza de que a polícia está checando os três elementos do triângulo do crime.

— Triângulo do crime?

— É como eles falam nos programas de TV que abordam crimes reais. Os três pilares de culpa que a polícia sempre busca numa investigação de homicídio: motivo, meio e oportunidade.

Motivo, meio e oportunidade. O motivo ele tinha, os outros dois eram questão de tempo.

39

Frankie

As gêmeas vão sair à noite mais uma vez e, da cozinha, sentada diante de seu laptop e de suas anotações, Frankie ouve as filhas no quarto decidindo sobre que saia e sapato escolher e se vão usar o batom vermelho ou o cor-de-rosa. Aos dezoito anos, as gêmeas já têm idade suficiente para escolher as próprias roupas e os namorados e, mesmo não aprovando as escolhas das filhas, Frankie tenta guardar as objeções para si. O fruto proibido é o mais doce de todos; as batalhas entre os Capuleto e os Montecchio ensinaram muito a todos os pais. Frankie decide bloquear mentalmente o debate fútil das gêmeas sobre se seria melhor cabelo preso ou solto e se concentra nas páginas espalhadas pela mesa da cozinha. Ela está com o artigo que Taryn Moore escreveu semanas antes de morrer. Será que ele contém pistas sobre a turbulência que ela própria vinha vivendo? O documento é só um rascunho e tem as correções de Taryn escritas à mão ao longo das margens.

NÃO HÁ NO INFERNO FÚRIA COMPARÁVEL: VIOLÊNCIA E A MULHER DESPREZADA

Não faltam histórias sobre mulheres traídas por homens tanto na mitologia grega como na literatura clássica (Ariadne, rainha Dido), geralmente culminando em morte para as mulheres, muitas vezes por suas próprias mãos, em lamentáveis atos de autodestruição. Algumas, porém, como Medeia, escolhem um caminho alternativo: a vingança...

Medeia. Frankie se lembra do livro que viu na bancada da cozinha de Taryn cuja capa era o rosto de uma mulher. A boca escancarada num rugido assustador, o cabelo, uma coroa furiosa em chamas. Frankie não consegue se lembrar dos detalhes do mito, nem do que motivou Medeia a fazer vingança. Ela sabe apenas que o próprio nome carrega ecos de violência.

Ela digita *Medeia* no Google e clica no primeiro link que aparece. O que ela vê não é o rosto monstruoso na capa do livro de Taryn. Esta Medeia é linda, tem cabelo dourado e usa um vestido esvoaçante.

Medeia, retratada em muitas histórias como uma feiticeira, é uma figura de destaque no mito de Jasão e os argonautas.

— Mãe, estamos saindo.

Frankie se vira para trás, olha para sua filha Gabby e franze a testa ao vê-la de saia curta e com um decote ousado.

— Você vai sair assim mesmo?

— Você sempre fala isso.

— É porque vocês insistem em se vestir *assim* toda vez que vão sair.

— E nunca aconteceu nada de ruim com a gente.

— Ainda.

Gabby ri.

— Você nunca tira o distintivo, né? — Ela acena para a mãe. — A gente vai ficar bem. Não precisa esperar a gente chegar.

— Olha, já vi o que acontece com meninas que não tomam cuidado.

— Nós somos duas, mãe.

— E tem dois garotos também.

— Nós sempre cuidamos uma da outra. E sabemos todos aqueles movimentos legais de defesa pessoal que você ensinou, lembra? — Gabby desfere um golpe brutal de caratê no ar. — Não se preocupa, os meninos são legais.

Frankie suspira e tira os óculos.

— E como você sabe disso?

— Para de criticá-los só porque são músicos. Eles estão muito focados na carreira, você nem sabe quantos shows grandes eles já têm marcados para este ano.

— Ah, meu amor. Vocês duas conseguiriam coisa muito melhor que eles.

— Aposto que a vovó disse a mesma coisa para você sobre o papai.

Quisera eu, pensa Frankie. Como ela queria que *alguém* tivesse lhe aconselhado sobre o homem com quem estava prestes a se casar. Frankie nunca contou às filhas a verdade sobre o pai delas e nunca vai fazer isso. Preferia que continuassem cultivando a imagem do pai que elas amavam, do pai que, após a morte — que fazia três anos —, foi se tornando uma pessoa cada vez melhor na memória delas. Por mais que Frankie quisesse agarrar as filhas pelos ombros e alertá-las: *Não cometam o mesmo erro que eu, não se apaixonem por um homem que vai partir o coração de vocês*, a verdade sobre o pai delas só iria magoá-las.

Gabby olha para a tela do laptop da mãe e pergunta:

— Por que você está lendo sobre Medeia?

— É para um caso que estou investigando.

— Espero que não seja nada parecido com o que ela fez.

Frankie olha surpresa para a filha.

— Você conhece o mito?

— Claro. A gente leu a peça na aula de Literatura, e a história ficou na minha cabeça, sabe? Até onde uma mulher é capaz de ir para se vingar.

— O que acontece na história?

— Você conhece a história de Jasão e os argonautas? Bom, Medeia se apaixona por Jasão e o ajuda a roubar o Velo de Ouro. Ela chega a matar o próprio irmão para que Jasão consiga fugir. Eles embarcam juntos, se casam e têm filhos. Mas então Jasão vira um verdadeiro escroto. Ele abandona Medeia e se casa com outra mulher. Medeia fica tão furiosa que mata a nova mulher dele. Aí, para se vingar *de verdade* de Jasão, ela esfaqueia os próprios filhos até a morte.

— Gabby — chama Sibyl da entrada da casa —, vamos, a gente vai se atrasar.

— Estou indo.

— Espera aí — diz Frankie. — O que aconteceu com ela?

— Nada.

— Nada?

Gabby para na porta e olha para a mãe.

— Algum deus a leva para um lugar seguro em sua carruagem mágica. — Gabby acena para Frankie. — Boa noite, mãe.

Frankie escuta as filhas saindo de salto alto, e a porta da frente se fecha. Ela olha outra vez para a tela do laptop, que mostra a imagem da Medeia de cabelo dourado, uma beldade num vestido esvoaçante. Só então percebe o que está na mão dela.

Uma faca, o sangue dos próprios filhos pingando dela.

O celular de Frankie toca e ela leva um susto. Vê quem está ligando e atende:

— Oi, Mac.

— Quer uma notícia boa?

— Sempre.

— A operadora de celular acabou de entrar em contato. Eles não conseguem localizar o celular de Taryn Moore, o que significa que foi destruído ou está desligado. Mas eles mandaram o registro de chamadas, as mensagens de texto. Tudo.

— E...?

— Você vai *adorar* saber quem aparece nos registros.

40

Frankie

O professor Jack Dorian tenta parecer tranquilo, mas Frankie percebe seu nervosismo, conforme o previsto. Se tivesse noção do que a polícia sabia, já estaria a caminho do México. Com um sorriso tenso, ele recebe os detetives em seu gabinete e fecha a porta.

— Estou surpreso de ver os senhores aqui novamente para falar comigo em tão pouco tempo — comenta. — Pensei que tivessem concluído a investigação.

— Só estamos começando — diz Frankie enquanto ela e Mac se sentam.

— Ah, é?

Por um breve instante, os dedos de Jack Dorian se contraem como uma garra sobre a mesa. Não passa de um espasmo, que dura uma fração de segundo, mas Frankie não perde a pista.

— Surgiram novas evidências, e elas apontam para outra direção. — Frankie está adorando a situação. Saboreia o prazer de pressionar Jack e ver o brilho do medo em seus olhos.

— Novas evidências? — repete ele, finalmente conseguindo perguntar.

— Nós não lhe dissemos o que apareceu na necropsia. Uma surpresinha: Taryn Moore estava grávida.

Jack não diz nada, mas a cor de seu rosto diz tudo. É a palidez do pânico.

— Você sabia que ela estava grávida, professor Dorian?

Ele balança a cabeça, atordoado.

— Por que deveria saber?

— Imaginamos que você soubesse, já que era o orientador dela. E, segundo Cody Atwood, você e a Taryn tinham uma relação *muito* próxima.

— Uma relação acadêmica. Mas isso não significa que ela compartilhava detalhes da vida pessoal dela comigo. Os jovens de hoje têm seu próprio círculo de amizade. Na maioria das vezes, nós, adultos, não entramos muito nesse mundo. Dificilmente eles registram o que fazemos, dizemos ou pensamos.

Jack está divagando, preenchendo o silêncio para disfarçar o medo, mas Frankie vê o leve brilho de suor em sua testa, percebe o tom cada vez mais elevado de sua voz. Por fim, ela diz:

— Estamos tentando descobrir quem é o pai desse bebê. Ainda não temos o resultado do exame de DNA, mas vamos acabar sabendo a resposta.

— Ela... hmmm... tinha aquele namorado.

— Liam Reilly insiste em dizer que o bebê não é dele.

— E os senhores têm certeza de que ele está falando a verdade?

— Ele disse que os dois terminaram há alguns meses. — Frankie permite que o silêncio se prolongue, permite que Jack fique sem norte por um momento. — Você tem alguma ideia de quem pode ser o pai?

Dorian dá de ombros.

— Não entendo por que a senhora está me perguntando isso.

— Porque a gravidez dela pode ser relevante para a investigação.

— Semana passada, os senhores pareciam acreditar que foi suicídio.

— Na semana passada, não tínhamos o registro das mensagens de texto dela.

Frankie faz uma pausa para permitir que Jack absorva a informação. Vê a imediata tensão em seu rosto. Ele não diz uma palavra sequer; está paralisado, incapaz de parar o trem de carga vindo direto em sua direção.

— Sabemos do seu caso com a Taryn Moore — diz ela.

Jack solta o ar, então se joga para a frente e deixa a cabeça cair nas mãos, os dedos enterrados como garras no cabelo. Por um instante, Frankie teme que ele possa ter um ataque cardíaco e cair morto bem diante de seus olhos.

— Professor Dorian... — chama ela.

— Foi um erro — diz ele, gemendo. — Um erro enorme e terrível.

— Sou obrigada a concordar com o senhor.

— Juro, isso nunca aconteceu antes. Ela foi a única aluna. Eu simplesmente não consegui evitar.

— Está dizendo que ela seduziu você? Que é culpa dela?

— Não, não tenho nenhuma desculpa, a não ser... — Jack levanta a cabeça e encara Frankie com um olhar de sofrimento. — Ela precisava de *alguém* que se preocupasse com ela, alguém que a valorizasse. Eu fui a pessoa a quem ela se voltou. Ela era brilhante. E linda. E desesperadamente faminta por amor. — Ele faz uma pausa. — Acho que eu precisava de alguém também.

— E sua esposa? Como ela se encaixa na equação?

Jack faz uma careta.

— A Maggie não merece isso. A culpa é minha, toda minha.

— Então você admite o caso.

— Sim.

— E você é o pai do filho da Taryn?

Ele suspira.

— Sim, é possível que seja meu.

— O teste de DNA vai provar se é ou não. Assim como vai provar que você esteve no apartamento da vítima, onde tiveram relações sexuais. — Diante do olhar perplexo de Jack, ela diz: — Encontramos sêmen no sofá dela. Presumo que seja seu, não?

Ele se retrai, mas não nega.

Satisfeita, Frankie olha para Mac. *Você assume daqui.*

— Onde você estava na sexta à noite, professor Dorian? — pergunta ele.

— Sexta à noite...

— A noite em que Taryn Moore morreu.

A conversa mudou num piscar de olhos, e não só porque agora é Mac quem interroga o professor. A cabeça de Dorian se ergue de repente. Ele sabe que a situação vai piorar. E muito.

— Já respondi a essa pergunta. Eu disse aos senhores que estava em casa nessa noite.

— E o que você fez nessa noite?

— Recebemos o pai da Maggie para um jantar.

— Você se lembra do que comeu?

— Lembro, porque fui eu que cozinhei. Comemos massa com molho.

— E depois do jantar, o que fez?

— Depois que Charlie foi embora, fui dormir, porque estava exausto. E eu... hmmm, estava mal do estômago.

— Você ficou na cama?

— Fiquei — responde Jack sem hesitar.

— A noite toda?

— Sim.

— Ou será que durante essa noite você se levantou em algum momento enquanto sua esposa estava dormindo e aproveitou para escapulir de casa e ir de carro até o apartamento da Taryn Moore?

— O quê? Não...

— Mas você tinha planos de encontrá-la naquela noite, no apartamento dela. Foi por isso que ela ficou acordada esperando você. Deixou você entrar no prédio.

— Isso é loucura. Eu não saí de casa nessa noite.

— E essa mensagem de texto que você mandou? — Mac tira uma folha impressa dobrada do bolso e a abre para ler em voz alta. — Na sexta-feira, às seis e meia da tarde, Taryn te mandou a seguinte mensagem: "Estou grávida." Dois minutos depois, outra. "Eu sei que é seu."

Dorian encara Mac, em silêncio. Ele está atordoado.

— Então, três minutos depois, manda uma terceira mensagem — continua Mac, implacável. — Às seis e trinta e cinco, ela escreve: "Vou contar pra Maggie." E é aí que você finalmente responde.

— Não, isso não é verdade. Eu não respondi! Nunca respondi nada.

— Está bem aqui, preto no branco, professor, o que você escreveu para Taryn. Às seis e trinta e sete você enviou a seguinte mensagem: "Vou aí hoje à noite." Mac olha para Dorian. — Então, sexta à noite, como prometido, você foi de carro até o apartamento dela, não foi? E resolveu o problema.

Frankie toma um susto quando Dorian de repente se levanta da cadeira num pulo, o rosto corado de indignação.

— Isso é uma palhaçada! Você está *mentindo*. É assim que você faz pessoas inocentes confessarem? Inventa essas merdas e espera que a gente assine qualquer declaração que coloquem na nossa frente?

— Não dá para discutir com uma mensagem de texto que você mesmo escreveu.

— Eu não escrevi isso.

— Foi enviada do seu celular.

— Isso que vocês estão fazendo não vai funcionar. — Agora a voz de Jack Dorian está firme como uma rocha, o olhar, inabalável. Ele pega o celular e o desliza na mesa para Mac. — Pode olhar. Essa mensagem não saiu do meu celular.

Mac percorre os textos, bufa e diz:

— Não está aqui porque você excluiu a conversa inteira. Mas você sabe que ela nunca é apagada definitivamente, não sabe? Você pode ter deletado as mensagens do seu aparelho, mas elas continuam no servidor. — Ele desliza o telefone de volta para Dorian. — Agora conte onde estava na noite de sexta-feira passada.

— Em casa. Na cama com a minha mulher.

— Você insiste nisso.

— Porque é verdade. Pergunta para a Maggie. Ela não tem motivos para mentir.

— Ela sabe do seu caso?

A pergunta parece deixar Jack sem fôlego. Derrotado, Dorian afunda em sua cadeira.

— Não — murmura.

— Quando ela descobrir, duvido que esteja disposta a ser seu álibi. Então é melhor você contar a verdade.

— Eu *já* contei a verdade. — Ele encara Mac. — Eu não escrevi essa mensagem de texto. E com certeza não agredi a Taryn.

Frankie sabe que seu parceiro está pronto para algemar o professor, mas tem a primeira pontada de dúvida. Está ali sentada, analisando Dorian, incomodada com as respostas dele. Como alguém pode contestar algo tão inegável quanto uma mensagem de texto? Com todas as evidências que eles têm, ele deveria saber que mentir é inútil.

Só se ele não estiver mentindo.

Frankie se levanta.

— Falaremos com o senhor novamente, professor.

Mac olha surpreso para Frankie. Depois de alguns relutantes segundos, ele também se levanta. Ele está em silêncio, enquanto ambos deixam o gabinete de Dorian, e continua calado, enquanto descem a escadaria. Só quando saem do prédio é que finalmente solta:

— Caramba, Frankie, nós *pegamos* o cara. Temos provas suficientes.

— Estou na dúvida.

— Você acredita mesmo na conversa fiada dele? "Eu não escrevi essa mensagem de texto!" Ah, tá, e o cachorro comeu o dever de casa dele.

— Não temos registros do celular dele perto do apartamento da Taryn Moore naquela noite. Não podemos provar que ele esteve naquela região.

— Ele não é burro. Deixou o celular em casa quando foi ao apartamento dela.

— Não é burro mesmo, acho que ele é muito inteligente.

Eles entram na viatura, e Frankie reflete por um momento.

— O que é preciso para convencer você? — pergunta Mac.

Ela liga o motor.

— Vamos falar com a esposa dele.

41

Jack

Atende, Maggie. Por favor, atende.

Ele se sentou à mesa de trabalho, o coração disparado, enquanto ouvia o celular chamar. Três. Quatro vezes.

Então ela atendeu.

— Oi, eu já ia te ligar.

Será que a polícia já havia entrado em contato com ela? Era por isso que ela iria ligar? Jack não conseguiu conter o tom agudo de pânico na voz quando falou:

— Maggie, preciso te contar uma coisa.

— Não dá para esperar até o jantar? Queria sair hoje à noite. Ir a algum lugar legal. O que acha?

Maggie parecia tão alegre e calorosa, querendo sair para jantar. Uma conversa normal entre marido e mulher. Mas, depois desta noite, nada mais seria normal novamente.

— Escuta, Maggie. Tem dois detetives indo até aí agora. Eles vão te perguntar...

— Detetives? — Maggie o interrompe. — Jack, você está bem?

— Estou. Estou na universidade. Eles saíram daqui agora e estão indo para a clínica falar com você.

— Por quê? O que está acontecendo?

— Eles vão perguntar sobre a noite de sexta passada. Querem saber onde eu e você estávamos.

— Sexta passada? Não estou entendendo. O que aconteceu?

Jack fez uma pausa para acalmar a respiração.

— Lembra da minha aluna que morreu na semana passada, a Taryn Moore? A polícia acha que não foi suicídio. Eles suspeitam de assassinato.

— Meu Deus!

— E eles estão conversando com pessoas que a conheciam. Pedindo a todos que digam onde estavam na noite em que ela morreu.

— E por que estão vindo falar comigo? Eu mal a conhecia.

— Olha, vamos nos encontrar pessoalmente? Não quero fazer isso por telefone.

— Por que eles querem falar *comigo*?

— Porque *eu* a conhecia e eles querem confirmar onde *eu* estava. Então, quando perguntarem sobre sexta à noite, só diga a verdade. Diga exatamente o que fizemos, que jantamos com o seu pai e que fomos para a cama. Eles precisam saber que passamos a noite juntos. A noite *toda*.

— Sexta passada? Mas não passamos a noite toda juntos.

Jack fez uma pausa. No silêncio, podia ouvir o sangue rugindo em seus ouvidos.

— Como assim? Mas nós passamos...

— Eu fui chamada no hospital por volta da meia-noite para atender um paciente com dores no peito. Só cheguei em casa lá pelas quatro da manhã. Você não me ouviu chegar e deitar na cama?

— Não.

Porque estava chapado de lorazepam.

— Então devia estar apagado.

De meia-noite às quatro — uma janela de tempo que Jack não teria como explicar. Quatro horas durante as quais ele *poderia* ter se vestido, *poderia* ter ido de carro até a cidade. Era tempo mais do que suficiente para matar Taryn, voltar para casa e ir para a cama.

— A polícia não precisa saber disso — falou ele. — Você nem precisa mencionar isso.

— E por que eu não contaria a verdade?

— Isso só vai complicar as coisas.

— Jack, é só olhar no prontuário do meu paciente para saber que eu estive no hospital. Eles vão ver que eu fiz uma anotação por volta das três da manhã.

Jack tentou manter o tom de voz firme, mas o pânico fazia sua respiração acelerar. A qualquer minuto a polícia bateria à porta do consultório de Maggie. E quase certamente contariam a ela sobre o caso dele com Taryn. Sobre a traição.

Ela não pode ficar sabendo por eles.

— Maggie, preciso que você pare o que estiver fazendo e saia da clínica *agora mesmo*. Me encontre no...

Eles não poderiam se encontrar em casa ou em qualquer outro lugar onde a polícia sem dúvida os procuraria. Já haviam tido acesso ao conteúdo do celular de Taryn; e se estivessem ouvindo esta ligação agora?

— Maggie, meu celular pode estar grampeado.

— Por quê?

— Vou explicar tudo. Mas preciso falar com você antes deles.

Fez-se uma longa pausa, enquanto Maggie processava as palavras de Jack.

— Jack, você está me deixando assustada.

— Apenas faça isso por mim. Por favor. Me encontre no... — Ele pensou por um momento. — Me encontre no local onde eu pedi sua mão em casamento. Vá para lá *agora*.

Jack desligou. Não tinha como confortá-la, não tinha como garantir que tudo ficaria bem, porque já *não* estava tudo bem.

E estava prestes a piorar muito.

Parado diante do quadro *Dança em Bougival*, de Renoir, Jack desejou ter escolhido outro lugar para se encontrar com Maggie, mas foi o único local que lhe passou pela cabeça durante a ligação. Doze anos antes, foi nesta galeria do Museu de Belas-Artes que ele se ajoelhou e presenteou a namorada com um anel de noivado. Foi ali que eles se beijaram e prometeram que passariam o resto da vida juntos. Agora ele olhava para o Renoir e rezava para que esse não fosse o fim deles, que Maggie não o expulsasse de casa e não pedisse o divórcio, que o filho deles não viesse ao mundo sem ele estar ao lado de Maggie. Apesar do que Jack estava prestes a confessar, ainda tinha de haver alguma forma de eles permanecerem juntos.

Mas Jack simplesmente não conseguia pensar no que dizer para fazer isso acontecer.

Vinte minutos depois, Maggie entrou na galeria embrulhada num casaco de lã com cachecol de caxemira.

— O que estamos fazendo aqui, Jack? — perguntou ela.

Sem dizer uma palavra, ele a pegou pelo braço e a levou para um lugar mais tranquilo, passando pelo pôster de Abelardo e Heloísa se beijando apaixonadamente — um lembrete condenatório de que ele próprio havia caído nesse inferno pessoal; uma pintura de Hieronymus Bosch teria sido mais apropriada. Jack levou Maggie a um banco no canto da galeria, então os dois se sentaram.

O rosto de Maggie estava pálido por causa do tempo, e Jack podia sentir o frio emanando das roupas dela.

— O que está acontecendo? — sussurrou ela. — Por que a polícia quer falar comigo?

Jack fez uma pausa quando um segurança passou por deles. O guarda olhou para os dois, então foi para galeria seguinte. Quando Jack teve certeza de que o guarda não poderia mais escutá-los, disse:

— Tenho que te contar uma coisa. Não vai ser fácil. Na verdade, é a coisa mais difícil que já tive que te dizer.

— Você está me deixando assustada. Fala logo.

Ele respirou fundo.

— Aquela aluna, a Taryn Moore. Você sabe que eu era o orientador dela... Também a ajudei a entrar na pós-graduação.

— Sim, eu sei.

— Ela era brilhante., uma excelente aluna. Mas, depois que o namorado terminou com ela, ficou emocionalmente abalada. Não tinha ninguém mais em quem confiar, e nós... ficamos próximos.

— Próximos como? — Maggie se inclinou na direção do marido, o olhar fixo no dele. — Você vai me confessar alguma coisa?

Ele suspirou.

— Sim. — O mesmo *sim* que ele disse nos votos de casamento, votos que, num breve momento de luxúria, ele abandonou. — Eu dormi com ela, Maggie. Sinto muito. Eu realmente sinto muito, de verdade.

Maggie o encarou como se não tivesse entendido uma palavra sequer.

— Não significou nada. Eu nunca a amei — disse ele. — *Você* foi a única mulher que eu amei.

— Quanto tempo durou? — perguntou Maggie, num tom estranho e assustadoramente calmo.

— Acabou assim que aconteceu. Foi só uma vez. — A verdade é que tinha sido *duas vezes*, mas ele não podia contar isso. E, de qualquer forma, não faria diferença. Não agora. — Sinto muito.

— Onde isso aconteceu? Esse casinho momentâneo?

— Amherst. Na conferência. Eu bebi demais, uma coisa levou à outra...

— Meu Deus! — Maggie levou a mão à boca. — Não acredito.

— Sinto muito.

— Para de falar isso.

Pelo sistema de som, uma voz anunciou que o museu fecharia em trinta minutos.

— Mas é verdade — disse ele. — Eu sinto *muito*.

— E agora a garota está morta. A garota com quem você transou.

— Provavelmente foi suicídio. Mas, só para ter certeza, a polícia está interrogando todos que a conheciam.

— E você precisa de um álibi para aquela noite.

— Sim — sussurrou. — Sinto muito.

— Se você disser isso mais uma vez, eu vou começar a gritar aqui, porra. — Maggie se levantou e começou a se afastar dele, mas então voltou e parou na frente do marido. — Estamos casados há doze anos. Temos uma criança chegando. E você come uma *aluna*?

Atraído pelas vozes deles, o guarda voltou para a galeria e ficou observando do outro lado da sala.

— Por favor, Maggie. Eles vão ouvir a gente.

— Estou me lixando! Por que você é suspeito? Por que a polícia está de olho em você?

Jack esfregou o rosto e a encarou.

— Porque ela estava grávida — murmurou ele.

Um suspiro involuntário subiu pela garganta de Maggie.

— Não acredito nisso.

— Ela tinha acabado de terminar com o namorado. Provavelmente é dele.

— Ou pode ser seu. Meu Deus! — Maggie fechou os olhos para se recuperar. — A polícia sabe que você teve um caso com ela?

— Eles sabem que tivemos um envolvimento.

— Como?

— Pelas mensagens de texto. Entre mim e ela.

Maggie assentiu com a cabeça, o rosto tenso de repulsa.

— E onde exatamente você estava na noite em que ela morreu?

— Eu te falei. Em casa, dormindo.

— E você quer que eu diga à polícia que passei a noite toda com você.

— Sim.

— Mas eu não passei. Eu já falei que tive que ir ao hospital para ver um paciente.

Maggie fez uma pausa, quando um pensamento lhe ocorreu. Então perguntou, baixinho:

— Você fez *isso*, Jack?

— Fiz o quê?

— Você matou a Taryn?

— Não! Não acredito que você está me perguntando uma coisa dessas.

— Mas você tinha um motivo para isso.

E, além de tudo, tomei uma combinação fatal de vinho e lorazepam.

Sem dizer mais uma palavra, Maggie se virou para ir embora. Jack se levantou e a segurou pelo braço.

— Maggie, por favor.

Ela puxou o braço e se desvencilhou dele. Jack não queria causar mais alarde correndo atrás da mulher, então se sentou e ficou olhando com cara de tacho para o banner de Abelardo e Heloísa pendurado na parede oposta.

— Senhor, o museu está fechando.

Jack levantou a cabeça e viu o segurança parado diante dele.

— Dia difícil? — perguntou o segurança.

Jack suspirou e se levantou.

— Você não faz ideia.

42

Frankie

— E se a esposa confirmar o álibi dele? — pergunta Mac, quando eles param numa vaga no estacionamento da clínica.

Frankie desliga o motor e olha para Mac.

— Se a sua esposa matasse o amante dela, você daria um álibi para ela?

— Depende.

— Ah, Mac. Se coloca no lugar da Maggie Dorian. Quando ela descobrir que o marido a traiu, não vai querer protegê-lo.

— Você está presumindo que ela ainda não sabe do caso, mas talvez ela saiba. E, quem sabe, ainda assim, esteja disposta a protegê-lo.

— Proteger um marido que está te chifrando?

— Sei lá. As mulheres aguentam todo tipo de maluquice. Por que algumas ficam com homens que batem nelas? A paixão deixa as pessoas estúpidas. Ou cegas.

Frankie permanece no carro por um momento, olhando para a entrada da clínica, refletindo sobre o próprio casamento, pensando na própria cegueira. Pensa no dia em que o marido, Joe, foi encontrado morto — infarto — na escadaria do prédio de sua amante, o prédio do qual Frankie não consegue ficar longe. Ela ainda vai até lá de vez em quando. Joe tinha cinquenta e nove anos, e a tensão emocional do caso deve ter sido dura demais para seu coração. Ou talvez tenha sido a subida de três lances de escada até o apartamento da amante, somada ao colesterol altíssimo e aos trinta quilos a mais que carregava como um saco de areia na barriga.

Dois dias após a morte dele, Frankie foi até a escadaria. Uma peregrinação sombria que Mac implorou para que não fizesse, mas ela precisava ver o lugar onde Joe havia caído. Talvez fosse a policial dentro dela querendo ver o local, querendo entender como tudo havia acontecido. Ela se sentiu estranhamente indiferente, quase racional, enquanto olhava para os degraus de concreto, para a porta amassada que dava acesso à escadaria, para as paredes manchadas. A essa altura, Frankie já sabia da amante. Relutante, Mac lhe deu a notícia depois que ela exigiu saber como Joe tinha ido parar *naquela* escadaria, *naquele* prédio, sendo que ele deveria estar na Filadélfia, numa viagem de negócios. Em vez de raiva, tristeza ou qualquer outra emoção que poderia ter sentido naquele dia, o que dominou Frankie foi perplexidade por não ter enxergado todos os sinais da infidelidade do marido. Ela era detetive, investigava casos de homicídios; como não sabia da amante?

Só mais tarde, semanas depois, foi que a raiva finalmente ferveu dentro de Frankie, mas, a essa altura, não podia fazer nada, pois Joe já estava morto. Não adianta gritar com um cadáver.

Nesse momento ela sente a mesma raiva fervilhando dentro de si, em consideração a Dra. Maggie Dorian. Raiva de Jack Dorian por ter traído a esposa. Raiva de seu provável papel na morte de Taryn Moore.

Ah, sim, Frankie está prontíssima para pegar o sujeito. Só precisa provar que ele é culpado.

Ao entrar com Mac na sala de espera da clínica, que está lotada, Frankie já está ensaiando como dar a notícia a Maggie Dorian. Ela é a vítima inocente nisso tudo, a esposa que não faz ideia de nada, mas que está prestes a ver sua vida e seu casamento serem demolidos. Não existe jeito fácil de dizer a uma mulher que seu marido a traiu, e Frankie está se preparando para a reação de Maggie. Ao mesmo tempo, ela espera que eles possam usar isso a seu favor. Uma esposa raivosa pode ser o aliado mais poderoso da polícia.

A recepcionista abre a divisória de vidro, sorri para eles e pergunta:

— Posso ajudar?

— Viemos falar com a Dra. Dorian.

— Vocês têm consulta marcada?

— Não, senhora.

— Sinto muito, mas a clínica não recebe pacientes sem hora marcada. Posso agendar uma consulta com um dos nossos outros médicos para daqui a algumas semanas.

Com cautela por causa dos pacientes sentados ali perto, Frankie mostra seu distintivo para a recepcionista e murmura:

— Polícia de Boston. Precisamos falar com a Dra. Dorian.

A recepcionista arregala os olhos quando vê o distintivo.

— Ah... Infelizmente, ela não está.

— E quando volta?

— Não tenho certeza. Talvez amanhã. Ela me pediu que cancelasse o restante das consultas até o fim do dia. Ela teve que sair por causa de uma emergência familiar.

Frankie olha para Mac e vê no rosto do parceiro a mesma sensação de alerta que está sentindo. Mantém a voz firme, a expressão impassível e pergunta à recepcionista:

— E que horas a Dra. Dorian saiu da clínica?

— Faz mais ou menos meia hora. Estou tentando reagendar todos os pacientes dela. A qualquer momento eles vão começar a aparecer aqui, esperando...

— Sabe que emergência familiar foi essa?

— Não. Ela recebeu um telefonema e, minutos depois, saiu correndo.

— Aonde ela foi? — pergunta Mac, abruptamente.

A mulher olha para os pacientes na sala de espera. Agora todos estão prestando atenção na conversa.

— Não sei. Ela não me falou.

43

Jack

Enquanto seguia até o estacionamento da universidade onde havia deixado seu Audi, ligou duas vezes para Maggie. Ela não atendeu, e Jack não podia culpá-la por não querer falar com ele. As aulas do dia tinham acabado, e o vento gelado que varria o campus deserto entrava por seu casaco. Ele não havia comido nada desde o café da manhã e só queria entrar em coma e nunca mais acordar. Tinha ouvido falar que hipotermia não era um jeito ruim de morrer. Era só adormecer, enquanto a temperatura do corpo despenca e os órgãos param de funcionar. Um fim misericordioso, que ele não merecia. Não, estava condenado a sofrer as consequências de seus atos. Divórcio. Perda do emprego. Talvez até cadeia.

Ao se aproximar de seu carro, Jack quase não percebeu o som do motor de outro veículo sendo ligado.

Estava a apenas quatro metros de seu Audi quando levantou a cabeça e viu um SUV preto rugindo em sua direção, os faróis ofuscantes. Jack recuou, tropeçou e colou as costas na grade do radiador de seu carro, mas, em vez de desviar para a rampa de descida, o SUV continuou avançando em sua direção, chegando tão perto que ele conseguiu ouvir o bipe dos sensores de proximidade. O motorista só freou quando pressionou o corpo de Jack contra o Audi.

— Ei! — gritou Jack. Ninguém respondeu.

Pelo para-brisa fumê, ele conseguiu distinguir a silhueta do motorista: um homem de boné. No para-brisa havia um adesivo de estacionamento que indicava que, ao volante, estava um dos alunos da universidade.

— Cody! — gritou Jack. — O que você está fazendo?

Nada de resposta.

— Cody, dá ré!

O SUV acelerou ainda mais, a fumaça fazendo os olhos de Jack arderem. Ele tentou sair dali, mas Cody tirou o pé do freio e o SUV avançou, apertando Jack ainda mais ao carro.

— Por favor, não faz isso! — disse Jack. — Cody!

Através do para-brisa, Jack viu Cody levar a mão ao rosto. Chorava. Então era assim que Jack pagaria por seus pecados: esmagado até a morte por um garoto apaixonado que estava triste demais para usar a razão ou levar em conta as consequências. Um toque no acelerador, e uma tonelada e meia de metal esmagaria a pélvis de Jack. Mesmo que ele gritasse por socorro, a essa hora, no estacionamento quase vazio, quem o ouviria?

Nunca mais vou ver Maggie. E não vou chegar a conhecer nosso filho.

— Você não é esse tipo de pessoa, Cody! Você não é um assassino! — implorou Jack.

A porta se abriu, e Cody saiu do carro, o rosto corado e úmido de lágrimas. Ele encarou Jack por cima da porta.

— Você nem a amava — disse. — Você a usou, depois a chutou. *Você* a matou.

— Eu não fiz nada disso.

— Eu, sim, a amei. — Ele bateu no peito. — *Só* eu. Nem você nem o Liam a amaram. Nem o próprio pai dela a amou.

— Cody, eu não matei a Taryn. Eu não passei nem perto da casa dela no dia que ela morreu. Eu estava em casa, dormindo.

— Ninguém mais queria que ela estivesse morta, só você. Ninguém mais tinha um motivo.

— E você, Cody? Você não tinha um motivo?

— Hã?

— Você a amava, mas em algum momento ela amou *você*?

A tentativa de Jack era arriscada, mas ele não sabia mais o que fazer. Não conseguia pensar em outra maneira de fazer Cody recuar. A ideia era culpar Taryn. Fazer *dela* a responsável por partir o coração de Cody. Taryn havia usado e abusado de Cody. Sem dar a mínima para ele.

— Talvez *você* tenha matado a Taryn — disse Jack.

Cody começou a gaguejar uma resposta, e os faróis de um carro os iluminaram. Jack ouviu o som de um veículo se aproximando pela rampa de subida, e em seguida um utilitário amarelo fez a curva.

Cody voltou para dentro de sua SUV e deu ré. Assim que ficou livre, Jack caiu para a frente, as pernas dormentes e bambas, enquanto o carro de Cody passava acelerado pelo utilitário e descia a rampa cantando pneu.

— Ei, professor. Tudo bem aí? — gritou o motorista. Jack o reconheceu; era Larry Walsh, funcionário do Departamento de Edifícios e Terrenos da universidade.

Jack ainda estava tão abalado que só conseguiu acenar com a cabeça.

— Mas o que foi que aconteceu aqui?

— Foi só... só um acidente.

— Não pareceu um acidente. Ele estava tentando esmagar você.

— Estou bem, Larry, obrigado.

Jack estava voltando a sentir as pernas. Arrastou os pés até a porta do Audi e a destrancou.

— Você reconheceu o motorista?

— Não.

— Vi que ele tinha um adesivo de estudante no para-brisa.

— Por favor, vamos esquecer isso, tá?

Jack se sentou atrás do volante.

— Eu gravei uma parte da placa dele. Pensilvânia.

Merda. Provavelmente Larry ligaria para a polícia. Jack precisava sair dali o quanto antes.

Ele desceu a rampa, os pneus cantando, e saiu da garagem. Havia uma vaga atrás do edifício em que trabalhava. Ele poderia se aquecer em seu gabinete, pensar no que fazer em seguida e tentar ligar para Maggie outra vez, mas então avistou a viatura da Polícia de Boston estacionada perto da entrada de seu prédio, e imediatamente seus planos mudaram. Passou direto pelo edifício. Desligou o celular para não ser rastreado.

Mas para onde poderia ir?

Para casa. Jack estava desesperado para ver Maggie, e era lá que ela estaria.

Ele pegou um trajeto diferente do habitual, seguindo por ruas secundárias de Cambridge e Belmont. Ao se aproximar de sua casa, não diminuiu a velocidade — seguiu direto e notou que não tinha nenhuma luz acesa e que o Lexus de Maggie não estava à vista.

Jack avistou dois veículos desconhecidos estacionados na rua. Viaturas à paisana?

Enquanto se afastava, observava pelo retrovisor, na expectativa de ver faróis de uma viatura em perseguição, mas a rua atrás dele permaneceu no escuro.

Ele tinha de encontrar Maggie. Precisava acertar as coisas entre eles. Se ela não estava em casa, só podia estar em um lugar.

44

Frankie

— Sim, tenho certeza de que o homem era o professor Dorian. Trabalho no Departamento de Edifícios e Terrenos há vinte e oito anos, então conheço a maioria dos professores. Conheço os carros deles também. Faço questão de ficar de olho em tudo o que acontece no campus.

Larry Walsh é supervisor das instalações universitárias e, a julgar pelo tom de empolgação, esse é o acontecimento mais emocionante sob sua supervisão em muito, muito tempo. Ele tem todas as características de um aspirante a policial: cabeça raspada, usa botas e anda meio que com as pernas abertas, usa um cinto porta-ferramentas cheio de chaves, um walkie-talkie e uma lanterna tão grande que chega a ser engraçada. Num caderno espiral, ele anotou todos os detalhes relevantes do "incidente" — como ele havia denominado —, e começou a ler para Frankie e Mac.

— O veículo era um Toyota SUV preto, lançado há pouco tempo. Adesivo de estudante universitário no para-brisa, para usar o estacionamento. Não consegui ver o número da placa porque o automóvel partiu muito rápido, mas sei que era uma placa da Pensilvânia. A primeira letra era F, depois vinha um 2.

Larry fecha o caderno e olha para os dois detetives como se esperasse ganhar uma estrelinha dourada por seu desempenho.

291

— Você disse que parecia um ataque ao professor Dorian, não um acidente, certo? — pergunta Frankie.

— Ah, com certeza foi um ataque. Um garoto louco prendeu o professor entre dois veículos, como se quisesse esmagá-lo. Se eu não tivesse feito a curva e aparecido ali naquele momento, sabe lá o que poderia ter acontecido. Talvez eu tivesse encontrado o cadáver dele aqui.

— Fale mais do garoto — diz Mac. — Você disse que ele estava fora do veículo quando você chegou, não é?

Larry faz que sim com a cabeça.

— Assim que apareci, ele entrou correndo no SUV e foi embora. Não sei o nome dele, mas já vi esse menino por aí. Garoto branco, parrudo. Estava todo de preto, exceto pelo boné, que era vermelho.

— Como assim "parrudo"?

Larry olha para a própria barriga protuberante e suspira.

— Tá bem. *Gordo.*

Frankie e Mac trocam olhares, ambos pensando a mesma coisa.

— Vou verificar se Cody Atwood tem um SUV preto — diz Mac e se afasta para fazer a ligação.

— Por que um aluno atacaria Jack, Sr. Walsh? — pergunta Frankie. — Sabe por que eles estavam brigando?

— Não faço ideia. Mas, sabe... alguns alunos daqui são muito mimados pelos pais. Não sabem lidar com o mundo real ou com críticas reais. Quando recebem uma nota baixa ou ficam magoadinhos por qualquer motivo, ficam loucos. Eu não gostaria de ser professor hoje em dia, de ter que aturar esses frescos. O coitado do professor Dorian pareceu realmente abalado com o ataque.

— Mesmo assim, ele não quis ligar para a polícia.

— Vai ver que ficou com vergonha. Ou talvez não queria arranjar problema para o garoto. Mas achei melhor ligar de qualquer maneira, e confesso que estou impressionado com a rapidez de vocês.

Poucos minutos depois de eu desligar o telefone, uma patrulha já estava subindo a rampa.

— Fico feliz que o senhor tenha ligado, Sr. Walsh. Acontece que estamos tentando localizar o professor Dorian a tarde toda.

— Por que estão atrás dele? Ele não fez nada de errado, fez?

— É isso que estamos tentando descobrir.

Jack Dorian está se comportando como um homem culpado, isso é fato. Ele não está atendendo ao celular e agora evita qualquer contato com a polícia. Frankie olha em volta, ao redor da garagem, imaginando os eventos que Larry acabou de descrever. Imagina Dorian preso entre o próprio veículo e o SUV preto de Cody Atwood. Pensa que é realmente muito fácil quebrar os ossos e esmagar uma pessoa com uma pisada no acelerador. Por que o rapaz o atacou? Seria por causa de Taryn Moore, uma batalha entre alguém que a amava e uma pessoa que a queria morta?

— Frankie — chama Mac, acenando com o celular. — Adivinha quem *acabou* de entrar na sede da polícia e quer falar com a gente.

— Jack Dorian?

— Não. A mulher dele.

Num dia normal, a Dra. Maggie Dorian seria considerada uma mulher linda, mas hoje não é o caso. Ela se senta curvada à mesa de interrogatório, o cabelo ruivo desgrenhando, o olhar consumido pela angústia. Chegando aos quarenta anos, ela não brilha mais com o rubor rosado da juventude; como pode competir com o desfile de jovens mulheres eternamente viçosas que passam pela sala de aula de seu marido? Frankie e Maggie fazem parte da mesma irmandade de mulheres traídas, então é muito fácil sentir empatia diante da dor dela, mas a compaixão pode cegar Frankie e impedi-la de enxergar a verdade. Quando puxa uma cadeira e se senta, a detetive mantém uma expressão neutra, não demonstra nenhuma empatia por Maggie. Embora Mac esteja na sala ao lado, assistindo a tudo pelo espelho falso, as mulheres não podem vê-lo. Estão só as duas na sala, uma de frente para a outra na mesa. A conversa é de mulher para mulher.

— Tentamos entrar em contato com você a tarde toda, Dra. Dorian — diz Frankie.

— Eu sei.

— Por que não retornou às minhas ligações?

— Não queria falar com ninguém. Precisava de tempo.

— Tempo para quê?

— Para pensar. Para decidir o que fazer do meu casamento.

Maggie deixa a cabeça pender, e Frankie percebe mechas grisalhas no cabelo ruivo. Esta mulher dedicou anos ao seu casamento — a um homem em quem confiava — e tem todos os motivos para estar furiosa. Mas, em vez de raiva, o que Frankie enxerga nos ombros caídos e na cabeça baixa é tristeza.

— Se fosse meu marido, sei o que iria querer dele — diz Frankie. — Saber a verdade.

— A verdade? — Maggie ergue a cabeça e encara Frankie com um olhar de assombro.

— Sobre o caso dele com Taryn Moore. Você sabe disso?

— Sei. Ele me contou.

— Quando?

— Hoje. Ele disse que vocês o interrogaram sobre a morte da garota. Disse que tudo seria revelado de um jeito ou de outro, então ele mesmo preferiu me contar.

— O que mais ele falou?

— Que ela estava grávida e... — Maggie faz uma pausa, prendendo as lágrimas. — Que talvez ele seja o pai.

— Deve ter sido doloroso ouvir isso.

Maggie passa a mão no rosto.

— Ainda mais porque estávamos tentando ter um bebê fazia anos. E então, há algumas semanas, descobrimos que finalmente ia acontecer.

Frankie franze a testa.

— Você está grávida?

— Estou. E nós ficamos tão felizes... *Eu* estava tão feliz. — Maggie respira fundo. — Mas agora...

Diante de tanta dor, Frankie mal consegue fazer a pergunta seguinte, mas ela precisa ser feita.

— Você fazia alguma ideia de que o seu marido estava tendo um caso?

— Não.

— Ele já fez isso antes? Esteve envolvido com outras mulheres?

— Não.

— Tem certeza disso?

Por um momento, Maggie a encara com os olhos marejados. *E é aqui que a coisa pode ficar interessante*, pensa Frankie. Agora a mulher está questionando tudo o que acha que sabe a respeito do marido. Ela está se perguntando se não enxergou outros segredos, outras infidelidades.

— Dra. Dorian...

Maggie dá um soluço.

— Não tenho mais certeza de *nada*!

— Então pode ter havido outros casos?

— Ele me disse que esse foi o único.

— E você acredita nele?

— Talvez eu seja louca, mas acredito. Consigo até entender como isso aconteceu. Por que aconteceu.

— O caso, você quer dizer.

— É. — Maggie seca outra lágrima. — Meu Deus, casamento é uma coisa tão complicada. Sei que é fácil cair na rotina, deixar as coisas ficarem monótonas. Mas mesmo nos nossos piores dias, nunca, nem por um momento, acreditei que ele deixou de me amar. Sei que ainda me ama. Sim, parte de mim quer estrangular o Jack, mas outra parte quer perdoar.

— Você perdoaria um assassino?

Maggie trava.

— Você realmente acha que o Jack mataria alguém?

— Permita-me apresentar alguns fatos, Dra. Dorian. Sabemos que Taryn Moore foi assassinada. Sabemos que houve uma briga no apartamento dela, que ela caiu e bateu a cabeça numa mesinha de centro, fraturando o crânio. O assassino a arrastou para a sacada do quinto andar e a jogou na calçada, descartando o corpo dela como um saco de lixo. E você não sabe se deve *perdoar* o seu marido?

Maggie balança a cabeça.

— Ele não poderia ter feito isso. Não é possível.

— Não só seria possível, como provável.

— Eu conheço o meu marido.

— Mas você não sabia que ele estava tendo um caso.

— Isso é diferente. Sim, ele cometeu um erro. Sim, foi um idiota. Mas *matar* uma garota? — Novamente, a Dra. Dorian balança a cabeça, dessa vez de forma enfática. — Ele nunca machucaria ninguém.

Frankie olha para o espelho falso, querendo saber se Mac está se sentindo tão frustrado quanto ela. É hora de tirar o véu dos olhos da Dra. Dorian, forçá-la a encarar a verdade brutal sobre seu marido.

— Dra. Dorian — diz Frankie —, eis aqui o que nós *podemos* provar. Seu marido teve um caso com a aluna Taryn Moore. Ela ficou grávida e estava prestes a revelar a verdade. Ela era uma ameaça à reputação, à carreira e ao casamento do seu marido. Ele perderia tudo. Eu chamaria tudo isso de um bom motivo para o homicídio.

— Mas isso não significa que ele a matou.

— Sexta à noite, a noite em que ela foi morta, ele foi ao apartamento dela.

— Não, não foi. Ele ficou em casa.

— Você está preparada para jurar isso?

— Ele me falou...

— Você *jura* que ele esteve em casa com você naquela noite, a noite toda?

Maggie se encosta no espaldar da cadeira e murmura:

— Não posso fazer isso.

— Por que não?

— Porque *eu* não passei a noite toda em casa. Fui chamada ao hospital por volta da meia-noite, para ver um paciente. Quando voltei para casa, às quatro da manhã, Jack ainda estava na cama, dormindo profundamente. Exatamente como estava quando eu saí.

— Então durante quatro horas você esteve fora de casa? É tempo mais que suficiente para que ele tenha ido ao apartamento de Taryn. Ou seja, ele tinha o motivo e teve a oportunidade de assassiná-la.

— Mas cadê a prova de que ele realmente foi ao apartamento dela? Tem alguma testemunha? Imagens de alguma câmera de segurança?

— Temos as mensagens de texto dele.

Maggie leva um susto.

— Que mensagens?

— As que ele mandou para a namorada — responde Frankie, notando que Maggie se contrai ao ouvir a palavra. *Namorada*. — A operadora de celular da Taryn forneceu todas as mensagens de texto que ela enviava e recebia. E o número do celular do seu marido aparece diversas vezes. Na noite em que ela morreu, eles tinham combinado de se encontrar no apartamento dela.

— Mas Jack ficou em casa naquela noite. Ele me *disse* que estava em casa.

Frankie pega a lista das mensagens de texto de Taryn e a mostra para Maggie.

— Então como você explica *isso*?

Maggie lê as mensagens que seu marido mandou para a amante. Ali está, preto no branco, a evidência de que ele mentiu para a esposa.

Vou aí hoje à noite. Espere por mim.

— Ele escreveu isso na noite da sexta-feira em que Taryn Moore morreu. Enquanto você estava no hospital, ralando e salvando vidas, seu marido se levantou da cama, da *sua* cama. Ele foi de carro até o apartamento da namorada, que vinha causando todos esses problemas para ele, então os resolveu. Limpou o sangue para parecer que foi suicídio e depois foi para casa. A tempo de estar de volta na cama quando você voltasse.

— Não. Está tudo errado.

— Onde está o seu marido agora?

— Isso não pode ser...

— Me diga onde ele está.

— Provavelmente em casa.

— Não. Estamos vigiando a sua casa.

— Então na universidade.

— Também não está.

— Meu Deus, isso não pode estar acontecendo! — Maggie leva as mãos à cabeça e olha para a mesa. — Eu conheço o meu marido, sei que tipo de homem ele é. Ele não consegue nem matar a porra de uma *aranha*. Como ele poderia... — Ela para, o olhar fixo na lista com as mensagens de texto. — Talvez ele não tenha escrito isso — murmura ela.

— Ah, como assim? Você está vendo que foi enviado do celular *dele*. Sexta-feira, seis e trinta e sete da noite.

— Sexta-feira — murmura Maggie, e por um momento ela fica imóvel, olhando para a folha. — Foi nessa noite que choveu forte. A noite em que a gente jantou e... — Ela ergue a cabeça de repente e se levanta da cadeira. — Acho que sei onde o Jack está.

— Dra. Dorian! Aonde está indo?

Maggie nem olha para trás, enquanto se dirige para a porta.

— Vou salvar o meu marido.

45

Jack

Eram quase onze da noite quando ele chegou à casa de Charlie. O único carro na garagem era o dele. Nada de Lexus prata. E, para alívio de Jack, nada de viaturas.

Ao perceber o brilho azulado vindo da janela sala de estar, Jack concluiu que a TV estava ligada, o que significava que Charlie estava em casa. Mas onde Maggie tinha se enfiado?

Enquanto ia até a entrada da casa do sogro, pegou o celular, tentado a ligá-lo para ver se Maggie enviara alguma mensagem. Não, má ideia. Se ligasse o aparelho, a polícia conseguiria rastreá-lo. Ele fez menção de guardá-lo de volta no bolso, mas de repente parou, pensando, se lembrando da noite em que recebeu a mensagem de texto de Taryn: Estou grávida. Lembrou-se de ter descido até o porão para dobrar a roupa de Charlie enquanto Maggie estava na cozinha, usando o lava-louça, moendo café, organizando xícaras e pires na bandeja. Por quanto tempo Charlie ficou sozinho na mesa de jantar? Cinco, dez minutos?

Tempo suficiente.

Por um momento, Jack ficou parado diante da porta da casa de Charlie, com a sensação de que de repente o mundo havia saído do eixo. Ele deveria sair dali agora, mas não tinha para onde ir. A polícia estava em seu encalço, e sua vida desmoronava diante de seus olhos, mas ele precisava saber a verdade.

Ele usou sua chave e entrou pela sala de estar.

— Charlie?

— Aqui — respondeu o sogro em voz alta.

Jack foi até Charlie, que estava sentado num banquinho na ilha da cozinha tomando uma dose de uísque de calça de pijama e uma blusa de moletom. O ar estava carregado com o cheiro de desinfetante e o odor azedo de um homem repleto de câncer.

Charlie ergueu o copo.

— Quer se juntar a mim?

— Não, está tranquilo.

Jack estava do outro lado da ilha, de frente para Charlie. Não conseguia concatenar esse moribundo com as imagens que agora passavam por sua cabeça.

— Tudo bem? — perguntou Charlie.

— Tudo.

— Mas você não parece bem. Senta aí, descansa um pouco — sugeriu Charlie indicando um banquinho com a cabeça.

Ao ver que Charlie estava com o rosto todo arranhado e um hematoma no olho esquerdo, Jack franziu a testa e perguntou:

— O que aconteceu com você?

Charlie deu de ombros com desdém.

— Escorreguei no chuveiro.

— Mesmo com as barras de apoio que instalamos?

— Não deu tempo de me segurar.

— Na verdade, acho que aceito uma dose desse uísque.

Jack se sentou no banquinho.

Charlie se levantou e foi mancando até o armário onde guardava a bebida, depois até outro armário, perto do fogão, para pegar um copo. Jack ficou tenso quando Charlie abriu o armário. A prateleira de cima era onde Charlie guardava sua Smith & Wesson calibre 45. Mas Charlie só pegou o copo.

— Gelo?

Jack se permitiu respirar.

— Puro mesmo.

Charlie serviu o uísque e colocou o copo na frente do genro.

— E aí, como estão as coisas?

— Você sabe da Maggie? Ela não está em casa.

— Tentou ligar para ela?

— Ela não atende.

Charlie voltou mancando ao balcão e encheu o próprio copo.

— Você está mancando — comentou Jack.

— Eu te falei. Escorreguei no chuveiro.

— Aham.

Charlie se virou e encarou Jack.

— Por que está me encarando assim?

— Sabe aquela estudante da Commonwealth que morreu na semana passada? Taryn Moore?

— Sei, só se fala dela no noticiário. Pelo que estão dizendo, foi suicídio.

— A polícia mudou de ideia. Acham que pode ter sido homicídio.

— Sério? — Charlie tomou um gole do uísque. — Com base no quê?

— Com base numa mensagem de texto enviada do meu celular.

— Como é?

— A polícia acha que eu matei a Taryn Moore por causa de uma mensagem de texto enviada do meu celular. Na mensagem, eu falava que ia ao apartamento dela naquela noite. O engraçado é que eu não mandei essa mensagem. Não fui à casa dela. E, com certeza, não a matei.

Charlie lançou um olhar indiferente a Jack.

— Entendi.

— Mas *você* matou. Não é, Charlie?

— E por que você acha isso?

— Naquela sexta-feira, você foi jantar com a gente. Quando eu desci para lavar a sua roupa, deixei o celular no parapeito da janela da sala de jantar. A Taryn deve ter me mandado uma mensagem enquanto você estava sentado ali, bem ao lado do meu telefone. Você viu a mensagem. Sabe que a minha senha é a data de nascimento da Maggie. *Foi você* quem mandou a mensagem para ela.

Charlie tomou outro gole, pousou o copo e limpou a boca. Então lançou um olhar tão venenoso para Jack que ele se encolheu.

— Há algumas semanas, eu soube que estava acontecendo alguma coisa entre vocês. Quando a Maggie contou que uma estudante tinha ido ao consultório dela, reparei que você reagiu de uma forma estranha ao ouvir o nome. Taryn Moore. Não sou cego. Tenho um faro para essas coisas, Jack, sempre tive. Torci para estar errado sobre você. Sobre ela. Então procurei essa menina no Facebook. Vi a foto dela. — Ele balançou a cabeça, triste. — Você não é o primeiro homem a deixar um rostinho bonito arruinar a sua vida. Mas pensei que você fosse um homem melhor, que não se deixaria levar por isso.

— Mas não fui eu quem a assassinou. Não fui eu que mandei a mensagem para ela. *Você* foi ao apartamento dela para matá-la, Charlie. *Você* a jogou da sacada.

— Duas de três.

— Como assim?

— Sim, eu mandei a mensagem e logo depois apaguei para que você não soubesse de nada. E, sim, fui ao apartamento dela. Nem precisei procurar o endereço. Estava lá nos seus contatos. Mas não fui até lá para matá-la.

— Você mandou a mensagem para me incriminar.

— Não. Fiz isso para consertar a porra da bagunça que você fez! Fiz isso por *você*, cacete. E pela minha filha e pelo meu neto. Fiz isso para salvar a sua família. Mas, com certeza, não fui até lá para matá-la.

— Então como ela acabou morta?

— Eu fui até lá me desculpar em *seu* nome. Disse que sentia muito por todos os problemas dela, blá, blá, blá. Falei que estava disposto a pagar o aborto. Ela recusou.

Charlie se levantou, foi até o freezer e revirou as embalagens de comida congelada. Pegou um envelope e o jogou no balcão perto de onde Jack estava sentado.

— O que é isso?

— Abre.

Jack abriu o envelope e um maço de dinheiro caiu dele. Ele ficou olhando para as notas de cinquenta dólares no balcão.

— Cinco mil dólares — disse Charlie. — Guardo no freezer para emergências.

— Você ia dar isso para ela? Para pagá-la?

— Ela mandou eu me foder. Não quis o dinheiro. Falei que não sabia de quem era o bebê e que isso não me interessava, mas que daria a ela o benefício da dúvida e presumiria que era seu. Falei que amava a minha filha e não queria que esse caso destruísse o casamento dela, a felicidade dela.

Nada no rosto de Charlie sugeria que estivesse mentindo — nenhum piscar de olhos involuntário, nenhum tique revelador. Só aquele velho rosto cansado e cheio de convicção.

— E o que aconteceu depois? — perguntou Jack.

— A idiota surtou. Disse que não queria a porra do meu suborno, que não se venderia nem por um milhão de dólares. Então, eu perguntei o que ela queria, e foi aí que ela chutou o balde. Disse que queria te derrubar, te destruir. E que estava cagando e andando se prejudicasse alguém junto.

— E aí?

— Dei um tapa nela. Não consegui evitar. O jeito que ela estava falando da Maggie, como se a minha filha fosse uma qualquer. Como se o meu neto não passasse de um incômodo. Dei um tapa na cara dela, aí ela veio com tudo para cima de mim. Tentei segurá-la, mas ela foi até a estante, pegou uma estatueta e tentou me acertar.

— Ela *bateu* em você?

— Teria rachado o meu crânio se eu não tivesse desviado. Aí, ela caiu e bateu a cabeça na mesinha de centro. Quando percebi que ela não estava se mexendo, pensei que poderia estar morta, mas aí vi que ainda respirava. Ah, considerei ligar para a polícia, mas então pensei nas consequências se ela acordasse e contasse para todo mundo o que eu tinha feito, o que você fez. Antes de qualquer coisa, pensei na Maggie e que aquele... aquele *lixo* humano poderia destruir a felicidade da minha filha. A garota era implacável. Ela nunca ia desistir, então não tive escolha. Tive que finalizar. Eu a arrastei até a sacada. Imaginei que a queda faria estrago suficiente para esconder o fato de que ela tinha batido a cabeça na mesinha de centro. Então resolvi o seu problema. E depois limpei o sangue todo.

— Você *realmente* achou que a verdade não ia aparecer?

— Eu fui policial, Jack. Sei que eles estão atolados. Achei que simplesmente considerariam a hipótese de suicídio, encerrariam o caso e iriam embora.

Mas a detetive Frances Loomis não foi embora. Nunca iria embora. Jack balançou a cabeça, sem acreditar na confissão de Charlie.

— Ela ainda estava viva. E *você* a matou.

Charlie respirou fundo. De repente, ele parecia frágil, como se estivesse com um pé na cova.

— Não me resta muito tempo até bater as botas e estou cagando e andando para o que vai acontecer comigo. Mas eu me importo com o que pode acontecer com a Maggie. Eu me importo com o bebê e, no fim das contas, com você também. Eu tinha que fazer *alguma coisa*.

— Mas você jogou tudo para cima de *mim*.

— Tentei evitar. Peguei o celular dela para esconder as mensagens de texto. Esmigalhei o aparelho para que não pudesse ser rastreado. Realmente achei que a polícia não se daria ao trabalho de procurá-lo.

— Eles tiveram acesso às mensagens. E agora acham que fui eu.

— Não me culpe por isso. Foi você quem se meteu nessa confusão. — Os olhos azul-gelo de Charlie fizeram Jack travar no banquinho. — Você estava apaixonado por essa garota?

— Não.

— Então por quê? Por que correr o risco de perder tudo só para transar com ela?

Jack se encolheu ao ouvir a pergunta.

— Foi um erro — murmurou. — Se eu pudesse voltar no tempo...

— A Maggie sabe?

— Sabe.

Charlie respirou fundo várias vezes, e Jack podia ouvir o câncer gorgolejando no peito do sogro.

— Bem, você fez uma mudança radical na sua vida. Fodeu com o seu casamento. Fodeu com a vida dessa garota. E nunca mais vai entrar em outra sala de aula de novo. Parabéns, Jackie.

Eles ouviram um som vindo da sala. A porta da frente abrindo e fechando. Jack se levantou imediatamente.

— Maggie? — chamou, aliviado por ela ter finalmente chegado.

Mas, quando Jack entrou na sala, não era Maggie que estava ali. Ele parou e olhou para o intruso que se aproximava, os olhos como brasas acesas à sombra do boné.

— Cody — disse Jack. — Por que...

— Eu a amava. E você, não.

— Você não devia ter me seguido. Vou chamar a polícia.

Jack pegou o celular, mas ainda estava desligado. Desesperado, pressionou o botão para ligá-lo.

— Vou terminar o que comecei — disse Cody.

Só então Jack se deu conta do que Cody estava segurando: um pé de cabra. Mesmo percebendo o que Cody estava prestes a fazer, mesmo vendo que Cody erguia a arma, Jack não conseguia se mexer, não conseguia falar.

O pé de cabra foi na direção do seu crânio.

No último instante, Jack mergulhou para a direita, se atirando para trás de uma poltrona, e caiu com o peso do corpo sobre os cotovelos. Ouviu o som de madeira lascada quando o pé de cabra acertou a mesinha de centro.

Cody se virou na direção dele num movimento mais rápido do que Jack jamais pensou que fosse capaz de fazer. Antes que Jack pudesse se levantar, Cody brandiu o pé de cabra como um bastão de beisebol e acertou as costelas dele, que caiu esparramado, desorientado. No chão, tentando recuperar o fôlego, com uma dor lancinante no peito, ele ouviu os passos pesados de Cody se aproximando.

O som dos passos parou, e Jack viu os tênis do garoto bem perto de sua cabeça. No instante seguinte, viu Cody erguer o pé de cabra como um porrete e apontar para sua cabeça. *É assim que eu morro*, pensou. Um fim apropriado para tudo o que ele havia causado desde o momento em que deixara Taryn Moore entrar em sua vida.

— Solta isso, senão eu explodo a porra da sua cabeça.

Charlie estava à porta, a pistola calibre 45 apontada para Cody.

Cody travou, ainda segurando o pé de cabra.

— Eu mandei largar!

Cody olhou para Jack, depois para Charlie.

Jack se levantou e cambaleou em direção a Charlie.

— Não o machuque — disse. — Ele é só uma criança.

— Uma *criança*? — repetiu Cody, furioso, aumentando o tom de voz. — *É isso* que você acha, seu desgraçado? Que sou *só uma criança*?

Jack estava de costas para Cody, mas sentiu a força da raiva do garoto indo com tudo em sua direção, tão inescapável quanto a morte. Viu a pistola de Charlie, que a segurava com as mãos trêmulas. O cano da arma tremia tanto que a cada segundo apontava para uma direção.

O tiro foi como um soco no peito de Jack, que caiu para trás, se chocando na parede. Ele olhou para o peito e viu o sangue vermelho escorrendo por sua camisa, a mancha cada vez maior.

— Ah, não! — lamentou Charlie. — Meu Deus! Não!

Furioso, Charlie arrancou o pé de cabra das mãos de Cody e o acertou na parte de trás dos joelhos. O menino berrou e caiu no chão, choramingando.

As luzes do cômodo pareciam piscar sem parar. As pernas de Jack cederam. Quando Charlie se aproximou e se inclinou, Jack ouviu a respiração carregada do sogro.

— Você vai ficar bem, Jack — murmurou Charlie. — Tem que ficar bem.

Jack tentou dizer alguma coisa, mas não conseguia respirar. Como ele tinha acabado ali, no chão? Por que não conseguia sentir os membros? Um arrepio se espalhou por seu corpo, como se água gelada percorresse suas veias.

Ao longe, Jack ouviu o estrondo da porta se abrindo. Num halo de luz viu o único rosto que queria ver, enviado do céu. *Maggie.*

— Ele vai ficar bem! — insistiu Charlie.

Jack ouviu o som de tecido sendo rasgado, então sentiu as mãos quentes de Maggie pressionando seu peito, tentando conter o sangue que escorria.

— Jack, meu bem, fique vivo por mim — implorou Maggie, então se virou para trás e gritou: — Detetive Loomis! Manda a equipe de cirurgia cardiotorácica ficar de prontidão!

Jack queria dizer a Maggie que sentia muito, que a amava. Mas sua voz não saía. E o simples ato de respirar estava difícil, muito difícil. Olhou para a mão ensanguentada de Maggie, pressionada contra seu peito, e focou na aliança de casamento. A aliança que ele colocou naquele dedo doze anos antes. *Eu me casaria com você de novo. De novo e de novo e de novo.*

Se ao menos Jack pudesse ter proferido essas palavras... Ele queria dizer tantas coisas, mas a sala ao redor já estava ficando preta. Por fim, fez-se a escuridão total, apagando o rosto da mulher que ele amava.

46

Frankie

Muitas coisas estão acontecendo ao mesmo tempo: Cody, o rosto corado, se debatendo, enquanto dois policiais o imobilizam no chão e o algemam. Maggie ajoelhada ao lado do marido inconsciente, caído numa poça de sangue cada vez maior. O som distante de uma ambulância que se aproxima. E o pai de Maggie, Charlie, cabisbaixo, o rosto tão pálido quanto o de um cadáver. A arma que ele entregou a Frankie ainda está quente e tem o cheiro acre do disparo.

— Eu não queria ferir o Jack, Maggie — lamenta o velho. — Juro que não queria ferir ninguém.

— Fica comigo, Jack — implora Maggie. — Por favor, fica comigo! — Ela tira o cachecol e o pressiona contra o ferimento, mas o sangue imediatamente transforma a caxemira bege em vermelha. — Toalhas! — grita Maggie para o pai. — Preciso de toalhas!

Charlie está atordoado demais para se mexer. É Mac quem corre até o banheiro e volta com uma pilha de toalhas de rosto. Maggie pressiona o ferimento de Jack com elas, tentando fazer com que ele perca menos sangue. É a única pessoa na sala capaz de salvá-lo, mas a batalha já parece perdida. A respiração de Jack, superficial e rápida, tem o chiado de pulmões se afogando. Maggie olha para Frankie.

— Não consigo estancar a hemorragia.

— Eu não queria atirar nele — repete Charlie, que, trôpego, cambaleia em direção a uma cadeira e se joga nela. — Só queria consertar tudo. Fazer você feliz, Maggie — diz, se lamentando.

Ninguém o escuta. No caos que toma conta da sala, ele é um velho esquecido, perdido na própria dor.

A ambulância estaciona lá fora, e dois paramédicos entram na casa, mais gente ao pandemônio. Pacotes de ataduras são abertos, linhas intravenosas são inseridas. Alguém coloca uma máscara de oxigênio em Jack. O eletrocardiograma apita ao ritmo frenético de um coração acelerado para se manter vivo. A Frankie só resta se afastar para deixar outras pessoas trabalharem. Até Maggie é pouco mais que uma espectadora em estado de choque. Os paramédicos estão no comando da situação, e ela observa, entorpecida e em silêncio, enquanto o sangue de seu marido seca em suas mãos.

— Ok, já podemos fazer a remoção — diz um paramédico.

— Para onde? — pergunta Maggie.

— Hospital Geral de Massachusetts. A equipe de trauma já está esperando.

Maggie pega a bolsa.

— Vou logo atrás de vocês.

— Dra. Dorian, espera — pede Frankie.

— Vou para o hospital.

— Precisamos de você aqui para...

— *Foda-se* isso tudo. Preciso ficar com o meu *marido* — Maggie a interrompe e segue os paramédicos.

Frankie deixa Maggie sair. Observa os detritos que os paramédicos deixaram para trás: embalagens rasgadas, gazes ensanguentadas e um torniquete enrolado como uma cobra, nadando na poça de sangue. O sangue de um homem inocente.

Um policial já havia conduzido Cody Atwood até a viatura, mas o pai de Maggie permanece sentado numa cadeira, cabisbaixo, os ombros caídos. Parece frágil, um saco de ossos velhos. Maggie informou aos policiais que Charlie está morrendo de câncer. Frankie percebe isso ao ver as têmporas envelhecidas do homem e sente o cheiro azedo da doença espalhado pela casa.

Por fim, ela puxa uma cadeira e se senta cara a cara com Charlie.

— Sr. Lucas — diz. — Preciso te dizer os seus direitos.

— Não precisa. Conheço os meus direitos. Fui policial. Departamento de Polícia de Cambridge.

Frankie olha para Mac, que já está com as algemas, e balança a cabeça. As algemas podem esperar. Este homem não vai resistir à prisão. Tudo em Charlie sinaliza derrota, e Frankie acredita que ele merece certo respeito, porque, afinal, já foi um deles.

— Você matou a Taryn Moore, não matou?

— Não tive escolha. Foi ela quem procurou isso.

— Não entendi.

— Ela atacou a minha família. Ela *me* atacou. — Charlie ergue a cabeça e a encara. Por mais fragilizado que esteja, o olhar dele é frio e desafiador. — Você e eu, somos policiais. Você viu as mesmas coisas que eu, então entende. Sabe tão bem quanto eu que esse mundo seria um lugar muito melhor sem certas pessoas.

— Sem pessoas como Taryn Moore.

Ele faz que sim com a cabeça.

— Não dá para colocar juízo na cabeça de garotas como ela. Não dá para argumentar com elas. São como animais selvagens, que precisam de rédea. De controle.

Fitando os olhos de Charlie, Frankie percebe que ele realmente acredita no que acabou de dizer — que o mundo seria melhor sem mulheres como Taryn, mulheres cujas emoções turbulentas e escolhas desesperadas complicam a vida dos homens. Ela pensa nas próprias filhas, meninas espirituosas, que abraçam a vida com tanta paixão e que às vezes se metem em problemas por isso. Pensa nas heroínas trágicas sobre quem Taryn escreveu, as Medeias e as rainhas Dido da vida — mulheres que amaram demais e sofreram por isso.

Não, pensa Frankie. O mundo *não* seria melhor sem essas mulheres.

— Alguém tinha que parar aquela garota — diz Charlie. — Minha família precisava de proteção. Só fiz o que foi preciso.

— E agora vou fazer o que preciso fazer.

Frankie pega as algemas das mãos de Mac e as coloca nos pulsos de Charlie.

Elas fecham com um estalo extremamente satisfatório.

47

Frankie

Maggie Dorian está sentada ao lado do leito do marido, cabisbaixa, como se rezasse. Em meio aos bipes dos monitores e ao ruído do ventilador pulmonar, parece não ter ouvido Frankie entrar no cubículo da UTI. Maggie só vê Frankie quando a policial fica de frente para ela, do outro lado do leito.

— Não acredito que você ainda está aqui — diz Frankie.

— Onde mais eu estaria?

— Você tem que ir para casa dormir um pouco.

— Não, preciso estar aqui quando ele acordar. — Maggie segura a mão do marido e, sussurrando, acrescenta: — Se ele acordar.

Frankie observa os vários tubos ligados ao corpo inerte e analisa o monitor de eletrocardiograma, que mostra um ritmo rápido, porém estável. É um milagre que ele tenha qualquer batimento cardíaco. Depois de todo o sangue que perdeu com o estrago causado pelo tiro de Charlie, Jack Dorian deveria estar morto, e sua mulher deveria estar planejando o enterro.

Algo que provavelmente acabará acontecendo.

Frankie puxa uma cadeira e se senta. As duas não falam nada por um bom tempo, e o único som é o barulho do ventilador girando e enviando suas vinte respirações por minuto. Quais palavras de conforto Frankie pode oferecer a uma mulher cuja vida desmoronou por completo? O pai de Maggie, Charlie, de certo morrerá de câncer na cadeia. Talvez o marido nunca acorde, e ela terá de criar o filho sozinha. Em meio a toda essa tragédia, este é o único ponto de luz: um bebê a caminho.

— Como está o meu pai? — murmura Maggie, a voz tão baixa que Frankie quase não escuta.

— Charlie está cooperando. Bastante. Entende o que vai acontecer com ele e está preparado. — Frankie faz uma pausa. — Prometo que vou fazer de tudo para garantir que ele fique confortável até o fim.

Maggie suspira, como se a tristeza a sufocasse.

— Não acredito que ele realmente tenha feito isso. Esse não é o pai que me criou.

— Ele contou para nós que não tinha planejado matar a garota. Só queria que ela deixasse você e o Jack em paz. Ele foi ao apartamento da Taryn para tentar comprar o silêncio dela, mas ela ficou furiosa e tentou agredi-lo. Ele se defendeu e houve uma luta. Ele deixou a raiva tomar conta e perdeu o controle. No fim, tentou salvar a situação fazendo parecer que foi suicídio. Pelo menos foi o que ele relatou. Não sei se é tudo verdade, mas *tenho certeza* de que ele estava tentando proteger você, Maggie. Tentando salvar o seu casamento.

— Eu sei. — Ela aperta a mão inerte do marido. — E agora eu posso perder os dois.

Frankie não conta a Maggie o que mais descobriu sobre Charlie Lucas depois de dar um telefonema para a Corregedoria do Departamento de Polícia de Cambridge. Não conta da vez em que ele rachou o crânio de um detento nem quando foi considerado suspeito de plantar uma prova durante uma operação de combate ao tráfico de cocaína. Não conta que Charlie se aposentou em meio a uma enxurrada de suspeitas de ter levado seu tipo de justiça longe demais. Não, Maggie não precisa saber de nada disso; por ora, já tem de lidar com desgosto mais do que suficiente.

— Por favor, Jack — sussurra Maggie. — Volta para mim.

Frankie olha para os dedos de Maggie, entrelaçados na mão do homem que foi infiel a ela, o homem que, com sua aventura breve e imprudente, causou tanta dor e tanto derramamento de sangue.

— E se ele acordar? — pergunta Frankie. — O que vai acontecer?

— Você o perdoaria, se ele fosse seu marido?

— Essa decisão não é minha. É sua.

Maggie olha para Jack e faz carinho nele.

— Depois de doze anos de casamento, às vezes é difícil lembrar o que fez você se apaixonar. Por que ficou com *essa* pessoa em particular. E, por um tempo, talvez eu tenha esquecido. Ele também. Mas, ontem à noite, quando vi meu marido caído no chão, quando vi todo aquele sangue e pensei que ele estivesse indo embora... — Maggie olha para Frankie. — Eu lembrei por que me apaixonei. Não sei se isso é suficiente para me fazer perdoá-lo. Mas eu *lembrei*.

Uma enfermeira entra na baia.

— Com licença, detetive. Pode nos dar licença por um instante? Preciso verificar os sinais vitais do paciente.

— Eu já estava de saída mesmo — diz Frankie e se levanta. — Se cuida, Dra. Dorian. Vá para casa e descanse um pouco.

— Pode deixar.

Mas quando Frankie sai da ala de UTI e olha para trás pela janelinha da porta, vê que Maggie não se mexeu. Ela continua ali, ao lado do marido, fazendo carinho nele, esperando que ele acorde.

Frankie passa por ruas desertas em sua volta de carro para casa, a visão embaçada pela névoa de fadiga. Embora seja abril, o céu está limpo e o tempo, gelado, um recuo em direção ao inverno. Ela está cansada do frio, cansada de usar cachecóis de lã e casacos forrados, está cansada de tremer em cenas de morte.

Suas férias estão chegando — duas semanas nas quais poderia beber piña coladas relaxando numa praia qualquer —, mas ela se conhece bem. Isso não vai acontecer. Em vez disso, é quase certo que passe as férias em casa, com as meninas.

Enquanto ainda pode.

Quando Frankie entra no apartamento, fica feliz de ver que os casacos das filhas estão no closet, aliviada por saber que sua família se encontra em casa, em segurança, esta noite. Só para ter certeza, espia o quarto das meninas e, sim, lá estão elas, dormindo profundamente depois de mais uma noitada. As camas ficam em lados opostos do quarto, e as duas dormem de frente uma para a outra — Gabby virada para a esquerda, e Sibyl, para a direita, como se tentassem se abraçar, da mesma forma que fizeram quando compartilhavam o útero. Frankie fica feliz ao saber que suas filhas têm esse vínculo. Casamentos podem desmoronar e maridos são capazes de decepcionar, mas pelo menos as meninas terão uma à outra para se apoiar.

Frankie fecha a porta do quarto das filhas e vai à cozinha. Está exausta, esgotada, mas sabe que não vai conseguir dormir. Pelo menos, não agora. Depois de tudo o que aconteceu esta noite, precisa se sentar, ficar em silêncio e respirar fundo durante um tempo. Então pega o uísque no armário e, por hábito, verifica a garrafa para ter certeza de que o nível da bebida não está abaixo do minúsculo ponto preto que ela fez no vidro com uma caneta permanente. O líquido está exatamente na marca que deveria estar, com isso ela sabe que as meninas não estão bebendo. Ah, sim, a mamãe sabe como ficar de olho em seus bebês. Frankie se serve de uma dose generosa, toma uma golada e pensa em Taryn Moore e Charlie Lucas, em Jack e Maggie Dorian.

Acima de tudo, pensa em Maggie, a mulher que tinha tudo até que, de repente, não tinha mais nada. Mas essa é a natureza da tragédia. Você passa pela vida sem nunca apreciar a alegria de um dia normal até o momento em que isso acaba. Basta uma batida à porta. Um policial do lado de fora para informar que seu marido morreu e o corpo foi encontrado caído na escadaria do prédio de uma estranha. E você acha que nunca mais vai ter um dia normal de novo.

Você enterra o corpo e junta os cacos da sua vida. Segue em frente com dificuldade, rumo ao novo normal. É isso que Maggie Dorian terá de fazer, com ou sem o marido.

Frankie leva o copo de uísque vazio para a pia, e ali, enquanto estica o pescoço dolorido, escuta o celular tocando. Ah, não, pensa. Ela pega o aparelho que ainda está dentro da bolsa já se preparando para a notícia. Olha para a tela.

É do hospital.

48

Frankie

Catorze meses depois

Duas lápides de granito estão dispostas lado a lado, cada uma com o próprio vaso de gerânios. As flores vermelhas flamejantes são tentadoras demais para qualquer bebê, e Nicholas Charles Dorian, de sete meses, engatinha na grama como a mais rápida das tartarugas na direção do vaso mais próximo. Assim que fecha um punho gordinho em torno de uma flor, Maggie pega o filho, que solta um gemido de frustração.

— Meu amor, vamos achar outra coisa para você brincar. O que tem aqui na nossa sacola, hein? Olha que pônei lindo! — Ela dá um bichinho de pelúcia para Nicky, mas ele não se interessa pelo brinquedo e o joga na grama.

— Ele realmente quer o gerânio — comenta Frankie.

— Não é assim que funciona? — Maggie ri. — Eles sempre querem o que não podem ter.

— Vou levá-lo à lagoa.

Frankie pega Nicky no colo e o leva até a lagoa dos patos do cemitério. Nunca esteve no Cemitério Mount Auburn antes e fica maravilhada com a beleza do lugar neste dia quente de junho. Do outro lado da lagoa, há uma rotunda neoclássica, o local de descanso final de Mary Baker Eddy. As árvores estão cobertas de folhas, os pardais cantam lá no alto e o céu é uma cúpula azul-clara com uma lua crescente pálida pairando logo acima da copa das árvores. Ela sente o cheiro de xampu de bebê de Nicky e é tomada por uma enxurrada de lembranças: suas gêmeas se esbaldando na banheira de plástico. As pernas gordinhas das filhas chutando enquanto ela trocava as fraldas. As noites exaustivas, mas emocionantes, da infância das duas. Frankie sente falta desses dias, sobretudo agora que elas saíram de casa para fazer faculdade. Como é bom segurar um bebê novamente, esfregar a bochecha numa cabecinha de cabelo macio de bebê.

A ida à lagoa funcionou; Nicky esqueceu completamente os gerânios tentadores, e sua atenção agora está voltada para o que está nadando na água.

— São patos — diz Frankie, apontando para os animais. — Eles fazem *quá-quá*. Consegue falar *quá*, *quá*?

Nicky apenas grita.

Frankie tenta lembrar quantos anos as gêmeas tinham quando disseram as primeiras palavras. Foi com um ano? Depois disso? Parece que tudo aconteceu há tanto tempo. Ela já tem idade para ser avó agora e, durante a gravidez de Maggie, esse foi o papel que assumiu com gosto, porque não sabe quanto tempo vai levar até segurar um neto seu no colo. Nos sete meses após o nascimento de Nicky, Frankie deu roupas de bebê, cobertores e um fluxo interminável de conselhos a Maggie Dorian, que agora é como uma filha para ela. Ao mesmo tempo, Frankie aprendeu a admirar a força e o otimismo de Maggie. Assim como Frankie, Maggie é uma sobrevivente.

Quando Frankie volta da lagoa com Nicky, Maggie estende uma toalha na grama e monta o piquenique. Bem simples: sanduíches de atum com batatas chips, salada de frutas e cookies de chocolate. Os biscoitos são a contribuição de Frankie, algo que ela não fazia desde que suas filhas eram pequenas e seu quadril, alguns números menor. Maggie arruma a comida a poucos metros das lápides, onde parece um lugar triste para se fazer um piquenique, mas a médica conta que essa é uma tradição da família Lucas. Todo mês de junho, o pai, Charlie, costumava levá-la até lá para um piquenique perto do túmulo de sua falecida mãe. É uma forma de se sentir mais próximo de quem já se foi, e agora ela segue a tradição.

Maggie serve uma dose de uísque Lagavulin num copo e se ajoelha ao lado da lápide de seu pai. Seis meses antes, na ala hospitalar para detentos em estado terminais na prisão, o câncer de Charlie finalmente venceu, mas pelo menos o pai viveu o suficiente para ver o neto.

— Te amo, pai — diz Maggie e joga a dose de uísque no túmulo, a preciosa bebida regando a grama. — Bebe.

Frankie ouve o motor de um carro, então se vira e vê um Audi azul estacionando ali perto. Jack aparece, andando lentamente, um passo de cada vez. Apesar de fazer fisioterapia há um ano, as pernas ainda estão fracas devido à lesão na coluna, e ele se apoia numa bengala enquanto manca na direção delas.

— Desculpem o atraso — diz, balançando a cabeça. — Saí do meu apartamento na hora certa, mas não calculei o trânsito do fim de semana. Como está o meu meninão?

— Provavelmente já querendo mamar agora, se quiser dar a mamadeira — responde Maggie, então arrasta uma cadeira dobrável na direção de Jack para que ele possa se sentar. Frankie lhe entrega o bebê e uma mamadeira.

— Hora do almoço, Nicky! — Ele sorri, enquanto o filho toma o leite como se estivesse esfomeado. — Caramba, parece que você ganhou meio quilo em uma semana!

Enquanto Jack alimenta o filho, Frankie percebe que o cabelo dele tem novas mechas grisalhas e que seu rosto agora apresenta linhas de expressão. Ele envelheceu no último ano, mas parece mais calmo e resignado com as perdas. Desde que foi demitido da Commonwealth, a única aula que dá é um curso semanal de literatura para detentos no Presídio de Massachusetts em Concord. Seus dias como professor universitário se foram para sempre, e ele certamente deve lamentar a perda do status e do contracheque, mas, neste momento, nada disso transparece. Certamente não agora, enquanto embala o filho com todo amor.

Maggie se posta ao lado de Jack e pousa a mão no ombro dele, e os dois sorriem para o bebê. Embora não compartilhem mais a mesma casa, sempre compartilharão o filho. E, talvez um dia, no futuro, voltem a compartilhar suas vidas. Mas primeiro é preciso que ocorra a cura e, neste belo dia de verão, eles parecem estar na direção certa.

No trabalho de Frankie não existem finais felizes — apenas dor, perda e tragédia, e Jack Dorian sem dúvida será assombrado por essas três coisas pelo resto da vida. Ele destruiu seu emprego e seu casamento. Carregará as cicatrizes físicas da bala. E o pior: nunca esquecerá do papel que desempenhou na morte de uma jovem entusiasmada. Não, pensa Frankie, isso não pode ser chamado de final feliz.

Mas, neste momento, chega perto o suficiente.

Agradecimentos

Gostaríamos de agradecer a Mark Jannoni, da Northeastern University, pelas orientações sobre procedimentos universitários e as políticas de Equidade e Compliance.

Agradecemos também a Linda Marrow, pela expertise editorial e por todo o encorajamento durante os estágios iniciais do manuscrito.

Pelos insights e pelo bom humor, nossos mais profundos agradecimentos à sempre atenta Meg Ruley, a agente dos sonhos de qualquer escritor. E um agradecimento especial à nossa editora, Grace Doyle, que, com suas orientações sábias e sua positividade, melhorou este livro. Foi um prazer trabalhar com ela e com a dedicada equipe de marketing e publicidade da Thomas & Mercer: Sarah Shaw, Lindsey Bragg e Brittany Russell.

Este livro foi composto na tipografia Minion Pro,
em corpo 12/16, e impresso em
papel off-white no Sistema Cameron da
Divisão Gráfica da Distribuidora Record.